가끔 너를 생각해

가끔 너를 생각해

arte

후지마루 장편소설 | 김수지 옮김

차례

프롤로그

나는 호조 시즈쿠.

열아홉 살이고 도쿄에 있는 사립 대학교 문학부 2학년에 재학 중이다.

키는 158센티미터. 체중은 적게 나가는 편이다.

외모는 또래에 비해 나쁘지 않다. 첫인상은 꽤 중요하다. 외동딸이고 지금은 대학교 근처에서 혼자 살고 있다.

품행은 바른 편이고, 내 입으로 이렇게 말할 수 있을 만큼은 조심하고 있다.

좋아하는 말은 합리주의.

존경하는 사람은 나이팅게일, 클라라 바턴.

싫어하는 말은 근성, 열혈, 연대 책임.

싫어하는 사람은 주위에 폐를 끼칠 수도 있다는 생각을 하지 않는 사람. 목소리만 큰 사람. 쓸데없이 피곤하게 구는 사람. 강의 시간에 잡담하는 사람. 강의 시간에 스마트폰 보는 사람. 강의 시간에 모바일 게임하는 사람(도대체 무슨 생각으로 그러는지 모르겠다).

그 외에도 무턱대고 "예에!"라고 소리 지르며 요란을 떠는 사람. 아는 사람을 만나기 무섭게 괴상한 소리를 내며 실실 웃는 사람. 집요하게 쫓아다니면서 저속하게 시간 있느냐고 묻는 사람. 유행하는 드라마를 보지 않는다는 말에 "뭐? 그거 안 보면 살아 있을 의미가 없지!"라며 내 인생 전체를 부정한 사람. 단체 미팅에 빠졌다는 말에 "얼굴이 반반해도 그렇게 행동하면 인기 없어"라며 도대체 내가 언제 인기가 많았으면 좋겠다고 했는지, 그 전에 그 말대로라면 내가 인기가 없다는 소리로 들리지 않느냐며 거의 한 시간은 설교하고 싶게 만든 사람. 학부 술자리에서 미성년자는 술을 마시면 안 된다고 말했더니 "호조는 결혼 못할 것 같아"하며 비웃은 사람. 당신이 나에 대해 뭘 알길래. 결혼하고 싶다는 말은 한 번도 한 적 없거니와 애초에 미성년자의 음주를 지적한 것과 나의 합리적인 인생 설계에 무슨 관계가 있는지 전혀 이해할 수 없었다. 그럼

에도 피로가 풀려야 할 욕조 안에서 울게 만들고 목욕물을 서른 번이나 첨벙첨벙하게 만든, 괘씸한 뱃살녀!

……이런, 너무 흥분해버렸다.

어쨌든 자기소개를 하자면 싫어하는 것만으로 지면을 한 바닥 채워버리는, 세상에 불평불만을 많이도 가지고 있는 사람이 바로 여기 있는 나, 호조 시즈쿠다. 하지만 나는 그런 내가 싫지 않다. 오히려 자신을 굽히지 않는 스스로에게 자부심을 느끼고 있다.

왜냐하면 나는 사토리 세대(오랜 불황 속에서 자라 현실을 냉정하게 바라보고 그에 적응하는 세대로 1980년대 후반 이후 태어난 젊은 층을 가리킨다 – 옮긴이)니까.

이 세상에서 가장 합리적인 세대니까.

이렇듯 어디에나 있는 지극히 평범한 나지만 마지막으로 하나만 덧붙이겠다. 강조할 정도는 아니지만 일단 이것도 소개해둔다.

나는 마녀다.

헤이세이 시대(일본의 연호로, 1989년 1월 8일부터 2019년 4월 30일까지 – 옮긴이)의 마지막 마녀다.

1장

이 시대의 마지막 마녀

"오, 시즈쿠! 오랜만이네. 잘 지냈어?"

"하아."

소설이나 인생에서 사건은 갑작스레 찾아온다고 했던가. 설마 잠도 깨지 않은 이른 아침에 느닷없이, 태연하게 현관 벨을 누르고는 근처에서 산 듯한 찐빵을 들고 "이거 하와이 기념품" 하며 찾아오리라고는 생각지도 못했다.

"소타 씨?"

"기억하네. 10년 만인데도 알아보는구나! 하하하."

눈앞의 청년, 소타는 전과 다름없는 얼굴로 장난스레 미소를 지었다.

소박하고 수수한 사람. 오랜만에 보는 그의 모습은 딱

그런 느낌이었다.

패션을 의식하지 않은 듯한 샌들에 치노 팬츠, 홀쭉한 몸을 감싼 수수한 티셔츠. 그리고 아무렇게나 방치한 헤어스타일과 순박하게 웃는 얼굴. 10년 만인데도 그를 한눈에 알아볼 수 있었던 건 저 미소가 그리워서였을지도 모르겠다.

그런 그가 유일하게 멋을 부린 부분은 가슴팍에서 흔들리는 엉성한 목걸이였다. 어릴 때부터 차고 다니던 목걸이였는데, 아무래도 소타가 틀림없는 모양이다.

"시즈쿠, 혼자 사는구나. 밥은 직접 해 먹는 거야?"

"아, 네. 나름대로."

"진짜? 회전 초밥집에 콕 박혀 있는 줄 알았더니."

"왜 하필 회전 초밥집이에요. 그런 적 없거든요."

"좋아, 그럼 일단 방을 체크해야지. 들어간다!"

"잠깐, 뭐하는 거예요?"

"오예, 혼자 사는 방!"

"소타 씨!"

오랜 친구라고는 하지만 갑작스레 내 방을 보려 들다니 당황스럽다. 그를 막아보려 했지만 소타는 나이가 찬 남녀라는 것보다 어릴 적 친구라는 쪽에 무게를 더 둔 듯했다. 방에 들어서자마자 "시즈쿠, 청소 좀 하는 게 좋겠어"라며 웃고 있으니 말이다. 하필 어제 성가신 일이 있어서 좀 어질러놓은 거지, 평소에는 잘 치우는데.

하지만 그는 자기가 말해놓고도 신경을 쓰지 않는 것 같았다. 그런데 이게 가당키나 한 일인지, 별안간 내 침대로 뛰어든 것이다.

"지금 뭐하는 거죠?"

"오오, 좋은 냄새."

"놀리지 마요!"

"놀리는 거 아닌데? 그것보다 이 침대 너무 크지 않아?"

"아, 그건 건강을 위해서 스트레칭하려고…….."

"설마 남자가! 남자랑 같이 살려고 큰 침대를 샀구나!"

"내 말 듣고 있어요?"

"아, 말도 안 돼. 그럴 리가 없어."

"그런 짓 안 해요. 그게 아니라."

"정말, 나라는 남자가 있는데도 어떻게 그럴 수 있지? 시즈쿠의 '시'는 '시시덕'의 '시'였어. 그리고 '즈'는 '즐기다'에서…….."

그 순간, 속에서 무언가가 갈가리 찢기는 소리가 났다.

"적당히 해요!"

"아얏!"

쿵. 로봇 청소기가 경쾌한 소리를 내며 그를 때려눕혔다.

"시즈쿠…… 나이스 태클이었지만 다음엔 조금 더 말랑한 재질로 부탁해……."

그는 엎드린 채 신음하며 말했지만 내 알 바 아니니 퉁명스럽게 그를 외면해주었다.

"하하하, 우리 여전하네."

"당신이 애 같을 뿐이에요. 한데 엮지 말라고요."

소타는 그런 나의 기분일랑 아랑곳 않고 금세 멀쩡해져서는 껄껄 웃었다. 그 표정, 그리고 거칠지만 편안한 말투를 듣자 화를 내는 게 바보처럼 여겨졌다.

그래서 한숨과 함께 분노를 내뱉은 뒤 물었다.

"그나저나 대체 뭐하러 온 거예요?"

그런데 다소 의외의 답변이 돌아왔다.

"이유야 정해져 있잖아. 약속을 지키러 왔어."

"약속?"

"뭐야, 벌써 까먹었어?"

엎드려 있는 그와 눈이 마주쳤다. 마음을 훤히 꿰뚫어보는 듯한 고운 눈동자. 공연히 얼굴이 달아올랐다. 그 이유를, 아주 오래전부터 알고 있었던 것 같은 느낌이 들었다.

"마녀 일, 같이 하기로 약속했잖아."

다소 이야기가 길어지겠지만 이쯤에서 우리의 관계를 설명해야겠다.

나이는 한 살 위, 밝고 천연덕스럽지만 얼간이 짓을 하는 얼빠진 소년. 소타는 이른바 소꿉친구였다.

내가 여덟 살이고 소타가 아홉 살이었을 때 우리는 처음 만났다. 산속에 있는 할머니 집에서 살았을 때였다. 그때의 일은 지금도 또렷하게 떠올릴 수 있다.

"안녕, 난 소타야. 땅꼬마 너는?"

"뭐?"

첫인상은 최악에 가까웠다. 그러는 자기도 작달막하면서! 그래도 아직 순수할 때 만나서였을까.

"좋아, 인사 끝. 놀러 가자."

"으, 응?"

"이쪽이야, 이쪽. 강에 데려가주지."

"하지만 난 수영할 줄 몰라."

"그 정도는 가르쳐줄게. 대세는 접영이야."

"접영?"

그 이후의 대화는 기억나지 않는다. 하지만 그날부터 이미 친구가 되어 있었던 건 기억한다.

"또 보자, 시즈쿠."

"응. 잘 가."

"야, 인기 있는 여자는 그럴 때 '보고 싶으니까 또 와' 정도는 말해주는 거야."

"뭐?"

"어서. 헤이, 세이, 컴 온."

"음…… 그럼, 보고 싶으니까, 또, 와."

"우아, 처음 보는 남자한테 또 보고 싶다는 말을 하다니 민망하지도 않냐."

"뭐라고?"

"어쩔 수 없지, 또 와줄게. 그럼 다음에 보자고, 민망한 시즈쿠."

"민망한 시즈쿠?"

"아, 정말. 인기 있는 남자는 괴롭다니까."

"다시는 오지 마!"

소타는 여태까지 만난 남자아이들과는 달랐다.

허구한 날 놀리기만 하는데도 그 미소를 잊을 수가 없었다. 넘어져서 무릎이 까졌을 때 업어주거나 소나기가 왔을 때 자신의 어깨를 적시며 비를 막아주는 등 짓궂은 모습의 틈새로 자상함이 보일 때마다 그에게 끌렸다. 그런 그를 좋아하게 된 건 얼마간의 시간이 지난 후였다.

도시에 적응하지 못한 내가 부모님 곁을 떠나 시골로 왔다는 이야기, 그래도 아직 학교에는 못 가고 있다는 이야기를 했을 때였다.

　슬픈 표정의 나를 위로해줄 거라 생각했더니 그는 의외의 말을 꺼냈다. 부루퉁하게 "내가 있으니까 괜찮잖아"라고 내뱉은 것이다.

　그때는 소타가 왜 화를 내는지 알 수 없었지만 한밤중에 이불을 덮고 그 의미를 생각해내고는 두근거림이 멈추지 않았다. 다행히 아직 어렸기에 다음 날에는 가라앉았지만 그때부터 나의 심장은 소타 전용이었다.

　누군가가 사이좋게 지내는 이유를 물어올 때마다 그가 양부모님과 살고 있다는 것과 학교에 다니지 않는 것이 비슷하기 때문이라고 대답했다. 하지만 사실 그런 건 아무래도 상관없었다. 그때의 나는 얼마나 자각하고 있었을까.

　그런 우리였기에 그런 약속을 했을 것이다.

　"마녀의 사명?"

　"응, 사명을 다하는 게 내 의무래."

　여름의 입구가 보이기 시작한 6월 중순. 장마는 어디로 숨어버렸나 싶을 만큼 무더운 오후였다. 우리는 막과자 가게에서 산 소다 아이스크림을 손에 들고, 반들거리는 풀숲에서 그런 이야기를 했다.

　벌써부터 울기 시작한 매미 소리와 아득히 먼 저편에서 빛을 비추는 눈부신 태양. 어제 비가 그쳤기 때문일까. 주변 수풀에서 훗훗한 열기가 풍겨왔다. 마치 그림을 그려 놓은 듯한 초여름 경치였다. 하늘은 구름 한 점 없이 쾌청했다.

　"오래전부터 이어져 내려온 마녀의 핏줄이거든. 할머니에게서 손녀로, 그리고 또 그다음 손녀로, 그렇게 이어지는 힘인데 이번엔 내 차례인가 봐."

　"오…… 그런 게 정말 있구나."

　소타를 만나고 1년 정도가 지났을 무렵 할머니가 그 이야기를 해주었다.

　　살아 있을 동안 모든 마도구를 사용하라.

　우리 집안에는 마도구(魔導具)라 불리는 여섯 개의 물건이 있는데 오직 마녀만 쓸 수 있었다. 저마다 고유의 능력이 있고, 다 쓰면 잠들어서 다음 손녀에게 이어졌을 때 다시 쓸 수 있게 된다. 그런 신기한 도구를 세상과 사람들을 위해 사용하라는 것이 마녀에게 주어진 사명이었다.

"우아, 멋지다. 그럼 이제 마도구는 시즈쿠가 쓸 수 있는 거야?"

"몇 가지 규칙이 있기는 한데, 기본적으로는 이제 내가 쓸 수 있대."

나는 들뜨는 기분을 감추지 못하고 다리를 까딱거리며 말했다.

할머니가 이 이야기를 해주었을 때는 깜짝 놀랐다. 그리고 그와 동시에 하늘로 날아갈 것 같았다. 마녀가 현대에 존재하는 경우를 책에서는 봤지만 설마 내 이야기였을 줄이야. 마도구를 보고 이게 내 것이라는 걸 알게 된 그날 밤에는 설레는 마음에 잠이 오지 않았다. 할머니가 마녀였다니. 그리고 이제는 내가 마녀가 된다니!

마도구는 전부 다 기대를 저버리지 않는 로맨틱한 디자인이었다. 검은빛의 뾰족한 모자와 예사롭지 않은 분위기를 풍기는 두터운 예언서. 그중에서도 빗자루에 붙이면 하늘을 날 수 있다는 깃털에 유독 흥미가 느껴졌다. 그 도구들은 아홉 살 소녀를 유혹하기에 너무나도 충분했다.

단, 문제가 하나 있었다.

"그래서 말이지. 소타, 상의할 게 있어."

"응? 뭔데?"

"여기 엄청 시골이잖아. 사람도 별로 없고, 있는 거라고는 벌레뿐인 데다 이웃집이라 해도 몇 킬로미터씩 떨어져 있고."

"그렇긴 하지. 사람보다 도마뱀 찾는 게 빠르니까."

"이제 한 달 후면 여름방학인데 그럼 학교도 안 가게 되잖아?"

"지금도 안 가잖아."

소타가 이야기의 맥을 끊는 바람에 "그 말은 안 해도 되잖아!"라고 외쳤다. 그는 장난스러운 표정으로 웃었다. 소타는 분명 내 고민을 훤히 다 알고 있었을 것이다.

소타는 의연한 목소리로 구조선을 띄워주었다.

"오케이. 마도구로 사람을 돕는 거, 내가 도와줄게."

"정말?"

그의 말에 어린 나의 표정이 금세 환해졌다.

지금 생각하면 그렇게 기뻤던 이유가 조력자가 생겼기 때문이었는지, 아니면 다른 연유에서였는지는 잘 모르겠다. 어찌 됐든 당시의 나는 깊게 생각하지 않았다.

"약속하는 거다."

"그래, 손가락 걸고 약속!"

"거짓말이면 독가스 지옥에 빠뜨려서 죽일 거야. 손가락 걸었다?"

"자, 잠깐만, 타임! 그 살벌한 멘트는 뭐야?"

"나는 마녀야. 할머니가 이 정도는 평범한 거라고 했어."

한껏 들떴던 시절의 나는, 소타조차 얼씬하지 못할 만큼 기세등등했다. 그리고 나는 그에게 다른 것도 요구했다.

"고마워, 소타. 감사의 뜻으로 여름방학 과제인 자유연구를 도울 수 있게 해주지."

"뭐?"

"올해는 별을 연구하기로 했어. 알고 있었어? 북극성은 시대에 따라 바뀐대."

"시즈쿠, 잠깐만."

"강을 건너면 큰 산이 있잖아. 그 산 정상에서는 별이 잘 보일 거야. 거기에서 밤하늘을 보면서 하는 거야."

"아니, 그건 알겠는데, 내가 돕겠다는 건."

"남자는 귀여운 여자와 함께하는 걸 좋아하잖아. 그럼 여름방학 첫날에 가자, 약속한 거다."

"첫날부터?"

"난 여름방학 숙제는 여름방학 전에 끝내는 타입이야."

"그럼 여름방학 숙제가 아니지 않아?"

맑고 푸른 하늘은 빨려 들어갈 듯 상쾌하게 빛났고(소타

(爽太)의 소(爽)에는 상쾌하다, 밝다라는 뜻이 있다 – 옮긴이) 맞바람은 목소리를 높였다. 살아 있는 사람은 우리밖에 없지 않을까 싶을 만큼 드넓은 하늘 한복판에서 우리는 확실하게 심장의 고동을 울리고 있었다. 희미하고 자그마한, 지금도 잊을 수 없는 그리운 기억이었다.

"……그런데 결국 여러 사정이 있어서 그 약속 못 지켰잖아. 아무래도 그게 신경 쓰여서 돌아왔어."

"나 참."

시간을 현재로 돌리면 2018년 7월 하순. 날씨는 맑음.

다른 사람들 눈에는 아직 어리겠지만 나름대로 어른의 몸이 된 우리는 가까운 레스토랑에서 디저트를 먹고 있었다.

특별히 장소를 옮길 필요는 없었지만 소타가 "케이크 먹자, '새콤달콤 포도 케이크'가 맛있어 보였어"라며 고집을 부리는 통에 여기까지 온 것이다. 그나저나 이 제멋대로인 양반은 과연 자기가 먹은 걸 계산할까? 가방 하나 없는 모습이 아무래도 불안해서 슬쩍 떠보기로 했다.

"오랜만에 나타난 이유는 이제 알겠고요, 그럼 질문 좀 할게요."

"응. 덤벼봐."

"우선, 지금까지 어디에서 뭐하고 지냈어요?"

"음, 남성성을 갈고닦는 여행을 했다고나 할까. 일찍 일어나는 새가 벌레를 잡는다고 하잖아."

"무슨 뜻인지 전혀 모르겠는데요……."

초장부터 알 수 없는 대답을 하는 소꿉친구에게 질려버렸다. 어차피 진지한 대답은 못 들을 거라 예상했지만 설마 이 정도일 줄이야. 그래도 다시 한 번 마음을 가다듬고 질문을 했다. 하지만 돌아온 답변은 온통 종잡을 수 없는 말들뿐이었다.

"지금 살고 있는 곳은?"

"맞다, 한동안 신세 좀 질게. 잘 부탁함다!"

"직업은? 대학에 다니는 것 같지는 않고."

"글쎄, 뭐니 뭐니 해도 시즈쿠를 행복하게 하는 게 내 일이니까."

"돈은? 설마 빚을 진 건 아니겠죠?"

"아, 응. 그건 괜찮……을 거야. 제대로 무릎 꿇고 사과했거든."

"잠깐만, 정말 빚이 있는 거예요?"

"아니, 괜찮을 거라니까. 진짜야."

"수상하네요. 설마 얼떨결에 애를 만들거나 한 건?"

"하하하하, 그런 거 아니야. 시즈쿠도 참, 시무룩해하기는."

무슨 뜻입니까!

"하아……."

머리가 지끈거려서 이마에 손을 갖다 댄 채 고개를 숙여버렸다. 소타…… 왜 이렇게 구제불능의 남자가 되어버린 거야. 옛날에는 그렇게나 사랑스러운 아이였는데. 설마…… 혹시 나한테 빌붙으려고 온 건가? 소중한 생활비를 도박에 써버리려고 나를 찾아왔나? 그렇다면 단호하게 거절해야 한다. 요즘 젊은 사람들은 조금만 받아줘도 금방 기어오르니까. 그런 표정을 지어도 안 되는 건 안 되는 거다. 얼추 괜찮은 외모로 자란 탓에 모성 본능으로 어화둥둥 해주고 싶기는 하지만, 지금 당신은 여자 집에 눌러앉아서 술을 퍼 마시고 아이를 낳게 하고 가정 폭력을 휘두를 유토리 세대(창의성과 자율성을 중시하는 교육을 받은 세대로 1987년부터 1996년에 태어난 젊은 층을 가리킨다 – 옮긴이)란 말이다. 이럴 때는 죽마고우로서 확실하게…….

"그런데 나도 궁금한 게 있어."

"음, 네. 뭔데요?"

타락한 친구의 갱생 플랜을 구상하고 있던 나에게 질문

이 날아왔다.

"그때 이후로 10년이 지났는데 마녀의 사명은 조금이라도 진행됐어?"

"아, 그 얘기군요."

이 질문이 나올 것이라 예상했기에 가뿐하게 응했다.

그럼 설명을 해볼까.

"나는 10년 동안 깨달았어요. 헤이세이도 끝나가는 이 시대에 마녀는 필요 없다는 걸."

"어휴, 사태가 복잡해졌다는 예감이 강하게 드네."

아니, 복잡해지지 않았다. 나는 알아차린 것뿐이다. 지금 이 시대에 마녀가 얼마나 쓸데없는지를 말이다.

"소타 씨, 어릴 때 나는 마녀라는 비일상적인 상황에 잠시 동경을 품기도 했어요. 하지만 지금은 똑똑히 알고 있죠. 세상은 딱히 마녀를 필요로 하지도 않고, 애당초 마도구는 촌스럽다는 걸요."

"초, 촌스럽다니."

아연실색하는 소타를 앞에 두고 나는 시원한 표정으로 말을 이어갔다.

딱히 틀린 말은 아니다. 마도구는 요즘 시대에 뒤떨어진다. 투명해지는 모자 따위 마땅히 쓸모도 없고 하늘을 날고 싶으면 헬리콥터를 타면 된다. 애초에 빗자루로 하늘을 난다는 생각 자체가 진부한데 이런 스테레오 타입을 현대에서 재현하다니 얼마나 남부끄러운 일인가. SNS에서 웃음거리가 될 미래가 불 보듯 훤하다. 지금은 로봇 청소기의 시대란 말이다.

"무엇보다 마법을 써서 사람을 돕는다는 게 지금 사회와 안 맞아요. 전제를 달자면, 우선 사람은 혼자 살아야 합니다. 여차하면 도와줄 거라는 발상은 사람을 나약하게 만들고 게으름으로 이어져서 황혼 이혼에서 비롯된 제3차 세계대전을 초래할 거예요. 쓸데없는 인간관계와 물욕을 버리고 휴일에는 집에 박혀서 자기 일은 스스로 해야죠. 요즘 시대에는 그런 의식이 부족합니다. 틈만 나면 친구나 연인이라는 비합리적인 것에 시간을 할애하고는 '호조는 항상 혼자 있네', '인기 많을 것 같은데 남자친구 없구나' 하며 함량 미달의 말들을 하는데, 나는 '일부러' 혼자 지내는 거예요. 그깟 남자친구 마음만 먹으면 3,000명 정도는 만들 수 있지만 그래 봐야 시간 낭비라서 혼자 지내는 게 합리적인……."

등등.

그 뒤로도 나는 마녀의 사명을 포기하는 게 얼마나 적절한 처사인지를 구구절절 설명했다. 딱히 속상하지도 않고 강한 척하는 것도 아니라고. 이를 악물고 울상이 된 얼굴로 베개를 퍽퍽 내리친 것은 어리석은 학부 동기생을 바로잡지 못한 자신의 미숙함을 용서할 수 없었기 때문이라고 말해주었다.

"우아, 시즈쿠…… 잠깐 못 본 사이에 왜 이렇게 삐딱해진 거야." 소타는 떨떠름한 표정으로 중얼거리며 투덜댔다. "옛날에는 그렇게나 귀여웠는데…… 이 세대가 시즈쿠를 바꿔버린 건가."

그 입을 다물게 하려고 "뭐 잘못된 거라도?" 하고 쏘아붙이자 소타는 "아냐, 아무것도" 하며 말을 얼버무렸다.

"어쨌든, 그러니 요즘 시대에는 마녀가 필요 없어요. 애초에 무엇을 위해 마녀의 사명이 있는지도 모르는 마당에 계속할 필요도 없죠. 좋은 기회니 내 선에서 마녀의 대를 끊으려고 생각 중이에요. 그것만이…… 어라, 소타 씨?"

흡족하게 연설하고 있는 내 앞에서 소처럼 우물우물 케이크를 먹던 소타가 벌떡 일어나더니 드링크 바 쪽으로 성큼성큼 걸어간 것이다. 그리고 거기에 있던 처음 보는 외국인과 무어라 이야기를 나누었다.

"예스. 안녕, 헬로, 헬로."

"오…… 응, 예스. 예스, 예스."

"땡큐. 오, 완전 땡큐."

"쏘리, 하하하, 씨 유."

도무지 영어라고는 할 수 없는 알쏭달쏭한 소타의 언어가 쏟아지는 신기한 광경을 보고 있는데, 용무를 마친 것인지 그는 외국인 곁에서 손을 흔들더니 아무 일도 없었다는 듯 자리로 돌아왔다.

"미안, 미안. 무슨 얘기 하고 있었더라?"

"아는 사람이에요?"

"아니, 모르는 사람."

"그럼 저기에서 뭐했어요?"

"드링크 바 사용법을 잘 모르는 것 같더라고."

"아, 그랬군요."

"그런데 프랑스 사람이어서 영어가 전혀 안 통했어."

"엥."

"어차피 나도 영어는 못하지만, 하하하."

"뭐? 그럼 어떻게 한 거예요?"

"저 사람 엄청 난처해하더라. 드링크 바는 뒷전이고 나를 상대하는 데 필사적이었다니까."

"괜히 더 힘들게 했잖아요!"

어처구니없어 말도 안 나오는 나를 향해 소타는 "쏘리, 아니, 프랑스어로는 뭐라고 하지? 프랑수아즈?"라고 하며 요점에서 벗어난 소리를 해댔다. 도대체 뭐 하자는 건지 모르겠다. 매번 이야기의 맥을 끊는다니까.

그런 작은 분노를 소타가 신경 쓸 리 없다.

"다시 화제를 돌려서 마녀의 사명 얘기를 하자면, 역시 하는 게 좋다고 생각해. 분명 의미가 있으니까 이어져 내려오는 걸 거야." 프랑스 사람의 일은 이미 잊었다는 듯이 과장된 몸짓으로 말했다. "사람을 돕는 것이야말로 마녀의 사명! 최고잖아. 시즈쿠가 얼마나 상냥한지 보여주자고."

"세상은 착한 사람이 손해 보도록 만들어져 있으니 절대로 상냥한 사람이 되지는 않을 거예요. 몇 번이나 말하지만 나는."

"좋아, 정했다. 내가 첫 의뢰인이 되어줄게."

"듣고 있어요? 끝까지 내 말을 안 듣는군요."

제 멋대로인 그에게 두 손 들 수밖에 없었다. 도대체 머릿속이 어떻게 되어 있으면 저렇게 되는 걸까. 어디, 귓구멍이라도 한번 보고 싶다. 분명 뭔가가 꽉 들어차 있을 것이다.

귀를 뚫어주기 위해 메뉴판을 뒤져 전동 드릴을 찾아보

았지만 유감스럽게도 없었다. 그렇다면 점원을 불러서 핸드 믹서라도 빌릴까 싶었으나 소타는 소타대로 한번 말하기 시작하면 듣지 않는 성격이었다.

"하자니까. 안 하면 여기에 드러누워버릴 거야. 아니면 건물 전체에 다 들릴 만큼 애니메이션을 크게 틀어버린다. 그리고 쓰레기봉투에 애니메이션에 나오는 꽃미남 주인공 인형을 잔뜩 넣고 이런 메모를 붙일 거야. '이젠 안녕, 내 남자친구. 지금까지 고마웠어. 시즈쿠가.' 그래서 온 동네에 소문을 쫙 퍼뜨려야지."

"이, 이게 진짜."

이를 바득바득 갈았지만 어쩔 수 없다. 이 사람이라면 정말 저지를지도 모른다는 사실이 전의를 빼앗아갔다.

"하아…… 어쩔 수 없네요."

"역시 시즈쿠, 해줄 거라 생각했어!"

결국 옥신각신 끝에 할 수밖에 없다는 결론에 이르렀다. 소타는 이겼다는 듯 손뼉을 치며 웃었고 나는 한숨을 내쉴 수밖에 없었다.

……그런데 이때. 나는 질려 하면서도 약간의 안도를 느끼고 있다는 걸 깨달았다. 어째서일까. 어쩌면 나는 그 이유를 알고 있었는지도 모르겠다.

"그래서, 어떤 걸 쓸래요? 마도구는 기억하고 있죠?"

"그렇지. 뭘로 할까."

반쯤 자포자기한 나와는 대조적으로, 소타는 즐겁다는 듯 고민에 빠졌다. 어린 시절을 떠올리게 하는 천진난만한 그 표정이 왠지 귀여웠다.

그렇게 한동안의 시간이 흐른 후.

"자, 정했어. 순간 이동 할 수 있는 그 지팡이로 하자."

"아, '알하자드의 지팡이' 말이군요. 어디 가고 싶은 곳이라도 있어요?"

"응. 거기에 가고 싶어. 간사이에 있는."

"앗, 거기는……."

무심히 물은 말에 의외의 답변이 돌아왔다. 소타가 놀라는 나를 보고 크게 끄덕였다.

"가자, 시즈쿠. 우리가 자랐던 그 산으로."

마도구에는 몇 가지 규칙이 있다.

당대의 마녀만 쓸 수 있다는 것.

자신이 아니라 다른 누군가를 위해서 써야 한다는 것.

저마다 고유의 능력을 지니고 있으며 한 번씩밖에 쓸 수 없다는 것.

다 쓰면 마도구는 잠들고 손녀 세대로 이어졌을 때 다시 깨어난다는 것.

호조 가문에 전해 내려오는 마도구는 여섯 가지다.

① 알하자드의 지팡이

낡고 큼지막한 목제 지팡이.

순간 이동 할 수 있는 능력이 있고 지팡이로 원을 그리면 그 안에 있는 사람을 원하는 장소로 데려다준다. 단, 시간제한이 있어서 세 시간이 지나면 원래 장소로 돌아온다.

② 나자르의 쌍둥이 반지

두 개가 한 쌍인 은색 반지.

몸을 바꿀 수 있는 능력이 있다. 각자 하나씩 착용하면 서로의 영혼이 바뀐다. 단, 바뀐 두 사람은 서로의 감각을 공유할 수 있다.

③ 류넷의 검은 모자

칠흑같이 새까만, 마녀를 연상케 하는 뾰족한 모자.

투명해지는 능력이 있어서 마녀가 모자를 쓰면 주위에 있는 사람들도 같이 투명해진다. 단, 한 번 투명해지면 좋든 싫든 투명한 상태가 세 시간은 지속된다.

④ 아메르시브의 모래시계

투명에 가까운 모래가 떨어지는 복고풍의 모래시계.

시간 여행을 할 수 있는 능력이 있으며 시계를 뒤집으면 과거로 갈 수 있다. 단, 과거에서 뭘 어떻게 하든 미래를 바꾸지는 못한다.

⑤ 시뷰레의 예언서

모든 페이지가 백지로 된 해묵은 책.

용도는 불분명하다. 할머니는 스스로 사용법을 찾으라고 했다.

⑥ 가루다의 깃털

어엿한 마녀가 되면 효력을 발휘하는 마지막 마도구.

빗자루에 붙이면 일정 시간 하늘을 날 수 있다. 꼭 빗자루가 아니어도 된다. 사명을 마친 마녀에게 주는 선물 같은 도구라고 한다.

이상, 이 마도구들을 모두 사용하는 것이 마녀에게 주어진 사명이다.

"휴우, 왠지 두근거리네. 시즈쿠, 빨리 하자."

"재촉하지 마요. 나도 처음 써본단 말이에요. 그것보다 그런 시골에 가서 뭘 하려는 거예요?"

"후후후, 인적이 드문 산속에서 뭘 할까나?"

"적당히 해요. 고소해버릴 테니까."

레스토랑을 나와서 집으로 돌아온 우리는 그런 대화를

하면서 마도구를 책상 위에 늘어놓았다. 어제 사정이 생겨 수납장에서 미리 꺼내둔 덕분에 수월했다.

소타가 "왜 꺼내놨어?"라고 물었지만 귀찮아서 "청소하는 김에"라고만 답했다.

"그럼 정말 써볼까요. '알하자드의 지팡이'였죠?"

"오오, 진짜 마녀 같다. 마녀 같아."

"이 지팡이는 먼 옛날 '아드'라는 부족이 만든 거예요. 예전에는 크툴루 신화에 등장하는 압둘 알하자드가 가지고 있었다는 전설도 있고……."

"그런 얘기는 됐고, 빨리 하자니까."

"……그러죠."

이야기의 흐름을 끊는 것이 특기인 오랜 친구를 향해 한숨을 내쉬었다. 어련하실까. 어린애에게 어려운 이야기를 한 내가 어리석었다. 방금 한 이야기는 아기한테는 어려웠겠지. 그래, 촌스러운 일화 따위 무시하고 얼른 시작하자.

이리하여 언짢아진 기분을 끌어안고 예언서 첫 페이지에 요건을 써 내려갔다. 마도구를 쓸 때는 사용할 도구와 목적을 '시뷰레의 예언서'에 적어야 하기 때문이다. 이렇게 하면 '시련'이 제시되는데 마녀가 그 시련을 완수하면 마도구를 사용할 수 있게 된다. 단 '시뷰레의 예언서'와

'가루다의 깃털'에는 이 규칙이 해당되지 않는다.

이번에는 소타가 시골에 가고 싶다고 했으니 누군가를 위해서 써야 한다는 조건은 충족했다. 그렇다면 이제는 제시되는 시련을 내가 완수하면 된다.

"우아, 글자가 진짜 떠오르네."

백지였던 페이지에 아주 서서히, 검은 잉크가 번지듯 문자가 나타났다.

마녀에게 흥미를 잃었다고는 해도 막상 눈앞에 비현실적인 광경이 펼쳐지자 안절부절못하게 되는 건 사람의 본성인 걸까. 옛날부터 이어졌을, 마녀에게 주어진 시련은 과연 무엇일까.

침을 꿀꺽 삼키는 우리 앞에 드디어 시련이 제시되었다.

노래방에서 최신 유행 가요를 100곡 열창♪
마음만은 인기 최절정의 미소녀 아이돌☆

……가만있자.

"잠깐, 잠깐, 기다려, 시즈쿠! 왜 마도구를 버리려고 하는 거야?"

"정말 죄송합니다, 고객님. 아무래도 이 상품은 가짜인 것 같습니다. 정말 보기 좋게 속았어요. 난 마녀도 뭣도 아닌 그저 평범한 대학생이었나 봅니다. 그러니 이 상품은 버리겠습니다."

"아냐, 진짜 맞아! 글자가 떠오르는 걸 너도 봤잖아. 일단 진정하라니까!"

쓰레기통으로 던지려 하는 나와 그런 나를 뒤에서 꼭 부둥켜안고 말리는 소타.

도무지 스무 살 전후의 남녀라고는 생각할 수 없는 우스꽝스러운 몸싸움이 한동안 계속되었고, 나는 가쁜 숨을 몰아쉬며 항의했다.

"말이 안 되잖아요. 시련이 노래방이라니, 태고 때부터 이어져온 마도구의 시련이 노래방이라니! 분위기를 이렇게 망쳐도 되는 거예요? 고풍스러운 점집에 갔더니 카드로밖에 결제가 안 된다고 해서 최신 카드 리더기에 비밀번호를 눌러야 했을 때와 똑같은 기분이에요. 그때 얼마나 황당했는지 알아요? 다섯 집이나 돌아서 가까스로 서른 살 전에 결혼할 수 있다고 말해주는 집을 찾았는데⋯⋯."

"시즈쿠, 진정해. 그런 사소한 문제가 사람을 냉소적으로 만드는 거야. 일단 흥분한 마음부터 가라앉히자."

그 뒤로도 나는 필사적으로 저항했다. "있을 수 없는 일이에요", "합리적이지 않잖아요", "노래방이라니 찝찝해요", "아니 그러니까" 등등. 하지만 소타는 나를 다루는 법을 잘 알고 있었다.

"이것도 시련이야", "스트레스를 해소할 수 있을지도 몰라", "스트레스 같은 거 없어? 그렇게 정색할 것까지야", "스트레스가 없는 녀석은 절대 냉소적이지 않아", "그러니까 결혼 못한다는 말을 듣는 거잖아" 등등.

이성을 잃어버린 나를 누가 나무랄 수 있겠는가.

결국 나는 소타의 말에 넘어가서 노래방에 와버렸다.

"그, 그 봄의 향, 향기가♪"

"푸하하하! 좋아, 시즈쿠. 악마도 울고 갈 마녀의 노래 실력이다!"

쓸데없는 참견이다. 노래 따위 마음만 담겨 있으면 된다고 할머니가 말씀하셨단 말이다.

얼굴이 시뻘게질 정도로 열창한 나는 창피한 수준을 넘어서서 완전히 자포자기하게 되었다. 불운하게도 음료를 가져온 점원이 학부 동기였고, 발악하는 나를 그야말로 마녀라도 본 것 같은 표정으로 쳐다본 시점에서 생각하는 행위 자체를 단념했다. 소타 씨, 다음 곡은 스트레스를 확실하게 풀 수 있는 곡으로 부탁합니다.

이러니저러니 하다가 정신을 차리고 보니 어느덧 저녁 8시를 넘겼다.

7월 하순의 기온 탓인지, 아니면 다른 무언가 때문인지, 몸이 후끈 달아오른 상태로 간신히 시련을 완수한 우리는 가까운 공원으로 향했다.

"아, 웃겨 죽겠네. 있잖아, 시즈쿠는 4차원 세계의 아이돌을 노려도 될 것 같아."

"고맙습니다. 그건 그렇다 치고 저기에 있는 커다란 돌이 소타 씨 머리랑 엄청 잘 어울리는 것 같아요. 꽝 하고 부딪치면 좋은 소리가 날 것 같거든요."

피곤한 상태였던 나는 그의 말을 받아치면서도 돌을 들 힘도 없이 지면에 비뚤비뚤 원을 그렸다. 가뜩이나 얼간이 소타를 구박하기에도 바쁜데 노래를 100곡이나 부르다니. 정말 일진이 사나운 날이라 할 수밖에 없다.

하지만 마녀의 의욕과 마도구는 딱히 상관이 없는 듯했다. 지팡이로 원을 다 그린 순간 몸이 공중으로 두둥실 떠올랐다. 그러고는 너무나도 깔끔하게, 감동이고 나발이고 느낄 겨를도 없이 삽시간에 순간 이동에 성공했다.

"우아, 엄청나잖아! 진짜 왔어, 이곳에. 오랜만이다!"

"그렇네요."

소타의 감탄에도 나는 덤덤한 목소리로 맞장구를 쳤다.

숲이 울창하게 우거진 캄캄한 산길.

신발창으로 느껴지는 흙과 자갈의 올통불통한 감촉.

깜깜한 어둠의 장막에 뒤덮인 듯한 산속에 방울벌레 울음소리가 울려 퍼졌다. 사늘한 산 공기에 식물들의 진한 향이 뒤섞여 콧속을 간질였다. 도시와 조금도 비슷하지 않은 원초적인 풍경. 우리 외에는 아무도 없는 공간.

틀림없다. 기억과 달라진 부분은 있지만 오감이 이 경치를 알고 있다. 옛날에 같이 뛰놀던 그 산이다.

"생각난다, 이 어두운 비탈길. 나기사가 주도해서 담력 체험도 했었잖아."

"그런 일도 있었네요."

"히히, 시즈쿠가 '이건 땀이야!'라고 외친 것도 기억하고 있다고."

"그때는 너무 더웠고 바람이 잘 안 통하는 치마를 입고 있었으니까요."

젠장…… 기억하고 있었다니. 원통한 기억에 얼굴을 찡그렸다.

한편 소타는 내가 분해한다는 것은 꿈에도 모른 채 발걸음을 척척 내디뎠다.

"그럼 갈까? 이쪽이야, 이쪽."

"그러고 보니 뭐하려고 여기 온 거예요?"

"도착하고 나서 말할 테니까 기대해. 노래라도 부르면서 걸어볼까."

"노래는 이제 됐습니다."

"그런 말 하지 마. 시즈쿠의 주문은 곰 쫓기 딱 좋다고."

"주문이라뇨!"

하하하, 웃는 소타의 등에 주먹을 날렸다. 소타는 더욱 크게 웃었고, 나는 분을 이기지 못하고 그에게서 고개를 돌려버렸다. 그래도 역시 우리는 소꿉친구였다. 어느새 화를 냈다는 사실도 잊고 추억 이야기에 꽃을 피웠다. 이런 일도 있었고 저런 일도 있었지 하면서. 불빛조차 없는 어두운 산길. 사람이 없는 격리된 공간. 그런 곳이었지만 둘이라면 무섭지 않았다. 오히려 지금이라면 곰이 나타나도 이길 수 있을 것 같은 기분마저 들었다.

그렇게 얼마나 걸었을까.

자연스레 대화가 끊겼을 때 나는 하나의 추억에 잠겼다.

잊었던 건 아니지만 일부러 떠올리려 한 것도 아니었다.

이제는 이 세상에 없는 소중한 사람…… 할머니와의 추억에 마음을 기울였다.

'시즈쿠, 어떤 순간에도 마음이 가는 대로 살아야 해.'

'왜?'

'시즈쿠는 예쁘니까. 미인은 제멋대로 굴어도 용서가 되거든. 히히히.'

우리 할머니…… 호조 나기사 여사는 세상 사람들이 흔히 상상할 수 있는 시골 할머니와는 판이하게 다른 성격의 소유자였다. 그 사실을 둘이 살기 시작한 지 얼마 되지 않아 바로 알게 되었다.

"겨된장이 어울리는 시골 할머니? 할미는 그런 거엔 관심 없어."

"그럼 뭐에 관심 있어?"

"지금 유행하는 게 헤비메탈이잖아. 헤드뱅잉도 해보고 싶은데 그랬다가는 혈압이 오를 것 같아서 말이지."

"할머니, 그러지 마. 그러다 입원이라도 하게 되면 마냥 슬퍼할 수만은 없을 것 같아."

지금 생각하면 정말 특이해서 '세상 어디에도 없는 할머니'라는 표현이 잘 어울리는 분이었다. 밤마다 피아노가 아닌, 홈쇼핑으로 산 베이스 기타를 울려대는 할머니는 틀림없는 괴짜였다. 그래도 나는 그런 할머니가 너무너무 좋았다.

"괜찮아, 시즈쿠. 학교는 가고 싶을 때 가면 돼. 선생이 뭐라 해도 무시해버려. 할머니는 항상 시즈쿠 편이야. 그러니까 할미가 주식에 손댔다 망한 건 엄마한테는 비밀이다. 응? 주식이 뭐냐고? 마녀조차 속이는 초인들의 내기야.

시즈쿠, 알았지? 열 받게 하는 사내가 있으면 앞뒤 재지 말고 불알을 걷어차는 거야. 비겁하다고 비난하면 '그런 걸 달고 있으면서 여자를 화나게 하는 게 나쁜 거다'라고 말해주면 돼. 이런 걸 남녀평등이라고 하지. 히히히."

제멋대로에다 어디로 튈지 모르는, 하지만 이야기 속에 나오는 그 어떤 할머니보다도 유쾌한 분이었다. 그런 할머니와 함께 있을 수 있다는 것만으로도 너무 좋았다. 무엇보다도, 어렸던 나는 할머니를 마녀로서 진심으로 동경했다.

"마녀라는 건 말이지, 어느 시대든 사람들에게 행복을 배달해주는 존재야. 시즈쿠도 분명 그렇게 될 게다."

"어떻게 알아?"

"마녀라는 게 그런 거거든. 어떤 영화에서도 이것저것 배달했잖니. 물론 나는 손녀 생일에 그렇게 맛없어 보이는 파이를 굽지는 않을 테니까 안심하렴."

"하하하……."

"어쨌든 시즈쿠는 훌륭한 마녀가 될 거야. 다른 사람의 아픔을 알게 되는 만큼 많은 행복을 배달할 수 있단다. 할미한테는 보여. 시즈쿠가 많은 사람들에게 행복을 주는 모습이."

그 말만으로도 힘든 일을 잊을 수 있었다. 할머니는 틀림없이 행복을 주는 마녀였다.

"나기사, 시즈쿠 빌려갈게!"

"소타, 시즈쿠 다치게 하면 안 된다. 다치게 하면 독가스로 죽여버릴 거야."

"무서워. 나기사라면 정말 그럴 수 있다는 게 진짜로 무섭다고."

"아하하하."

장난꾸러기지만 마음씨가 따뜻한 소타.

남자라면 초등학생이어도 자신을 이름으로만 부르게 했던 할머니.

지금과는 정반대인, 훌륭한 마녀가 되고 싶어 했던 나.

우리는 정말이지 행복했다…….

"앗, 시즈쿠. 위험해!"

그 순간 불현듯이 들려온 목소리에 의식이 현실로 돌아왔다.

"어…… 아, 미안해요."

꽤 오래 멍하게 있었던 모양인지 정신을 차리고 보니 나는 산길에서 발을 헛디딜 뻔했다.

"이 주변은 여전히 황폐하네. 도로도 전혀 포장이 안 되어 있고."

"그렇네요. 그런데 이쪽, 들어가면 안 되는 곳인 것 같은데요."

"히히, 그렇지. 바로 그래서 마도구를 쓴 거야."

"하여튼 못 말리는 건 여전하네요."

한숨을 내뱉으며 온 힘을 다해 심장의 두근거림을 얼버무렸다.

헛디딜 뻔해서 그런 건 아니다. 나의 마음이 다른 무언가에 사로잡힐 것 같아서였다. 허둥지둥 추억의 뚜껑을 닫았다. 더 이상은 안 된다고 생각하면서.

길가에 썩어 문드러지다시피 한, 지장보살을 모시는 사당을 발견했다. 소타는 그 앞에서 "잠깐만, 이왕 왔으니 고쳐둬야지"라며 여기저기 손질을 했다. 그동안 나는 발을 잘못 디딜 뻔했던 길 아래를 무심히 내려다보았다. 그곳에는 구멍이 뻥 뚫린 듯 어둠이 깔려 있었다.

첩첩이 겹쳐 있는 나무들이 만들어내는 깊은 어둠. 마음까지 삼켜버릴 듯한 아무것도 없는 칠흑빛. 빠지면 다시는 돌아오지 못할 것처럼 고여 있는 어둠을 보자 머리 깊숙한 곳에서 소리가 소용돌이쳤다.

언제나 이럴 때 손을 뻗어주는 이는 소타 한 사람이다.

"시즈쿠, 손잡자."

"아, 네."

아무렇지 않게 내 앞으로 다가온 소타의 손, 제법 남자다워진 그 손을 살며시 잡았다.

따뜻하다. 마음이 놓인다. 그래도 마음까지 맡기지는 않도록 조심하자. 그런데도 손끝으로 전해져버릴 것만 같아서 너무나 무서워졌다.

"좋아, 출발이다. 이 건너편에 연못이 있었는데, 옛날 생각나네."

소타는 걸음을 내디뎠다. 성큼성큼, 아무것도 아닌 이야기를 하면서.

나는 그의 손에 이끌려갔다. 검은 어둠 속에 마음을 남겨둔 채로.

아무도 없고 빛도 없는 그 산길은 벌레 울음소리로 시끄러웠을 텐데도 이때만큼은 정적의 밑바닥에 있는 듯했다. 무더운 밤공기가 차갑게 느껴졌다.

기억의 계단을 내려가기 위해 우리는 계속해서 걸었다.

"우아, 도착했다! 야호!"

"으아…… 후우."

끝없이 걷고 또 걸었다.

이쪽으로 비틀비틀, 저쪽으로 휘청휘청. 목적지가 있기는 한 건지 알 수도 없고 자칫하면 이대로 쓰러질 수 있겠다 싶던 차였다. 행여나 소타가 '특별히 목적지는 없지만 힘들어하는 시즈쿠를 보는 것도 재미있을 것 같아서, 하하하' 이런 식으로 마무리했다가는 온몸의 뼈를 몽땅 분질러 버리겠다고 생각했는데 다행히 그 걱정은 기우에 그쳤다.

마침내 당도한 목적지는 높직한 산의 정상이었다.

"시즈쿠도 이걸 계기로 체력 좀 기르란 말이야."

"그런 건 필요 없어요. 조만간 도라에몽이 탄생하면 문제없다고 할머니가 말씀…… 콜록, 콜록."

기침이 계속해서 나오는 탓에 센 척도 할 수 없었다. 소타는 그런 나를 보고 "커피를 준비해오길 잘했군!" 하더니 집에서 가져온 보온병을 꺼냈다.

"커피 잘 못 마셔요."

"진짜? 아기네 아기."

"당신한테는 그런 말 듣고 싶지 않거든요!"

발끈한 나는 컵을 빼앗아 단숨에 들이마셨다. 어라, 맛

있네?

맑은 공기 덕분인지 산 정상에서 마시는 커피는 평소보다 더 맛있게 느껴졌다.

"경치가 좋다고 말하고 싶은데 어두워서 하나도 안 보이네."

"시골은 원래 이런 거예요. 불빛이 좀 있어야 예쁘게 보이니까요."

소타의 말대로 산꼭대기 경치는 그저 시커멀 뿐이라 감동이고 뭐고 아무것도 없었다. 여차하면 여기에서 다시 내려가야 한다는 절망감에 눈앞이 더욱 깜깜해지는 느낌이었다. 자연 경치는 TV로 보는 정도가 딱 좋을지도 모르겠다. 하지만 지금의 우리에게는 이대로도 충분했다.

앞으로 한 시간 후면 마도구의 효과가 사라질 테니 돌아갈 걱정은 안 해도 되고, 주변에는 사람 그림자조차 없어서 한밤중임에도 거리낌 없이 이야기할 수 있기 때문이었다. 도시에 살고 있는 입장에서는 사치를 누리는 듯한 기분이었다. 우리는 한동안 내일이면 기억에서 지워질 시시한 이야기를 나눴다.

그랬던 것이, 사소한 질문을 계기로 더 이상 시시하지 않게 되었다.

"그래서, 이런 산골짜기까지 데려와서 결국 뭘 하고 싶었던 거예요?"

"아, 맞다. 슬슬 얘기할까?"

가볍게 한 질문이었다. 어차피 장난스러운 대답이 돌아오리라 생각했다. 하지만 이제야 알게 되었다, 나는 그를 잘 알고 있다고 생각했지만 사실 아무것도 몰랐다는 것을. 그는 언제나 나에게 힘을 주려 했다.

"처음에 말한 게 대답이야. 약속을 지키러 왔다는 그거."

"마녀의 사명 말이에요? 그런 거라면 굳이 이런 산속이 아니어도 되는데요."

"아니야, 그쪽이 아니라."

"응?"

"별. 자유연구. 10년 전 오늘 약속했잖아."

"엇, 아…….."

뒤늦게 깨달았다. 그러곤 하늘을 가리키는 소타를 따라 밤하늘을 올려다봤다.

그곳에 펼쳐진 것은 별들이 수놓은 거대한 별하늘이었다. 숨이 차서 발치만 내려다보던 나는 지금껏 이토록 장대한 아름다움을 알아채지 못했던 것이다.

"예쁘다……."

"그러게. 이것만큼은 도시에서 볼 수 없단 말이지."

빨려 들어갈 듯한, 어쩌면 쏟아질 것 같은 별의 반짝임. 새까맣기만 하던 밤이 홀연히 휘황찬란하게 빛나는 별의 바다가 된 신비로운 감각이었다. 그 광경에 휩싸인 채 생각했다.

그랬다. 확실히 오늘이었다. 7월 하순의 여름방학 첫날.

우리는 10년 전 오늘, 산 정상에서 별을 보자고 약속했었다. 그리고…….

"그거 알아? 북극성은 수천 년 단위로 바뀐대. 지금은 작은곰자리에서 가장 밝은 별이 북극성이지만 2,000년 후쯤에는."

"소타 씨."

"그 옆의…… 응?"

이때, 이유가 무엇이었을까.

까닭은 모르겠지만 불현듯 내 안에서 한계를 느끼고 말았다.

"시즈쿠?"

무엇이 계기였는지는 모르겠다. 오늘이 약속한 날이라는 걸 알아버렸기 때문인지, 아니면 더 근본적인 일을 무시할 수 없었기 때문인지.

그가 즐거워 보이니까. 나도 즐거웠으니까.

분명, 아마도, 하지만…… 이미 한계에 다다랐다.

격렬한 감정이 기억의 뚜껑을 부수고 있었다.

"소타 씨, 뭐 하나 물어봐도 돼요?"

"……아, 응."

그는 자상한 목소리로 나를 감싸 안았다. 소타는 다정하다. 나는 소타를 전혀 모르는데도 소타는 나를 다 알고 있다. 아주아주 오래전부터, 당신은 나의 모든 것을 전부 알고 있었다.

"소타, 당신은."

나는 물었다, 이 세계가 빛을 잃었던 그날의 일을.

"당신은 왜 사라져버린 거야? 할머니가 끔찍하게 돌아가신 그날 말이야."

"미안해, 시즈쿠."

바로 옆에 있는데.

그런데도 그의 목소리는 까마득히 먼 곳에서 들려오는 것만 같았다.

너무나도 좋아했던 할머니, 유일한 친구였던 소타.

행복한 날은 갑작스레 종말을 고했다.

"뇨, 할머니가 기다린단 말이야!"

"지금은 안 돼, 구조대가 올 때까지 기다려!"

대피소가 된 학교 체육관에서, 대화를 제대로 나눠본 적도 없는 담임 선생님이 폭풍우가 몰아치는 바깥으로 나가려는 나를 막으며 외쳤다.

태풍도 아니다. 지진도 아니다.

그냥 큰비였는데 그 비가 사람의 생명을 앗아갈 수도 있다는 사실을 태어나서 처음 알았다.

그날 우리가 사는 산에는 전대미문의 큰 재해가 덮쳤다. 절벽이 무너지고 흙모래가 넘쳐흘렀으며 나무들이 쓰러지고 길이 끊겼다. 빗소리는 마치 TV에서 본 모래폭풍 같았고 바람 소리는 비명처럼 귀청을 찢었다. 이대로 세상의 종말이 오는 게 아닐까 싶을 정도였던 그 소리는 지금도 나를 떨게 한다.

집 안은 헤엄칠 만큼 물에 잠겼고 다리가 좋지 않은 할머니는 기둥을 붙들고 있을 수밖에 없었다. 도움을 요청하려면 내가 가야 했다.

"할머니, 조금만 기다려. 꼭 돌아올 테니까."

"고맙다, 시즈쿠."

그것이 마지막 대화가 되리라고는 상상도 하지 못했다.

"할머니…… 할머니."

폭풍우가 멎은 후 집으로 돌아갔지만 그곳에 할머니는 없었다. 그리고 제법 멀리 떨어진 곳에서, 죽은 사람의 피부는 흙처럼 차갑다는 걸 알게 되었다. 전과 같은 일상은 두 번 다시 돌아오지 않으리라는 것도 깨달았다.

얼마나 추웠을까. 얼마나 무서웠을까.

물에 잠겨 숨을 쉬지 못한 채, 떠내려온 흙모래에 깔려서. 정말로 너무나도 소중한 사람이 이렇게나 참혹하게 세상을 떠나다니.

죽음은 평화와 맞닿아 있다. 그날 이후 나는 천둥소리에 벌벌 떠는 것 외에는 할 수 없었다. 고통스럽고 슬퍼서 뭘 어떻게 해야 할지 몰랐던 나는 다음 날부터 하염없이 기다렸다.

여름방학 첫날. 강 건너에 있는 산꼭대기에서 말이다.

별 자유연구. 소타와의 약속. 대피소에 소타의 모습은 보이지 않았지만 분명 살아 있을 거라 믿으며 기다렸다. 하지만 소타는 나타나지 않았다.

다음 날도, 그다음 날도 마찬가지였다. 현실에서 도망치듯 그를 기다리다 눈물마저 다 말라버렸을 즈음 설상가상으로 기묘한 일이 벌어지기 시작했다. 모두가 소타라는 사람을 잊어버린 것이다.

학교 선생님과 다른 어른들, 양부모님조차도 소타라는 이름의 남자아이는 없었다고 말했다. 나는 그럴 리 없다며 울부짖었지만 어찌할 도리가 없었다. 누군가 내게 소타의 학급과 성(姓)을 물어보았지만 대답할 수 없었다. 소타의 가족 관계도 설명하지 못했다. 어른들은 나를 멀리서 에워싸고 바라볼 뿐이었다. 왜 그를 더 자세히 알려고 하지 않았는지 후회가 밀려왔다. 사람은 잃고 나서야 후회한다는 걸 깨달았다.

그리고 더 이상은 소타의 이야기를 하지 않게 되었다. 나는 이렇게 허망하게 소타와 이별했다.

남은 평생 동안 소타를 용서하지 않으리라 다짐했다. 약속을 지키지 않았다고 그를 원망했다. 집에서 꽤 멀리 떨어진 곳에서 그의 목걸이를 발견했다. 그것을 책상 서랍 깊숙이 넣어두고 다시는 보지 않겠노라고 굳게 맹세했다. 나는 스스로를 그런 식으로밖에 지킬 수 없었다.

그렇게 도쿄로 돌아왔다.

아빠와 엄마는 나를 끌어안으며 미안해했다. 무서운 일을 겪게 했다며 끝도 없이 사과했다. 아무런 잘못도 하지 않았는데 계속, 계속.

난 도시 생활에 좀처럼 적응하지 못했고 다시 교과서와 실내화가 사라지는 나날이 이어졌다. 다른 아이들이 웃을 때 웃지 못하고 반 분위기에 녹아들지 못했던 나는 괴롭히기 좋은 타깃이었다. 낯을 가리고 친구 사귀기에 서투른 성격은 바꿀 수 없었다. 나는 나를 지켜야 했다.

어느 날 정신이 들고 보니 나는 부모님에게 화풀이를 하고 있었다. 나의 나약함을 외면하고 싶어서 심한 말을 퍼부었다. 그 이후로 부모님의 얼굴을 제대로 마주하지 않았다.

그로부터 10년. 내 인생은 제대로 굴러가지 않았다.

세상을 냉소적으로 바라보며 어떻게든 나를 지키고 있다. 이러니 친구나 애인이 생길 리 없다. 마녀의 사명도 생각하고 싶지 않다. 마녀도 마도구도, 나를 힘들게 하는 추억이니까.

다른 사람의 행복 따위는 바랄 수 없다. 어떻게 해야 훌륭해질 수 있는지도 모르겠다. 마녀는 행복을 전해야 하는데 할머니의 기대에 부응하지 못하는 현실이 나를 괴롭혔다. 나는 혼자서는 할 줄 아는 것이 아무것도 없다. 나약하고 겁쟁이라 어떻게 손쓸 도리도 없다.

나는, 나는…….

"어제 친척들이 모였어요. 사촌 오빠 결혼을 축하하러.

그런데 할머니는 친척들과 교류가 별로 없었기 때문인지 어제가 할머니 기일이라는 걸 아무도 모르더라고요. 온통 축하한다는 말뿐이었어요. 나는 그게 못 견디게 속상했어요. 물론 우연이에요. 우연히 어제 결혼 소식이 겹친 것뿐이죠. 그래도, 그날은 특별한 날인데, 어제만 아니었다면 아무 생각도 하지 않고 끝났을 텐데."

"그랬구나. 그래서 마도구를 꺼낸 거였어."

소타의 말에 나는 고개를 가볍게 끄덕였다.

그 움직임에 눈가에 맺혀 있던 눈물이 볼을 타고 흘러내렸다.

"혹시 시즈쿠, 축하하는 자리에서 화냈어?"

"……."

"하하하, 그럼 나기사는 틀림없이 손을 번쩍 들면서 환호했을 거야."

"……그랬으려나."

소타는 외톨이가 된 마음에 가만히 다가와주었다. 어깨를 끌어안고 머리카락을 쓰다듬으며 그 가슴으로 내 눈물을 받아들여주었다. 문득 그의 품에서 풀 내음이 났다. 여름의 숨결. 생명의 반짝임. 그립고도 아름다운, 다시는 돌아오지 않을 추억이 나를 애태웠다. 줄곧 갈망했던 것. 하릴없이 눈물이 흘렀다.

"시즈쿠, 미안해. 널 혼자 둬서."

"그러니까요. 중요한 순간에 없어져서는."

말은 그렇게 했지만 신기하게도 원망이 사그라들었다.

왜. 어째서. 평생 용서하지 않기로 했는데.

사람의 마음이란 생각보다 무르다. 사람은 결국 혼자서는 살아갈 수 없다. 한번 친구가 된 사람이 그리 쉽게 싫어질 수는 없는 것이다. 내가 그토록 원했던 게 무엇인지 깨달았다. 드디어, 줄곧, 이제야, 이렇게나.

"소타…… 소타."

소타의 품 안에서 나는 울었다.

10년 동안 고여 있기만 했던 슬픔을 끝없이 흘려보냈다.

울고 또 울고, 마침내 눈물도 말라버렸을 때였다.

나는 밤하늘 아래에서 조그마한 마음을 털어놓았다.

"그 프랑스 사람, 기뻤을 거예요."

"응?"

나는 소타의 품에 머리를 기대며 말했다. "말을 걸어줘서 기뻤을 거예요. 혼자 쓸쓸했을 테니까."

"음, 어땠을까. 지금 생각해보면 역시 괜히 더 난처하게 만든 것 같은데."

"그래도 기뻤을 거예요. 나라면, 분명히."

혼자일 때 누군가가 말을 건네준다는 게 얼마나 기쁜 일인지 알고 있다. 나는 도움을 요청할 용기도, 손을 내밀 용기도 없다. 그런데도 당신은 그걸 가뿐히 해낸다. 행복을 나르는 마녀처럼. 그런 당신이니까 나는 계속……

검은 우주 아래. 별이 미소 짓는 밤. 은하수는 견우와 직녀를 영원히 갈라놓는다.

그도 작은 마음을 흘렸다.

"기억이 없어."

"네?"

나중에야 든 생각인데 그가 자신의 이야기를 하는 건 처음이었다. 나는 처음으로 그의 내면에 닿았다.

"언제부터였을까. 그냥 어느 날 문득 양부모님과 살고 있었고, 그전의 기억은 없었지만 딱히 의문을 갖지는 않았어. 한 가지 기억나는 건 '마녀에게 힘이 될 것', 그것뿐이야." 소타는 정면을 똑바로 응시하며 말했다.

그의 눈에는 무엇이 보일까.

"어느 날 길에서 나기사랑 마주쳤거든. 그게 처음 본 거였는데 엄청 놀라더라고. 심지어 아무 말 없이 나를 끌어안는 거야. 왜 그러는지는 알 수 없었어."

"할머니가?"

소타는 고개를 끄덕이고는 말을 이어갔다.

"그러더니 시즈쿠와 친구가 되어달라고 했어. 그래서 널 만나러 간 거야. 나중 일은 너도 알 테고. 말은 못했지만 마녀 이야기를 들었을 때는 깜짝 놀랐어. 내 유일한 기억과 겹쳤으니까."

"그랬구나. 몰랐어요. 할머니는 왜 놀랐을까."

"글쎄, 그건 지금도 모르겠어." 소타는 나지막이 한숨을 내뱉은 후 이야기를 계속했다. "물난리가 났던 그날 나도 물에 휩쓸렸어. 이렇게 죽는구나 싶었지. 실제로 그때부터 기억이 없어. 그랬는데 웬걸, 정신을 차리고 보니 밤하늘 아래에 덩그러니 있는 거야. 몸은 커져 있고 2018년이고, 무슨 상황인지 모르겠는데 네가 있는 곳은 왠지 느낌으로 알 수 있었어. 지나가던 누님들한테 히치하이크를 부탁해서 하룻밤 걸려 너희 집으로 간 거야."

"그랬구나……."

밝혀지는 과거에 침묵했다.

대체 어떻게 된 일일까. 영문을 알 수가 없다. 모두가 소타의 존재를 잊은 것과 관계가 있는 걸까. 할머니는 뭔가 알고 있었을까. 그렇다면 왜 아무것도 가르쳐주지 않았을까. 내 안에서 의문이 부풀어 올랐다.

"그래도 어쨌든 잘됐어. 아리송하긴 하지만 결과적으로는 다 잘됐지 뭐."

"엥?"

의아해하는 나와는 반대로 소타는 미소를 띠며 말했다.

"뭐가 뭔지는 모르겠지만 널 다시 만날 수 있으니까 나는 다 좋아. 예뻐졌어, 시즈쿠. 진심으로 다시 반했어."

"나, 나는 원래 예뻤어요."

"하하하, 그런 면도 그대로라서 안심이야. 맞아, 역시 시즈쿠가 제일 예뻐."

"뭐라는 거예요, 바보 같기는."

낯 뜨거운 대사를 주저 없이 내뱉는 그가 치사하게 느껴졌다. 화끈거리는 얼굴은 당분간 식을 것 같지 않았다.

"끙차."

별들이 재잘대는 밤하늘 아래. 소타는 무릎을 짚더니 힘차게 일어섰다. 올려다보니 그런 그가 더욱 커 보였다. 별하늘을 등진 그는 더 이상 소년이 아니었다.

"시즈쿠."

"왜요."

"늦었지만 마녀의 사명, 열심히 하자."

잠자코 있는 나에게, 그는 쓸쓸한 눈망울로 말했다. 그
곳에 있는 이는 내가 아는 소타가 아니었다. 내가 모르는
그의 고독이 풀려나간다.

"나는 죽었다고 생각했어. 그날, 내 인생은 끝났다고 생
각했거든. 하지만 그게 아니었어. 이유는 모르겠지만 지금
이렇게 살아 있지. 거기에는 분명 의미가 있을 거야. 나는
그걸 알고 싶어. 어디에서 왔고 어디로 가는지, 분명 시즈
쿠를 돕는 게 나의 사명이자 나를 알 수 있는 단서가 될 거
야. 나는 날 알고 싶어. 시즈쿠와 함께." 그는 세계의 저편
으로 시선을 던지며 말했다.

몸을 웅크린 나에게 빛나는 용기가 뻗쳐왔다.

그는 강하다. 울고 싶어질 정도로 눈부시고 강하다. 어
떤 세계에서도 결코 나약함을 보이지 않고 앞을 바라본다.
그와 함께라면 나도 싸울 수 있지 않을까 하는 생각이 들
만큼 강렬하고 애틋하다.

과연 나도 그처럼 될 수 있을까.

"마녀의 재활, 같이 힘내보자."

"응……."

무심결에 끄덕이고는 생각했다. 왜 끄덕였을까. 나를 바

꾸고 싶으니까? 이제는 혼자가 아니라서?

　잘은 모르겠지만, 알고 있는 사실이 있다면 그것은 오직 하나였다.

　　시즈쿠, 어떤 순간에도 마음이 가는 대로 살아야 해.

　할머니…….

마음속으로 할머니에게 물었다.

달라질 수 있을까. 나는 날 바꿀 수 있을까.

이런 세상이지만 진심으로 웃을 수 있다면, 나는…….

"소타, 날 도와줄 거예요?"

"당연하지. 말했잖아. 널 행복하게 하는 게 내 일이라고."

　도란거리는 별하늘 아래, 마녀의 마법은 힘을 잃기 시작했다. 푸른빛이 우리를 감싼다. 두둥실, 기분 좋은 감각이 우리를 이끈다.

　마지막으로 본 추억의 산들은 잘 다녀오라며 미소를 건넸다.

　10년을 뛰어넘은, 여름날의 이야기가 다시 시작되었다.

2장

마
녀
재
판

꿈을 꿨다. 아련하고 까마득한, 아지랑이처럼 일렁이는 기억.

"간다, 시즈쿠."

"잠깐만! 심호흡, 심호흡 좀 할게."

찌는 듯이 더운 어느 여름날. 뭉게구름이 몽실몽실 피어오르며 장관을 이루고 매미 노랫소리 사이로 하늘의 웃음소리가 들릴 것만 같은 푸르른 세계의 끝자락이었다.

나와 소타는 강에서 수영 내기를 하고 있었다.

"자, 시이작!"

"아, 정말."

심호흡을 하는 중이었는데 소타가 출발해버리는 바람에

나도 냅다 뛰어들었다.

강은 얕고 잔잔했다. 산골짜기답게 강바닥의 자갈이 또렷이 보일 만큼 맑고 투명했고 물은 차가워서 기분 좋았다. 푸른 하늘을 오려낸 듯한 색상의 수영복을 입은 나는 일사불란하게 물장구를 쳤다.

"하, 하, 푸하."

소타를 쫓기 위해 자유형으로 온 힘을 다해 물을 갈랐지만, 그의 접영은 상당히 빨랐다.

똑바로 잘 가고 있는지 자신은 없었지만 일단은 무아지경이 되어 발장구를 쳤다.

"골인. 후우, 시즈쿠가 좀 더 빨랐네."

"당연하지. 게다가 소타 넌 먼저 출발했으니까 어차피 나의 승리야."

나는 숨을 가쁘게 내쉬면서도 떨어지는 물방울을 닦으며 허세를 부렸다. 지금 생각하면 소타가 일부러 봐준 건가 싶기도 하다. 어찌 됐든 나의 열두 번째 승리였다.

"오늘로 나는 40승 12패네. 그래도 아직 한참 남았어."

"잘 봐. 바로 역전해줄 테니까."

당시 우리는 어렸기에 생각하는 것도 아이 같았다.

수영뿐만 아니라 가위바위보든 뭐든 먼저 100승을 달성

하면 진 사람이 소원을 들어주는 게임을 했었다. 딱히 특별할 것도 없고 흔히 있음직한 놀이였다. 대부분 기록을 까먹고 처음부터 다시 시작했기 때문에 100승은 영원히 닿지 못할 숫자가 되어 있었다.

"시즈쿠, 이거 기분 진짜 좋다? 소타 통구이!"

"앗, 치사해. 나도 하고 싶어."

"전에 혼자 이거 하고 있었는데 새똥이 떨어져서 얼마나 놀랐는지 몰라."

"더러운 소리 하지 마……."

강 한복판에는 어린아이 둘은 뒹굴 수 있을 만큼 커다란 바위가 있었다. 그 바위는 햇볕을 받아 뜨겁게 달궈진 상태였기 때문에 젖은 등을 대고 누우면 몸을 적당히 데워주었다. 태양이 온몸을 감싸듯 빛이 내리쬐고 심장이 뛰는 소리가 귀 안쪽에서부터 울려 퍼졌다. 뭉게구름은 하양보다 더 새하얗고 눈꺼풀 너머에서는 태양이 새빨갛게 안구를 태웠다. 물방울이 허벅지를 타고 흘러내리는 간질간질한 느낌, 젖은 수영복이 축축하게 몸을 감싼 느낌이 썩 유쾌하지는 않았다. 팔 쪽은 금세 다 말랐다. 이렇게 보송해진 피부를 또다시 차가운 물에 담그는 감촉이 너무나도 좋았다. 어릴 때는 정말 아무것도 아닌 일로도 설렐 수 있었다.

"시즈쿠도 이제 수영 꽤 잘하네."

"응. 최근엔 다리를 쭉 펴야 더 빨리 갈 수 있다는 것도 알게 됐어."

"오호, 스스로 깨우치다니, 시즈쿠 의외로 운동 신경이 좋구나?"

"당연하지. 난 몸을 움직이는 걸 정말 좋아하거든."

바위 위에 누워 하늘에 던지듯 이야기를 주고받았다.

그랬다. 나는 운동을 곧잘 했다. 집에 있는 걸 좋아할 것 같아 보이지만 달리는 것도 헤엄치는 것도 하려면 할 수 있는 타입이었다. 희미해졌던 기억이 떠올랐다.

"그럼 깃털로 하늘을 날 때도 엄청 빨리 갈 수 있겠다."

"제일 빠른 마녀가 되어야지. 그때는 마녀의 기사인 소타를 뒤에 태워줄게."

"시즈쿠 뒷자리라, 안 떨어지게 조심해야겠네."

"내 몸을 껴안으면 되지. 다른 사람은 안 되지만 소타라면 괜찮아."

지금 생각하면 상당히 아슬아슬한 대사다. 그때는 정말 겁이 없는 소녀였다.

"것보다 소타, 내가 100승을 하면 말인데."

"애 봐라, 벌써 이겼을 때를 생각하는 거야?"

이야기하면서 옆을 바라보자 소타의 축 늘어진 팔이 시야에 들어왔다. 문득 그의 손을 잡고 싶다는 충동에 휩싸였다. 결국 그 손을 어떻게 했는지까지는 기억이 나지 않는다.

기억의 실이 느슨하게 끊긴다. 물보라의 반짝임이 세상을 휘덮듯 추억은 새하얀 캔버스가 되었다. 그 후에 우리는 어떤 대화를 했을까. 기억이 나지 않는다. 하지만 기나긴 이별이 찾아오기 전에 우리의 내기가 딱 한 번 100에 도달했던 건 기억하고 있다. 아마 내가 이겼던 것 같은데, 생각이 나지 않는다. 10년도 더 된 기억이다. 어떤 내기를 하고 어떤 소원을 말했는지도 떠오르지 않는다. 그래도 그것은 사소하지만 무척이나 반짝거리는 소원이었던 것으로 기억한다. 서랍 속 어딘가에 넣어둔 소중한 추억. 우리는 그날…….

그립고도 아늑한, 그러나 덧없는 꿈은 여기까지였다.

도시의 여름을 한마디로 표현하기에 '지옥'만큼 좋은 단어가 또 있을까.

늘어선 집들의 창문은 태양을 증식시키고 아스팔트는 지옥의 열을 내뿜었다. 내가 사는 건물도 예외는 아니라서 쨍쨍 내리쬐는 햇빛을 받아내느라 여념이 없었고, 웅웅 돌아가는 실외기는 체감 온도를 상승시켰다. 나무가 줄었는데도 매미는 아랑곳 않고 근성을 보여주는 반면 여름의 악마인 모기는 나가떨어졌는지 한 마리도 보이지 않았다.

그렇게 온통 새파란 하늘이 펼쳐진 도시의 7월 하순. 그리운 산에 다녀온 다음 날이다.

학교는 여름방학이고 딱히 동아리 활동이나 아르바이트에 열을 올리지도 않는 나는 에어컨이 작동되는 원룸에서 어떤 선언을 듣고 있었다.

"으쌰, 드디어 마녀의 사명을 본격적으로 시작한다. 헤이세이의 마지막 해인 올해, 마녀의 힘이 세계를 구할 거야! 집중해서 힘내자고!"

"하아."

나의 죽마고우 소타는 방 가운데에서 민소매 셔츠에 반바지라는 시원시원한 차림으로 아이스크림을 손에 든 채 그렇게 외치고 있었다. 저 옷값을 전부 내가 냈다고 생각하니 살짝 짜증이 일었다. 참고로 저 아이스크림은 편의점에서 "이 녀석은 남 같지가 않다니까"라며 내게 사달라고 한, 그와 이름이 비슷한 제품이었다.

어제, 그 후.

도쿄로 돌아온 우리는 집에 도착해 앞으로 어떻게 할 것인지 열을 올리며 이야기했다.

　한때는 내가 동경했던 마녀의 사명. 하지만 슬픈 기억으로 인해 봉인해버렸던 어린 꿈.

　하지만 지금이라면 다시 시작할 수 있지 않을까. 그런 바람을 담아 소타에게 이런 마녀가 되고 싶다는 둥 이렇게 사람을 돕고 싶다는 둥 오만소리를 다 한 것이다. 어젯밤의 나는 정말이지 몸도 마음도 한껏 들떠 있었던 것 같다.

　그리하여 어둠이 밝은 지금. 소타의 옷을 사고 난 오전 11시.

　어젯밤 내 열의를 적당히 받아준 소타는 "이야, 시즈쿠가 다시 의욕을 갖다니 진짜 다행이야", "마녀가 시대착오적이라고 했을 때는 막막하더라니까"라며 웃고 있었다. 그런 그를 보면서 이제는 냉정해진 머리로 호흡을 가다듬었다. 왜냐하면 지금부터 중요한 말을 해야 하기 때문이었다. 결심을 굳힌 나는 단호히 입을 열었다.

　"소타 씨."

　"응, 왜?"

　"할 말이 있어요."

　"뭔데, 아이스크림 한 입 달라는 거야?"

"아뇨. 먹다 만 아이스크림은 필요 없어요."

"하하하, 그래그래. 그럼?"

"실은 마녀의 사명에 관한 얘기예요."

"응."

"역시 관두는 게 좋을 것 같아요."

"뭐어? 거짓말하지 마, 이런 분위기에서 무슨 소리야아."

나의 선언에 소타는 진심으로 놀라더니 "그렇게 열성적으로 말했으면서어어" 하며 사이렌 같은 소리를 냈다. 그 기분은 잘 알겠다. 알겠지만 어쩔 수 없다. 하룻밤이 지나고야 깨달았으니까.

"어젯밤, 저는 옛 추억과 벅찬 감정에 젖어서 마녀의 사명을 다하겠다고 말했어요. 그건 인정합니다. 하지만 냉정을 되찾으니 알겠어요. 그건 노래를 100곡이나 부르고 그것도 모자라 등산까지 했던 피로감에서 비롯된 잘못된 판단이었다는 걸요. 교묘한 수단으로 고객을 최면 상태에 빠뜨려서 사인하게 만드는 일종의 악덕 상술인 거죠. 그러니 여기에서는 쿨링오프(일정 기간 내에 소비자가 계약을 취소하면 계약금을 돌려받을 수 있는 제도-옮긴이)를 적용해서 없었던 일로 하겠습니다."

"으아…… 또 냉정하게 말하네."

소타는 기가 막힌다는 표정이었지만 이건 내가 옳다고 자신 있게 말할 수 있다. 몇 번이나 말하지만 마녀는 시대착오적이다. 현대 사회에 부합하지 않는다.

무엇을 위해 마녀가 존재하는지 여전히 불분명한 상태이며, 사람은 혼자 살아야 한다는 신념을 가진 나로서는 도저히 받아들일 수 없었다. 세상과 사람을 위해서라곤 하지만 한 번씩밖에 쓰지 못하는 마도구로 사람을 구하라고 해봤자 뻔할 뻔 자다. 겨우 이 정도로 세상이 좋아지리라는 생각은 들지도 않는 데다 애초에 누군가를 위한다는 발상 자체가 사토리 세대와 맞지 않는다. 나는 사람들 눈에 띄고 싶지도 않다. 그러니 현대 사회에 마녀는 필요 없다고 단언할 수 있다.

"그리고 소타 씨한테도 원인이 있어요."

"뭐? 나?"

소타는 놀란 얼굴로 스스로를 가리켰다. 전혀 자각하지 못했다니, 그렇다면 가르쳐줘야지 어쩌겠나. 당신이 얼마나 비겁한지를 말이다.

"당신의 방식은 굉장히 비겁합니다. 10년이나 나를 나몰라라 해놓고 오랜만에 나타나서는 시골에 데려가서 심각한 표정으로 정에 호소했잖아요. 감수성이 풍부하다는 약점을 파고들다니, 참으로 비겁하고 도리에 어긋난 행위라 할 수 있죠."

"아니, 그건 그게 아니라."

"변명은 됐습니다. 또 있어요. 아까도 말했지만 100곡을 부르게 해서 이성과 체력을 빼앗은 것도 고리타분한 방식이라 생각해요."

"그것도 내 탓이야? 예언서 내용도 내 관할인 거야?"

"이의는 기각합니다. 그리고 그게 다가 아닙니다. 어제 집에 온 후에도 '옛날처럼 같이 목욕하자'는 등 '꼭 안아달라'는 등 불쾌한 발언을 해댔는데, 그런 이기적인 언행에 신뢰가 떨어졌어요."

"잠깐만, 그 대사는 내가 아니라 시즈쿠가."

"그, 입, 다, 물, 어, 요. 따라서 당신의 요구에는 따르지 않기로 했습니다. 잠시 제정신이 아니었던 것뿐이니 어제 일은 부디 전부 잊어주시죠."

그 후에도 나는 얼마나 냉정을 잃었을까. 그 원인은 분명히 소타에게 있다. 그러므로 그동안 주고받은 대화는 죄다 무효이며 침대의 반을 빌려준 것도, 심지어 같이 자버린 것도 다 잊어라, 아니 빨리 잊어달라, 그렇지 않으면 이러저러한 엄청난 짓을 할 테다, 라는 이야기를 땀을 뻘뻘 흘리며 늘어놓았다.

"히히히, 시즈쿠."

"뭐, 뭐예요. 기분 나쁜 얼굴로."

하지만 창피함을 감추려는 나의 필사적인 노력조차 그에게는 통하지 않는다는 걸 뼈저리게 느꼈다. 뭐가 어찌 됐건 소타는 모든 것을 꿰뚫어보니까.

"그런데 시즈쿠, 그렇게 말한 것치고 마도구가 죄다 깨끗하게 닦여 있는데 이건 왜 그런 거야?"

"그, 그건 먼지가 많이 쌓인 게 보기 싫어서 그랬어요."

"오호, 그럼 스마트폰 검색 이력에 '마녀의 마음가짐'이라는 게 있는데, 이건?"

"그것도 그냥 잠깐 궁금했던 것뿐이고, 그나저나 마음대로 건드리지 말란 말이에요."

"그러엄, 책꽂이에서 마녀에 관한 책을 앞으로 빼놓은 건 뭐지?"

"으, 그것도 정리하다 보니 우연히 그렇게 된 거예요."

"그런데 말이야, 벽에 엄청 크게 '훌륭한 마녀가 되겠다'라고 적힌 종이가 붙어 있는데 이거 어제까지는 없었지?"

"아…… 그건, 그."

정곡을 찔린 나는 횡설수설하고 말았다. 아니 그게, 옛날부터 목표는 종이에 써서 붙여두라고 할머니가 말했단 말이다.

내가 아무 말도 하지 못하자 소타는 "하하하, 시즈쿠가 나를 앞지르려면 100년은 멀었지" 하며 호쾌하게 나를 토닥여댔다. 얹혀사는 주제에 거드름을 피우는 모습이 왠지 분했다. 하지만 자꾸만 위로 올라가는 입꼬리를 막을 수 없는 것 또한 사실이었다. 결국 나는 소타의 적수가 못 되는 것이다.

"뭐, 무엇을 위해 마녀가 존재하는지는 앞으로 차차 알아가기로 하고. 일단 눈앞의 사명부터 달성해보자고. 그게 시즈쿠의 인생을 되돌리는 열쇠가 될 거야."

"딱히 그런 걸 바라는 건 아닙니다."

"강한 척하지 말라니까. 걱정 마. 나와 함께라면 잘될 테니까."

"하여튼 못 말려."

상황은 이렇게 마무리되었다. 나는 저항할 마음을 잃고 결국에는 끄덕였다. 그에게 휘둘렸다는 현실은 원통하지만 속마음까지 거스를 수는 없다. 역시 나는 마녀로서 할머니의 기대에 부응하고 싶은 것이다. 혼자서는 아무것도 할 수 없지만 둘이라면……. 그런 생각을 하게 된다.

그리고 또 한 가지.

'지금은 아직 마음에 두지 말자.'

소타에게 들키지 말자고 조심스레 맹세했다. 궁금하기는 하지만 일단 소타의 정체는 생각하지 않기로 했다.

그날, 소타가 죽은 줄로만 알았다. 하지만 지금 그는 틀림없이 눈앞에 있다.

기억이 없는 이유가 무엇일까. 모두가 그를 잊은 것과 관계가 있는 걸까. 솔직히 말하면 엄청나게 신경 쓰이지만 그래도 그 문제는 나중으로 미루기로 했다. 분명 마녀의 사명을 이어가다 보면 알 수 있을 때가 올 것이다. 근거는 없지만 왠지 모르게 그럴 것 같다는 예감이 들었다. 그도 그럴 것이 우리는 죽마고우니까. 몇 년이 지나도 특별하고 소중한 두 사람이니까.

"그럼 이 아이스크림을 다 먹고 시작해볼까."

내 생각을 아는지 모르는지 소타는 씩씩하게 외쳤다.

"그래요."

나는 시선을 돌려 창밖의 쾌청한 풍경을 바라보았다.

7월의 하늘은 무척이나 눈부시게 빛났다. 그러고 보니 머지않아 생일이다. 올여름도 아주 덥겠지. 생일에는 항상 더워했던 기억을 떠올렸다.

높은 하늘에 크레파스로 덧그리듯 비행운이 길게 뻗어 간다. 직선으로 뻗은 새하얀 희망이 우리의 목적지를 가리키는 것 같았다.

내가 다니는 대학교는 도심에서 떨어진 곳에 있다.

역에서 정문까지는 학생들이 찾는 노래방이며 술집들이 죽 늘어서서 북적거리는 반면, 대학 뒤로 펼쳐진 주택가는 한적 그 자체다. 슈퍼마켓이 밤 9시에 문을 닫는 것만 봐도 알 수 있듯이 좌우지간 활기가 없다. 산의 경사면에 개발된 땅이라 비탈길이 많고 녹색 나무들이 만들어낸 풍요로운 자연도 눈에 담을 수 있다. 마을 한편에는 폭이 100미터나 되는 큰 하천이 흐르는데, 이 하천은 마을의 상징이긴 하지만 태풍이 올 때마다 범람해서 대책을 세워야 한다는 의견이 제기되는데도 관공서에서 조치를 취할 기미가 보이지 않는다. 이렇게 도시 같지 않은 동네의 한 모퉁이에 내가 사는 곳이 있다. 소란스러운 걸 싫어하는 내게는 무척이나 지내기 좋은 공간이다.

그런 주택가를 벗어나 창공에 무늬를 그려내는 은행나무 가로수길 쪽의 뒷문으로 나가서 춤 연습 중인 댄스 동아리 옆을 조금만 지나면 부지 한가운데에 라운지가 있다.

그곳에서 나와 소타와 또 한 사람, 미우라 씨가 마주 앉아 있었다.

"처, 처음 뵙겠습니다. 문학부 2학년 미우라 사나입니다. 오늘 잘 부탁드려요."

"문학부 2학년 호조 시즈쿠입니다. 잘 부탁해요."

"난 소타, 반가워."

왜 갑자기 모르는 사람과 인사를 하는지 설명하려면 어제로 거슬러 올라가야 한다. 어제, 행복한 마음으로 비행운을 올려다본 후 이어진 바보 같은 대화다.

"좋아, 아이스크림도 다 먹었으니 이제 움직여볼까."

"그러죠. 일단 어떻게 할까요?"

"히히, 사실 의뢰인은 이미 찾아뒀어."

"네?"

"시즈쿠가 잠들었을 때 스마트폰을 빌렸거든. 대학교 인터넷 게시판에 모집 글을 올렸어."

"마음대로 무슨 짓을 한 거예요!"

"어쩔 수 없잖아. 귀엽게 자는데 깨우기도 미안하고 말이지."

"……그래서 뭐라고 적었어요?"

"마법소녀 호조 시즈쿠의 고민 상담☆ 어떤 고민이든

다 때려눕힐래♪' 이런 느낌으로."

"머리가 어떻게 된 거 아니에요?"

"그랬더니 댓글이 빗발치더라."

"어, 어떤 댓글?"

"이를테면 '뭐야 이게', '마법소녀?', '호조라면 그 문학부생?', '누가 좀 때려눕히고 와라', '호조라면 맞아도 좋아' 이런 식?"

"완전히 바보 취급당했잖아요!"

"아냐, 그래도 제대로 고민 상담을 요청하는 사람도 있었어. 그중에 진지해 보이는 사람을 엄선해서 내일 점심때 만나기로 했지."

"진지한 사람이라면 이런 게시판에 의존하지 않을 것 같은데요."

"일단은 가보자고. 장난이라면 때려눕히면 되잖아."

"당신을 때려눕히고 싶은 기분이에요."

"참고로 마녀 옷을 입는 게 분위기가 날 것 같아서 인터넷 쇼핑을 좀 했어."

"가만 안 둬요!"

이상. 내 오랜 친구의 뇌는 젤리로 만들어져 있다고 확신했다.

어쨌거나 진지한 사람으로 선택했다는 부분만큼은 사실인 듯, 미우라 씨는 어른스럽기도 하고 나름대로 예의 발라 보였다. 그런 게시판에 의존하는 건 좀 걱정되지만.

"그래서, 사나의 고민은 뭐야?"

첫 대면이라 그런지 아직 긴장한 듯한 미우라 씨에게 소타가 물었다. 우물쭈물하다 열린 그녀의 입에서 나온 말에 나는 맥이 확 빠졌다.

"시…… 실은 좋아하는 사람이 있는데 용기가 없어서 고백을 못하고 있어. 그러니 힘을 빌려줬으면 해서."

"하아."

더듬더듬 늘어놓은 이야기를 정리하자면 대충 이렇다.

미우라 씨에게는 좋아하는 남자가 있다. 그 상대는 우리와 같은 문학부 2학년인 미즈타라고 한다. 잘생겼고 친절하기로 유명한 사람이라는데(나는 금시초문이지만) 너무 잘생겨서 말을 못 걸겠단다. 말을 걸고 싶지만 못 걸겠다, 고백하고 싶은데 어떻게 해야 좋을지 모르겠다, 그런 고민을 하고 있을 때 대학교 게시판에서 고민 상담을 받는다는 글을 봤고 지금에 이르렀다는 이야기였다.

"미즈타는, 입학한 지 얼마 안 돼서 친구도 없을 때…… 아, 지금도 친구는 없지만 여하튼 그때 만났어. 이 학교 엄청 넓잖아? 그래서 길을 잃어버렸는데 걔가 도와준 거야. 그때부터 미즈타가 좋아졌어."

그야말로 사랑에 흠뻑 빠져서 넋이 나간 눈동자였다. 발그레한 볼을 보니 그녀의 마음이 진심이라는 걸 알 수 있었다. 하지만 나는 그런 광경을 앞에 두고 한숨밖에 나오지 않았다.

"시즈쿠, 네 생각에 이 의뢰는 어때?"

"글쎄요. 저로서 이 의뢰는…… 논외네요."

"응?"

"유후! 나왔다, 시즈쿠의 논외 발언. 따발총 연설이 시작된다!"

소타의 장난스러운 말투에 손바닥을 세워 그를 향해 내리쳤다. 그러고는 놀란 표정의 미우라 씨에게 지론을 펼쳤다. 연애 따위 얼마나 무의미한지 성심성의껏 설명해줬다.

"미우라 씨, 잘 들어요. 당신은 지금 사랑이라는 감정에 이성을 잃었어요. 하지만 그건 죄다 속임수입니다. 세포에 새겨진 본능과 젊음에서 비롯된 치기에 보기 좋게 속은 것뿐이고, 결국은 시냅스가 그려내는 전기 신호에 지나지 않아요. 당신은 사랑을 하고 싶다고 생각하겠지만 현실은 그저 잘생긴 남자를 만나고 싶어서 안달 난 것에 불과합니다. 우선은 여기까지, 알겠어요?"

"뭐, 뭐……."

그녀는 마냥 좋다고만은 할 수 없는 표정으로 중얼거렸다. 소타는 박장대소를 했다. 그 반응이 마음에 들지는 않았지만 그래도 계속 말했다.

"그래서 말이죠. 기껏 의뢰를 해줬는데 미안하지만 다시 생각해보는 게 어떨까요? 어떤 열렬한 사랑을 하든 언젠가는 권태기를 맞게 되고 황혼 이혼에서 비롯된 제3차 세계대전을 초래할 거예요. 이왕 이 세대로 태어났으니 혼자인 게 얼마나 감사한지 더욱 절절히 깨달아야 한다고요. 가끔씩 그걸 이해하지 못하는 분들이 '왜 미팅을 거절해, 우리랑 같이 가는 건 싫다는 뜻이야?', '호조는 다른 사람을 깔보니까 결혼 못 할 것 같아', 이런 소리를 해대지만 완전 잘못 짚은 겁니다.

아니, 사실 당신들보다 내가 더 사랑스럽고 아름답잖아요. 부잣집 정원에서 우아하게 사는 금붕어와 페루 남부의 안데스 산속에 사는 민물 개구리만큼이나 차이가 있다는 건 엄연한 사실이거든요. 어쨌거나 그건 단순한 피해망상에 불과하고, 그런 생각을 하니 육체적인 관계를 원하는 남자에게 상처받는 처지가 되는 거예요. 그러니 부디 연애에 열 올리지 말고 혼자……."

등등.

그 후에도 나는 연애는 참으로 쓸모없다는 것, 연애 따위를 하지 않는 사람이 승자라는 것, 결혼 못할 것 같다는 말을 들은 게 화가 나서 '싱글 최고론'을 펼치는 게 아니라는 걸 구구절절 이야기했다. 그런데도…… 이 맹한 친구는 알아들었는지 못 알아들었는지, 나를 보며 이런 이야기를 꺼냈다.

"그런데 호조 씨, 말은 그렇게 하지만 남자친구 있잖아?"

"음? 없는데요."

"하지만 여기에……."

"여기에?"

그 순간 미우라 씨의 시선이 소타를 향하고 있음을 깨달았다. 나는 엄청난 착각에 목소리를 드높여 외쳤다.

"무, 무, 무슨 말을 하는 거예요. 아닙니다, 아니에요. 소타 씨와는 그런 사이가 아니에요! 굳이 표현하자면, 이 사람은 그거예요. 부록요. 과자나 음료수를 사면 덤으로 받는 장난감 같은 겁니다. 저라는 미녀를 더 빛내기 위한, 이를테면 회 옆에 놓인 민들레 장식이죠. 하아, 대체 무슨 생각을 하신 건지."

청천벽력이란 이런 걸 두고 하는 말이었다. 잘못 짚어도 한참을 잘못 짚은 착각을 다급히 정정했다.

"그, 그래? 호조 씨가 그렇다네."

"쿡쿡. 뭐, 그런 걸로 해두지."

"뭡니까, 그 웃음은. 우리는 그냥 소꿉친구잖아요."

"맞아, 그렇지. 우리는 '그냥 소꿉친구'지."

"그냥 소꿉친구……."

"미우라 씨, 그 표정은 뭡니까. 왜 홍당무가 돼서 두 손으로 입을 막는 거죠?"

미우라 씨가 눈을 반짝이며 쳐다보자 필사적으로 외쳤다. 그런 게 아니라고, 우리는 연인이 아니라고, 이 남자는 오랜 친구라는 걸 내세워 얹혀사는 주제에 남의 돈으로 사치를 부리는 놈이라고 호소했다.

그 결과 미우라 씨도 진정이 된 것 같았다. "아…… 얹혀 살고 있구나"라며 이해했는데, 그건 그것대로 이번에는 남자를 먹여살리는 여자라고 생각했는지 거북한 시선을 보냈다. 아니, 아니란 말이다. 이건 상황상 어쩔 수 없이…… 이제 그만하고 슬슬 본론으로 들어가야겠다. 이런 관계없는 이야기를 언제까지 하고 있어야 한단 말인가.

"어쨌든 미우라 씨는 한시라도 빨리 연애를 하려는 마

음을 접어야 합니다. 곧 후회할 거예요."

사람은 혼자 살아가는 게 제일 좋다. 무슨 일이 생긴다 해도 아무도 도와주지 않는다. 그 사실을 재차 강조했지만 그녀의 의지도 상상 이상으로 완고했다.

"그래. 호조 씨가 말하는 대로 후회할지도 모르지. 그래도 좋아한다는 마음은 억누를 수 없어. 이대로 아무것도 하지 않을 바에야 할 수 있는 건 한 다음에 후회하고 싶어. 어린애처럼 보일지도 모르겠지만 항상 그와 손잡는 날을 꿈꿔. 그런 소소한 행복을 원해. 그의 손을 잡고 온기를 느끼고 싶어."

"그렇군요. 그렇게까지 얘기하니 더 이상은 말을 않겠습니다."

그렇게 말하면서도 이런 생각이 든다.

솔직히 이해할 수 없다. 좋아하는 사람과 손을 잡고 행복을 느끼고 싶다니. 이 웬 꿈꾸는 소녀란 말인가. 그런 행위에 의미를 두다니 도무지 이해할 수 없다. 그런데 티끌만큼도 이해할 수 없는가 하면 꼭 그렇지만은 않은 것도 사실이었다.

이 기분은 도대체 무엇일까.

"시즈쿠, 의뢰를 받아들이자. 올바름보다 친절함이 중요할 때도 있잖아. 게다가 어렵게 만난 의뢰인이고. 이걸 계기로 친구가 될지도 몰라."

"친구 같은 건 필요 없어요. 그것과 이건 별개입니다."

귓속말을 하는 소타를 내쳤다.

친구라니, 연애보다 더 관심이 없다. 어차피 지금까지와 마찬가지로 제멋대로 다가와서는 정 떨어진다며 떠나갈 것이 분명하다. 그리고 친절함에는 더더욱 관심 없다. 보이스 피싱 사기가 활개 치는 걸 보면 알 수 있듯 친절한 사람일수록 손해를 보는 게 세상의 법칙이다. 고로 친절한 사람은 되지 않겠다는 것이 내 방침이다. 그러니 이것은 그냥 '일'이다. 할머니께 인정받기 위한 작업 같은 것이다.

나는 내가 할 일, 즉 마녀의 사명을 다할 뿐이다.

"알겠습니다, 미우라 씨. 그렇게까지 말씀하신다면 의뢰를 받아들이죠."

"정말? 신난다!"

오늘 듣던 것 중 가장 큰 목소리로 기뻐하는 미우라 씨 앞에서 침을 꿀꺽 삼켰다. 어떤 의미로는 지금부터가 첫 번째 난관이기 때문이었다.

"그럼 한 가지 중대한 비밀을 털어놓겠습니다. 내 정체에 관해서요."

"호조 씨 정체?"

멀뚱멀뚱한 그녀를 보며 진지하게 물었다.

"미우라 씨, 당신은 마녀의 존재를 믿나요?"

이야기가 조금 새는데, 마녀를 알게 된 날의 일을 이야기하겠다. 나는 어떤 여성과의 만남을 계기로 그 존재를 알게 되었다.

"앗, 응?"

할머니와 산골에서 둘이 살던 때였다.

당시 아홉 살이던 나는 눈앞에서 일어난 현상에 까무러칠 듯 놀랐다.

"어디 갔지? 사람이 없어졌어?"

"호호호, 없어져버렸네."

할머니는 놀라는 나를 보고 여느 때와 달리 무척 기쁘다는 듯 웃었다.

내가 경악한 것도 무리는 아니다. 그도 그럴 것이 이곳에는 방금 전까지 어떤 여성이 한 명 있었기 때문이었다.

여름 햇빛을 받으며 비탈길을 달려가 집에 도착하니 처마 끝에서 어여쁜 여성이 할머니와 이야기를 나누고 있었다. 잠시 망설였지만 인사를 하려고 다가갔고 그 사람과 눈이 마주쳤다.

그런데 그 순간, 믿을 수 없게도 그 사람이 사라졌다.

어슴푸레한 빛이 그녀를 감싸더니 순식간에 없어진 것이다. 도대체 어찌 된 일인지 어리벙벙했다.

"할머니, 방금 있던 사람 어디로 갔어?"

"마녀의 힘을 이용해서 원래 있던 곳으로 돌아간 것뿐이야. 그 아이는 마녀거든."

"마녀라면, 그림책에 나오는 그 마녀?"

"그렇단다."

"마녀라는 게 정말 있어? 동화 아니야?"

"그렇지 않으면 조금 전 현상은 설명이 안 되잖니."

"대단해! 할머니는 마녀랑 아는 사이야?"

"아는 사이 정도가 아니라 할미도 마녀였단다. 쌩쌩하고 젊었을 때 말이지."

"뭐라고? 할머니가?"

"나만 그런 게 아니라 시즈쿠도 마녀란다. 우리는 그런 집안이거든."

"아악!"

너무나도 아무렇지 않게 알게 된 탓인지 더욱 혼란스러웠다. 한동안은 고성을 지르며 뛰어다녔던 것 같다.

할머니는 그런 내게 마녀에 관해 자세히 가르쳐주었다. 눈앞에서 사람이 사라진 이상 믿을 수밖에 없었다. 들이마신 보리차가 여느 때보다 더 씁쓸하게 느껴졌다.

"그래서, 아까 그 사람은 왜 왔어? 할머니 제자야? 우리 말고도 마녀 집안이 있는 거야?"

"그렇지. 세상은 넓으면서도 좁다고나 할까."

"무슨 뜻이야?"

"곧 알게 될 거야. 분명하게 말할 수 있는 건, 그 아이는 '최강의 마녀'라는 거란다."

"최강의 마녀."

그 말은 10년이 지난 지금도 귓속에 메아리치고 있다.

"그 아이는 요령이 없어. 누구보다도 강하고 현명한 마녀인데 아직 그걸 모르지. 스스로에게 자신감을 갖지 못해서 괴로워하고 있단다. 마녀는 그 누구보다도 행복한 존재라는 사실을 깨닫지 못했어. 힘들어할 이유가 하나도 없는데 말이야."

"그렇구나."

맞장구를 치며 조금 전에 보았던 사람을 떠올렸다.

아리땁지만 어딘가 연약해 보였다. 외로운 분위기가 감돌았기에 최강이라 할 수 있을 만한 느낌의 사람은 아니었던 것으로 기억한다.

"그런데도 최강의 마녀야?"

"응, 최강이지. 그건 틀림없어."

할머니가 힘주어 끄덕였던 것도 기억하고 있다.

"그럼 할머니는 두 번째로 강한 마녀야?"

"노노노. 그건 아니야, 시즈쿠. 내가 그 아이보다 조금 더 위야."

"응? 하지만 그 사람이 최강이라며."

"후후후, 할미는 '무적의 마녀'란다."

"무적? 무적이 더 강한 거야?"

"당연하지. 뭐든지 다 무적이니까. 하하하."

그때부터 할머니의 무적 토크는 날이 저물 때까지 계속되었다.

"나는 내 미모로 1,000명의 남자를 해치웠단다. 날 화나게 했을 때도 앞뒤 잴 것 없이 마녀재판으로 혼쭐을 내줬다고. 히히히."

젊은 시절의 할머니는 무적이라 불릴 만한 미모를 자랑했다면서 웃으며 말했다. 지금 생각하면 어린 손녀에게 대체 무슨 이야기를 한 건가 싶긴 하다. 정말이지 할머니는 무적이라는 말과 너무도 잘 어울렸다.

"나도 훌륭한 마녀가 될 수 있을까?"

"당연하지. 할머니는 알고 있단다. 시즈쿠가 훌륭한 마녀가 되는 미래를 말이야."

그다음 날, 나는 소타에게 마녀 이야기를 했다. 도와달라는 부탁도 했다. 여름방학이 되면 자유연구로 별을 보러 가자는 약속도 했다.

그로부터 한 달여 후, 별을 보기로 약속한 날의 하루 전날. 호우가 우리가 사는 산을 덮쳤고 나는 혼자가 되었다. 그렇게 기나긴 고독의 시간이 시작되었다.

까마득하고 허망한, 마녀에 관해 알게 된 날의 그리운 기억이었다.

추억은 접어두고 이야기를 지금으로 돌리자.

결론부터 말하자면 미우라 씨는 마녀의 존재를 금방 믿었다.

"우아! 호조 씨 마녀야? 그림책에 나오는 그 마녀?"

"서, 설마 믿는 거예요? 그렇게 쉽게?"

"마녀라니 굉장해! 이게 마도구라는 거야? 우아, 엄청 분위기 있다!"

미우라 씨의 의뢰를 받아들인 후.

우리는 학교를 벗어나 불볕더위 속에서 그늘을 누비고 나아가듯 터벅터벅 걸었다. 잡담을 나누며 도착한 곳은 내가 사는 원룸이었다. 마녀의 존재를 믿게 하기 위해 마도구를 보여줄 필요가 있다고 판단했기 때문이었다.

솔직히 말하면 믿어줄지 확신이 없었다. 얼굴을 마주 보며 "어디 아픈 거 아냐?"라는 말을 들을 리는 없으리라 생각하면서도 "그, 그렇구나, 하하" 정도로 건조하게 나올 것이라는 각오는 하고 있었다. 그래서 설마 "나는 마녀예요"라는 한마디에 완벽하게 믿어줄 거라고는 전혀 예상하지 못했다. 동시에 불안해졌다. 이렇게 쉽게 믿어버려도 괜찮은 것인가. 아무래도 나쁜 남자에게 걸려들었을 것 같다는 느낌을 지울 수 없었다.

하지만 미우라 씨는 내 걱정 따위는 꿈에도 모른 채 그저 찬사를 늘어놓기 바빴다.

"대단하다. 대단해, 호조 씨. 이런 비현실적인 일이 정말 눈앞에 나타나다니. 실은 오컬트 같은 거 무척 좋아해서 영적인 힘을 얻을 수 있다는 곳에 가보기도 하거든. 굉장해. 마도구라는 건 처음 봤어. 호조 씨 같은 미녀가 빗자루를 타고 날면 SNS에서 인기가 폭발할 거야."

극찬이 빗발쳤다. 그녀의 찬사는 그칠 줄 몰랐고, 어안이 벙벙했던 나도 정신을 차리고 보니 자아도취에 빠져서 "요즘 누가 빗자루를 써요, SNS에서 인기는 많겠지만요"라며 으스대고 있었다. 돌이켜 생각해보면 이게 실수였던 것 같다. 이 뒤로 터무니없는 사태가 일어났으니 말이다.

"좋아, 그럼 이번에는 '나자르의 쌍둥이 반지'를 쓰자. 반지를 나눠 끼고 있는 동안 두 사람의 영혼이 바뀌는 도구야. 내가 적당히 사람들을 모아서 단체 미팅을 열 테니까 두 사람도 바뀐 상태로 참석해줘. 그리고 사나의 몸에 들어간 시즈쿠가 미즈타에게 어필하다가, 고백 전 단계까지 가면 반지를 빼서 사나가 직접 고백하는 거야. 어때, 완벽한 작전이지?"

"내가 왜 그런 일을 해야 합니까?"

"타협하자고. 나도 도울 테니까."

칭찬을 하도 많이 들어서 기분이 좋아진 탓이었을까. 말도 안 되는 일이었는데 승낙해버리고 말았다.

"어쩔 수 없네요. 미인인 내가 힘 좀 써볼까요?"

"좋았어! 역시 시즈쿠야. 아름다운 마녀!"

"호조 씨, 고마워. 역시 예쁜 사람은 마음도 예쁘구나."

나는 우쭐해져서 잔뜩 들떠 있었다. 신이 나서는 미우라 씨에게 마도구를 쓰기 위한 순서를 설명했다. 예언서에 마도구를 사용하고 싶은 이유를 적고, 떠오른 글자를 본 다음 순간…… 눈이 번쩍 뜨였다.

사람들 앞에서 게릴라 라이브를 할 것!
당신도 오늘부터 멋진 아이돌♪

"굉장해, 글자가 떠올랐어. 정말 진짜구나."

"게릴라 라이브라, 대학교에 허가를 받아야겠네."

예언서에 떠오른 글자를 보고 나는 완전히 싸늘하게 식어버렸다.

흥분했던 기분일랑 온데간데없었다. 고개를 숙이고 머리를 감싸 쥐었다가, 일어나서 심호흡을 하고 체조를 한 후 한 번 더 예언서를 응시했지만 시련은 그대로였다.

현실을 눈앞에 두고 별안간 입 밖으로 튀어나온 말은 이런 것이었다.

"이상, 아름다운 요술쟁이의 매직이었습니다. 마녀 이야기는 다 꾸며낸 거니까 이제 그만 돌아가요."

"뭐! 호조 씨, 갑자기 무슨 소리야?"

당황하는 미우라 씨에게 나는 맹렬히 항의했다. 이런 소리도 저런 소리도 아니다. 게릴라 라이브라니 말도 안 된다. 대체 이게 무슨 상황인가. 지난번에도 그렇고, 옛날부터 이어져온 마도구가 왜 자꾸만 나를 아이돌로 만들고 싶어 하는 걸까? 오타쿠인가? 마도구에 오타쿠의 혼이라도 깃들어 있나? 단숨에 저주받은 도구로 보이기 시작했다.

"시즈쿠, 진정해. 탈취제로 뭐하려는 거야?"

"놔요, 소타 씨. 이 마도구는 사악한 마음으로 더럽혀져 있어요. 지금 당장 소독하지 않으면 큰일 난다고요!"

소타가 날뛰는 나를 끌어안으며 필사적으로 말리는 광경이 또다시 반복되었다. 전과 다른 점은 혼란스러워하는 미우라 씨가 옆에 있다는 것이다. 하지만 그렇다고 해서 딱히 달라지는 것도 없었다.

"있을 수 없는 일입니다", "사람들 앞에서 라이브라니", "나더러 죽으라는 소리예요?"라며 저항했지만 소타는 역시 나를 다루는 법을 잘 알고 있었다.

"포기해, 시즈쿠", "이것도 운명이야", "했던 말을 철회하다니 요즘 세대답지 못하네"라고 하는 통에 물러나려야 물러날 수 없는 상황이 연출된 것이다.

결국 사흘 후 오후 3시.

나는 대학 부지의 한쪽에서 궁상맞은 라이브를 하고 있었다.

"좋아, 시즈쿠. 이런 걸 두고 마녀 숭배의 안식일이라고 하는 거야. 하하하!"

"호조 씨, 파이팅. 굉장히 독특하고 개성적인 가창력을 가졌네."

으, 정말…… 남의 일이다 이거지.

주변 어딘가에서 가져온 간소한 발판에, 소타가 대중음악 동아리에서 빌려온 엉성한 마이크와 스피커. 지나가는 사람들은 흐르는 음악에 맞춰 유행곡을 부르는 나를 정말 마녀라도 발견한 것처럼 쳐다보았다. 아, 안 되겠다. 창피해서 죽을 것 같다. 이 사람들은 왜 수업은 안 듣고 밖으로 나온 것인가. 이런 걸 흥미로워하는 세대였어?

"그런데 시즈쿠의 노래는 진짜 장난 아니야. 아무리 들어도 적응이 안 된다니까."

"마녀라서 평범한 사람과 미적 감각이 다른 걸까?"

"미우라 씨, 혹시 나한테 싸움을 거는 겁니까?"

그렇게 옥신각신하며 끝도 없이 노래를 부른 오후 4시 무렵이었다.

더위와 굴욕으로 너덜너덜해진 몸을 이끌고 집으로 돌아가 반지를 손가락에 껴보았다. 그러자 우리는 가뿐하게 서로의 몸으로 들어가는 데 성공했다.

"진짜 바뀌었네. 내가 호조 씨의 몸에…… 엄청나다!"

"하아…… 그렇네요."

내 몸을 손에 넣은 미우라 씨가 감탄을 연발했다. 지금 깨달은 사실이지만 이 아이, 아까부터 감탄사 외에는 하는 말이 별로 없는 것 같다. 어휘력도 걱정되기 시작했다. 그나저나 그 점을 감안하더라도 마주 본 나의 얼굴은 넋을 잃을 만큼 아름답다고 할 수밖에 없었다. 아니, 농담이 아니라 진심이다. 이런 미인이 존재해도 되는 것인가, 진짜로.

"미팅도 내일 저녁으로 정해졌으니 그때까지 이 상태로 지낼까? 서로의 몸에 익숙해질 필요도 있고."

"빠르네요. 아는 사람도 없는데 어떻게 잡았어요?"

"시즈쿠의 스마트폰으로 시즈쿠인 척하면서 '남자를 만나고 싶어'라고 적었더니 단번에 되던데."

"잠깐 누워봐요. 몸에 익숙해지려면 굳히기 자세를 한번 해야 할 것 같네요."

"결과적으로는 잘됐으니까 봐줘. 그나저나 둘 중 한 명만 반지를 빼도 몸이 원상 복귀되니까 조심해. 감각이 공유된다던데 그건 어때?"

"아, 맞다. 그럼 내가 이렇게…… 아! 옷장에 다리를 찧으면 호조 씨도 아파?"

"아픈 게 당연하잖아요, 갑자기 무슨 짓이에요!"

"하하하, 재미있다. 에잇, 에잇."

"아야, 아야야, 그만해요! 본인도 아플 텐데요?"

"하하, 하하하."

그 후에도 미우라 씨가 내 몸으로 귀여운 포즈를 취하면 소타가 그 모습을 카메라로 찍는 등 참담한 시간이 계속되었다. 아까부터 대체 뭐 하는 짓인지 모르겠다. 라이브에 이어 이렇게 가혹한 처사까지 당하다니. 역시 사람을 돕는 게 아니었다. 속이 부글부글 끓는 시간은 끝을 모르고 이어졌다. 그날이 의미가 있는 날로 바뀐 것은 한밤중이었다.

소타의 제안으로 자고 가게 된 미우라 씨는 나와 같은 침대를 썼고 소타는 소파에서 얇은 이불을 덮고 자고 있었다. 에어컨 소리가 울려 퍼지는 밤에 이런 목소리가 들린 것이다.

"호조 씨, 자?"

"안 자요."

옆을 보자 미우라 씨(엄밀히 말하면 내 얼굴)가, 거울에서 자주 보던 것과는 영 딴판이라 다른 사람 얼굴로 느껴질 만큼 부드러운 미소를 머금고 있었다. 그런 아련한 모습으로 그녀는 자그마한 추억을 이야기했다.

"사실 꽤 예전부터 호조 씨를 알고 있었어."

"학부가 같으면 그럴 수도 있죠."

"후후, 그런 게 아니야. 나는 호조 씨를 '알고' 있었어."

무슨 뜻인지 모르겠다는 표정으로 쳐다보자 그녀는 말을 이어갔다.

"사회학 수업에서 호조 씨를 본 게 작년 가을이었을 거야. 그 수업에서는 어려운 처지의 아이들이 고난을 이겨내는 다큐멘터리를 보여주고 있었어."

"엇, 자, 잠깐만요."

불길한 예감이 뇌리를 스쳤다.

"후후후, 그때 호조 씨 대단했지. 감상을 나누는 시간에 엄청 열을 올리면서 말했거든. 눈물을 뚝뚝 흘리며 한 시간 정도 칭찬을 늘어놓더라고. 꼭 호조 씨의 수업을 들으러 온 것 같은 기분이 들어서 그게 무척 재미있었어."

"아, 그건, 그……."

하필 그 현장에 있었다니. 당시를 떠올리자 얼굴이 빨갛게 달아올랐다.

평소라면 그런 것에 마음이 동요하지 않았을 텐데, 그때는 주인공이었던 소년이 소타와 닮아서 무심코 감정을 이입한 바람에 그 사달이 난 것이었다.

"그때부터 호조 씨는 정말 멋있다고 생각하게 됐어. 나처럼 친구도 없고 자신을 사토리 세대라고 말하니까 어딘가 아픈 사람인 줄 알았는데 전혀 그렇지 않더라고. 항상 당당하고, '혼자인데 그게 뭐?' 이런 분위기마저 풍겨서 그게 진심으로 멋졌거든."

"미우라 씨, 지금 칭찬하는 거예요, 욕하는 거예요?"

"헤헤, 그런 호조 씨니까 분명 진실한 사람일 거라 생각했어. 그래서 게시판에서 글을 봤을 때 친해질 기회라 여겼고, 마녀 이야기를 들었을 때도 거짓말이 아니라고 확신할 수 있었던 거야. 용기 내길 잘했지."

"……그랬군요."

뭐지. 난데없이 얼굴이 뜨거워졌다. 이런 식으로 칭찬받은 적이 없어서인지 손발이 오그라드는 느낌이었는데 반지 때문에 이 감각이 전달되고 있으리라는 사실이 어쨌거나 부끄러웠다. 미우라 씨는 그런 나를 한층 더 달궜다.

"내일 생일이지?"

"그걸 어떻게?"

"라이브할 때 소타한테 들었어. 소타는 돈이 없으니까 '선물은 바로 나' 작전으로 밀고 나갈 거라고 하더라고."

"나중에 뒤통수를 날려줘야겠네요."

"후후후, 그런데 나도 그렇게 해볼까 싶어."

"무슨 뜻이에요?"

"그, 나라는 친구를 선물……."

얼굴이 뜨거웠다. 불이 붙은 정도가 아니라 피를 뿜을 것 같다. 저렇게 낯부끄러운 말을 입에 올리다니.

둘 다 볼이 붉어져버렸고 감각을 공유한 탓에 서로의 열까지 더해져서 등에는 식은땀이 흥건했다. 에어컨이 있는 방이라고는 생각되지 않을 정도였다. 얇은 이불을 덮은 소타에게는 미안했지만 설정 온도를 10도 정도 낮출까 싶었다.

'아, 정말.'

분명 혼란스러워서 그랬을 것이다.

그녀가 쑥스러운 말만 늘어놓으니 능청이 옮아버린 거겠지. 정신을 차리고 보니 나는 평소라면 절대 하지 않을 소리를 하고 있었다.

"고백, 성공했으면 좋겠네요."

"어머, 호조 씨."

"착각하지는 말고요. 어디까지나 의뢰 달성률 100퍼센트를 위해서니까요."

"호호호, 그렇구나."

"그러니 만약 차인다면 기분 전환할 겸 미즈타 씨의 사타구니에 한 방 날려요. 내 간판에 흠집을 냈다는 이유면 충분합니다."

"그, 그건 미즈타에게 미안할 것 같은데."

"괜찮아요. 무적의 마녀였던 할머니가 '그런 걸 달고 있으면서 여자를 화나게 하는 게 나쁜 거다'라고 말했으니까요."

"할머니도 마녀셨구나."

"네. 나와는 비교가 되지 않을 정도로 훌륭한 분이었죠."

밤 때문인지 달 때문인지 은빛으로 빛나는 별들 때문인지 이날 밤, 나는 미우라 씨와 영원이라 할 수 있을 만큼 오래도록 이야기를 나눴다. 둘 다 친구가 없어서 그런지 어디서 끊어야 할지도 모른 채 마음 가는 대로 밤새도록 이야기꽃을 피웠다.

문득 어렸을 때를 떠올렸다.

소타를 만나기 훨씬 전이었다. 도쿄에 살면서 괴롭힘을 당하던 때.

공원에서 울고 있던 내 곁에 고양이 한 마리가 다가와 주었다. 지금껏 잊고 있었다. 그 아이는 내 인생의 첫 친구였다. 몸집이 작은 그 아이도 무리에서 따돌림을 당했는지 수척한 모습으로 겁에 질려 있었다. 그런데도 나를 위로하기 위해 다가와주었다. 그로부터 한동안 방과 후에는 그 아이와 노는 것이 일과가 되었다.

도쿄를 떠나게 되면서 헤어졌지만 그 아이가 없었다면 지금의 나는 없었을지도 모른다. 절망을 견딜 수 있었던 것은 옆에서 지탱해주는 누군가가 있었기 때문이었다. 우리 세대에게 연애가 필요 없다는 생각은 변함없지만, 그래도 이 사랑만큼은 예외로 둬도 좋지 않을까. 어느새 나는 그런 비합리적인 생각을 하고 있었다.

"호조 씨, 내일은 같이 술 마시자. 나는 생일 지났으니까 마셔도 돼."

"술은 무익하니 마시지 않습니다."

"또 그렇게 사토리 세대처럼 말한다."

"사토리 세대 맞는데요, 왜요?"

폭신폭신하게 녹아들듯 꿈결 같은 세계.

별들이 내려다보는 환상적인 밤이 깊어가고 있었다.

그리고 날이 밝자 드디어 운명의 날이 되었다.

시곗바늘이 밤 8시를 가리킬 무렵.

우리는 예정대로 소타가 주최한 단체 미팅에 참석했다.

"그럼 오늘은 마음껏 즐겨보자고, 건배!"

"건배!"

소타의 건배 구호와 그 뒤를 잇는 기운찬 목소리들, 그리고 유리잔을 부딪치는 소리가 쨍그랑쨍그랑 울려 퍼졌다. 열 명 남짓이 모인 테이블에 대학생다운 분위기가 무르익었다.

학교 앞에 술집이 줄지어 있다는 이야기는 전에도 했는데, 이번에 소타가 예약한 곳도 그중 하나였다. 비교적 저렴한 가격에 요리가 맛있기로 유명한 집이었다.

그런 가게에서 현재, 미우라 씨의 몸을 빌린 나는 미즈타 씨 옆에 앉아 있다. 나의 몸을 빌린 미우라 씨는 맞은편에 자리 잡았다. 그리고 소타는 큰 맥주잔을 손에 들고 여기저기 서성이고 있었다. 설마 이런 미팅에 마녀의 모략이 숨어 있으리라고는 아무도 예상하지 못할 것이다. 그렇게 생각하자 대단히 거창한 일을 하는 듯한 느낌이 들었다.

"포인트는 고백 전 단계까지 시즈쿠가 해치운다는 거야.

① 사나의 몸으로 시즈쿠가 미즈타에게 콩닥콩닥 어택.

② 틈을 노려 시즈쿠가 간드러진 목소리로 미즈타 호출.

③ 단둘이 됐을 때 반지를 빼고, 만반의 준비를 한 사나의 고백 타임.

④ 해피엔딩. 이런 작전을 생각해낸 소타는 진짜 천재.

⑤ 소타 님의 노고를 치하하기 위해 시즈쿠가 나를 꼭 껴안아준다.

어때, 완벽한 작전이지?"

'어디가 완벽하다는 거야. ①과 ②와 ④와 ⑤에 큰 문제가 있잖아요!'

나는 사과 주스를 마시며 사전에 전수받은 작전을 향해 머릿속으로 불만을 토로했다. 지금부터 저런 작전을 실천해야 한다니 도무지 마음이 내키지 않았다. 그렇지만 간밤에 미우라 씨와 그런 대화를 나눈 이상 발을 뺄 수도 없었다.

미우라 씨도 익숙하지 않은 몸으로 "저 술은 잘 못 마셔서요, 호호호"라며 애쓰고 있으니…… 잠깐, 왜 저렇게 웃는 거지? 당신 머릿속에서 나는 그런 이미지였어? 잠시만, 미팅을 잠깐 중지할 수는 없나. 서로의 배역에 관해 상의할 필요가 있을 것 같다.

"이야, 호조 씨가 와줄 줄 몰랐어요. 술자리 같은 데 잘 안 오는 이미지였으니까. 미우라 씨도 그렇게 생각하죠?"

"네? 아, 네, 뭐."

한편 이 복잡한 사정을 전혀 모르는 미즈타는 밝은 목소리로 말을 걸어왔다. 그 순간 미우라 씨가 머뭇거리며 의식하는 것이 느껴졌다. 내가 나서야 한다. 그 뭐였더라. 쿵덕쿵덕 어택하면 된다고 했던가. 에이, 이제는 상황에 맡길 수밖에 없다.

"미즈타 씨는 이런 자리에 자주 와요?"

"그런 편이죠. 사람 만나는 걸 좋아하니까. 그 덕에 이번에 호조 씨를 만날 수 있었으니 행운이네요."

"그렇군요. 그나저나 술을 상당히 잘 마시네요."

"술이 꽤 센 편이에요. 호조 씨는 안 마셔요? 주문해줄까요?"

"호조 씨는 안 마신다고 하더라고요. 접시 이리 줘요. 샐러드 덜어줄게요."

"신경 안 써도 괜찮아요. 아, 그래도 호조 씨가 덜어준다면 기분 좋을 것 같은데."

"……호조 씨는 당신 같은 양아치한테 덜어주지 않을 겁니다."

"응? 지금 뭐라고 했어요?"

"아뇨, 아무 말도 안 했어요. 사양하지 않아도 돼요. 내가."

"호조 씨, 부탁해요. 토마토 많이 줬으면 좋겠다."

뭐야, 이 사람. 전혀 안 먹히잖아?

남자가 생각대로 움직이지 않자 초조해졌다. 이건 무슨

상황이지? 물론 눈앞에 아름다운 내 몸이 있으니 정신이 팔려버리는 건 당연하지만 여자가 샐러드를 덜어주겠다고 하는데. 이 멘트는 요즘 세대 기준으로는 '오늘 부모님 안 계셔'라는 것과 다름없는데, 이 남자 봐라. 미우라 씨는 도대체 어디에 반했는지 모르겠다.

그와 동시에 미우라 씨도 무언가 할 말이 있는 듯했다. 호호호, 라고 아양스럽게 웃으며 자신의 허벅지를 꼬집고 있다. 그 감각은 내게도 전해…… 아야, 아야. 알았어, 알았다고. 제대로 할 테니까. 이제부터가 진짜 시작이야.

"호조 씨는 어떤 음악 들어요? 혹시 노래방 같은 데 가기도 하나?"

"미즈타 씨, 여기요. 토마토 많이 넣었어요. 토마토 숲이라 해도 될 만큼 토마토를 가득 넣었죠. 리코펜을 마음껏 보충하세요."

"하하, 하하하……."

미우라 씨(몸은 나)에게 끊임없이 말을 거는 미즈타. 여성미를 총동원해서 달려드는 나. 돌아가는 상황을 지켜보는 미우라 씨. 다른 참석자들은 안중에도 없는 은밀한 격투의 시간이 흐르고 있었다.

그런데 이때. 나는 더욱 경계해야 했음을 나중에야 후회하게 된다.

미즈타는 연신 나의 몸에만 말을 걸었다. 미우라 씨의 가죽을 쓴 나는 바로 옆에 있는데도 제대로 상대해주지 않았다. 그 이유를 어렴풋이 눈치챘으면서도 작전을 중단하지 않았던 것이 비극을 초래하고 말았다.

사태는 이후, 최악의 전개를 맞이한다.

단체 미팅이 시작되고 두 시간가량이 흘렀을 무렵이었다. 들뜬 기분에 열기로 목이 말랐는지 다들 술을 곧잘 마셨고, 적당히 취한 사람들이 하나둘 나올 즈음 분위기가 살짝 바뀌었다.

"그럼 미우라 씨와 호조 씨는 가까이 사는 편이구나."

"네. 그쪽에는 여성 전용 빌라가 많거든요."

미즈타가 내 얼굴만 쳐다보던 초반에는 일이 잘 풀릴지 걱정했지만 시간이 흐르면서 미우라 씨의 몸에 들어온 나도 자연스레 이야기를 할 수 있었고 미우라 씨도 나름대로 대화에 섞일 수 있게 되었다.

그러나 미즈타가 술을 마시는 속도와 초반에 느꼈던 불안감을 간과하지 말았어야 했다. 소타가 화장실에 가느라 자리를 비웠던 것 또한 원인이었는지 모르겠다.

사건은 정말 사소한 계기로 일어났다.

"좋아, 그럼 자리를 한번 옮길까요? 다들 잔 내려놓고 적당히 일어납시다."

남자아이 중 하나가 일어서서 그렇게 말한 다음 순간, 술에 취한 미즈타가 믿을 수 없는 본성을 드러냈다.

"뭐? 싫어. 나는 아직 호조랑 더 얘기하고 싶은데. 마침 분위기도 좋고."

"아, 그래도 다들 여러 사람들이랑 대화해보고 싶어 하니까."

"그런 건 알 바 아니지. 왜 내가 너희한테 맞춰야 돼?"

……나중에 알게 된 사실이지만 이 미즈타라는 인간은 마음에 드는 이성에게만 친절하고 동성과 마음에 없는 이성은 함부로 대하는 사람이었다. 술을 너무 많이 마신 것도 영향을 끼쳤을 터였다. 마음에 들지 않는 이성을 대하는 태도가 노골적으로 드러나버린 것이다.

"난 됐으니까 그쪽이나 자리 바꾸시지. 이 녀석이라면 데려가도 돼. 이 이상한 여자 말이야."

"……응?"

그 순간. 전혀 예상하지 못한 발언에 나는 몸이 굳어버렸다. 그리고 그건 다른 참석자들도 마찬가지였다. 떠들썩

했던 자리가 물을 끼얹은 듯 고요해졌다. 미우라 씨가 당황하는 표정은 절대로 잊을 수 없을 만큼 깊은 상처로 남았다. 하지만 그것은 시작에 불과했으니 기가 막힐 노릇이었다.

"알고 있었어. 미우라라고 했던가. 너 나 좋아하지? 소문은 들었어. 그런데, 똑똑히 말할 테니까 제발 떨어져주라. 넌 전혀 내 타입 아니거든. 이런 일이 꼭 한 번씩 있다니까. 조금만 잘해줘도 착각해버리는 여자. 진짜 민폐야. 아, 기분 다운되네."

"무……."

입을 연 나는 어떤 표정을 짓고 있었을까.

무슨 소리를 하는 거야, 이 남자는. 지금 뭐라고?

믿을 수 없다. 믿을 수 없다는 말밖에 떠오르지 않았다.

아니, 그래. 어쩌면 그의 입장에서는 성가셨을지도 모른다. 관심 없는 이성이 접근하면 싫겠지. 나도 그런 경험이 있으니 그 기분을 모르는 것도 아니다. 하지만 아무리 그래도 그렇지 사람들 앞에서 그런 말을 하다니.

"……흑."

충격이었을 것이다. 미우라 씨는 고개를 숙인 채 잔을 쥔 손을 떨고 있었다. 하지만 이 남자의 무지막지한 언행은 이제부터였다.

"그나저나 그 촌스러운 복장은 뭐야? 그런 모습으로 옆에 앉으면 민폐라고. 맨날 혼자 있던데 친구 없지? 너처럼 사회성 떨어지는 녀석이랑 같이 있으면 재미가 없거든. 그걸 왜 모르냐? 그러고 보니 오컬트 좋아한다는 말도 들은 적 있어. 그 나이 먹고 오컬트라니 정신 좀 차려. 파워스톤 같은 것도 사지? 그러니까 인기가 없는 거야. 그러니까 앞으로는 나랑 엮이려 하지 마. 너한테 흥미 없으니까."

상대의 기분을 눈곱만큼도 배려하지 않는 막말의 연속. 그리고 여러 사람 앞에서 돌팔매질을 당하는 치욕.

분위기가 이렇게까지 썰렁해지면 다른 자리의 손님들도 뭔가 이상하다는 걸 알아채게 마련이다. 여자를 매도하는 주정꾼을 보고 얼굴을 찡그리지만 할 수 있는 건 없다. 시선을 거두며 마음속으로 동정할 뿐이다. 무어라 형언할 수 없는 거북한 공기가 감돌았다. 나는 남의 일인 듯 한숨을 쉴 수밖에 없었다.

그런 공간에 흐느끼는 소리가 들려왔다.

"흑…… 흑…… 흑."

"이런, 호조가 울 일은 아니야. 예쁜 얼굴 망가지잖아."

미즈타는 밝은 목소리로 그렇게 말하더니 테이블을 돌

아서 맞은편에 앉아 있던 미우라 씨의 어깨에 손을 얹고 다른 한 손으로 그녀의 손을 잡았다.

"호조는 최고라고 생각해. 자, 어서 눈물 닦아. 같이 마시자."

"흑…… 흑…… 흑흑."

미즈타는 눈물을 흘리는 미우라 씨의 마음에는 아랑곳하지 않고 손을 잡은 채로 거리낌 없이 술을 권했다.

눈물이 쏟아진다. 오열이 그치지 않는다. 어색한 분위기에 아무도, 아무것도 할 수 없다.

그런데도 이 남자는 상처투성이가 된 마음에 흙 묻은 발로 들어가려 하고 있었다. 그 광경을 본 나는 역시 내가 옳았음을 재차 확인했다.

'그러게 내가 뭐랬어요. 이래서 연애는 쓸모없다고 한 거예요.'

나는 말했다, 사토리 세대에게 연애는 필요 없다고.

결국, 안됐지만 미우라 씨에게 남자 보는 눈이 없었던 것이 잘못이었다. 애초부터 이 아이는 사랑에 빠져서 이성을 잃었고 충고를 듣지 않았다. 그걸 스스로 깨닫지 못했으니 보복을 당한 것이다. 어찌 보면 지금이 아니더라도 언젠가는 일어났을 일이다.

그러니 나는 그녀의 눈물을 보고도 동요하지 않았다.

동정심이 생기지 않는다면 거짓말이지만 조용히 이 상황을 넘길 정도의 처세술은 갖추고 있었다. 사실 우리는 친구도 아니고, 한동안은 이 일을 떠올리면 불쾌해지겠지만 처음에만 그럴 것이다. 시간이 지나면 나름대로 받아들이고 아무 일도 없었던 것처럼 일상을 보낼 수 있겠지. 나는 사토리 세대다. 그 정도의 요령은 있다고 자각하고 있다. 그러니 이제 됐다. 이대로 그녀의 눈물을 지나치면…….

……흑.

그런데. 정말이지 마음은 뜻대로 되지 않는다는 걸 깨달았다.

반지 때문일 것이다. 아무 일도 없었던 입술이 아릿하더니 목구멍이 타는 듯 뜨겁다. 눈 안쪽이 따끔거리더니 화상 같은 슬픔이 아무것도 없었던 볼을 타고 흘러내렸다.

갑자기 오늘이 스무 번째 생일이라는 사실이 떠올랐다. 그렇다 하더라도 술은 마시지 않겠다고 다짐했는데. 그도 그럴 것이 나는 사토리 세대니까. 세상에서 가장 냉철하고, 쓸데없는 걸 싫어하는 세대.

그러니 이건 아니다. 그녀 때문이 아니다. 나 때문도 아니다. 누군가가 깨우쳐준 것도 아니다. 나는 그저.

내 생일에 저런 남자가 내 손을 잡았다는 사실을 용납할
수 없었던 것뿐이다.

"소타!!"

"응!"

쾅—!

떠들썩했던 가게 안에 느닷없이 테이블을 내리치는 소
리가 울려 퍼졌다. 그 기세에 일순간 분위기가 얼어붙었
다. 내가 일어서자 가게 안에 있던 모든 사람이 나를 주목
했다. 예외가 있다면 그것은 단 한 사람. 어느 사이엔가 자
리로 돌아와 있다가 상황을 파악했다는 듯 맥주병을 내미
는 소타뿐이었다.

"이걸 쓰시죠."

"고마워."

찰떡궁합으로 받아든 뒤 그대로 병나발을 불었다. 꿀꺽
꿀꺽, 처음으로 마시는 맥주는 생각보다 대수롭지 않았다.
그러곤 다 마시자마자 분노를 담아 테이블 위에 내리꽂듯
다리를 올렸다.

타앙—!

"히익."

소리와 박력에 또 한 번 가게 안의 공기가 뒤틀리고 누

군가 놀라 비명을 질렀다. 그 마음은 이해한다. 방금 전까지 돌을 맞던 얌전한 소녀가 갑자기 일어나더니 "아, 화딱지 나" 하며 맥주를 병째 쭉 들이켜버렸으니까. 하지만 어쩔 수 없다. 몇 번이나 말하지만 오늘은 내 생일이다. 내 손을 잡아도 되는 사람은 10년 전부터 단 한 명으로 정해져 있었다.

"그럼 지금부터 마녀재판을 시작합니다!"

"좋아, 기다렸어요! 휘이, 휘이!"

짝짝짝짝.

소타 혼자 치는 박수 소리가 울려 퍼졌다.

다들 어안이 벙벙하다. 미우라 씨도 미즈타도 마찬가지였다. 그런 상황에서 나는 미우라 씨, 정확히는 내 얼굴을 보면서 멍하게 있는 표정조차 미인이라는 걸 새삼 확인했다. 이거 원, 알고는 있었지만 너무 예쁜 것 아닌가. 저 사람이야말로 1,000년에 한 번 있을까 말까 한 미녀다. TV에 미녀랍시고 나오는 것들은 순 가짜다. 남자들이 푹 빠지는 것도 무리는 아니다. 아주 그냥 매력이 철철 넘친다. 하하하, 왠지 즐거워졌다.

기분이 좋아진 나는 들뜬 마음으로 생각나는 대로 말해버렸다.

"거기 쓰레기, 일단 일어나죠."

"뭐? 잠깐만. 너 무슨."

"일어나라고 했지!"

쨍그랑!

"꺄아아!"

벽에 맥주병을 내리치며 깨지는 소리와 여자아이들의 비명 소리가 쩌렁거렸다. 미즈타는 "아, 네" 하고 중얼거리며 창백해진 얼굴로 가까스로 일어났다. 하아, 저런. 이 정도로 벌써 겁을 먹다니. 미우라 씨는 이런 사람의 어디에 반한 것일까. 소타가 훨씬 더 잘생겼고 귀여운 왕자님인데. 아무래도 일단 이 낯가죽을 벗겨 톡톡히 망신을 줘야 할 듯하다. 그런고로 나는 간단하게 꾸짖기로 했다.

"쓰레기."

"엥, 뭐?"

"'뭐?'라고 할 게 아니죠. 당신, 전체적으로 안색이 안 좋아요."

"뭐, 뭐라고?"

"됐으니까 거울 한 번 보세요."

"너 이게, 갑자기 무슨 소리를."

"얼굴, 눈, 코, 입, 손, 다리, 수염, 손톱, 머리카락, 혈관,

심장, 췌장, 간, 뇌, 죄다 불쾌하군요. 그 촌스러운 헤어스타일은 대체 뭡니까? 처음 봤을 때 「원령공주」에 나오는 재앙신인 줄 알았어요. 이 재앙신 판박이 같으니라고."

"뭐……!"

"푸흡!"

적확하고도 우아한 비판에 그 자리에 같이 있던 여자들이 웃음을 뿜었다. 너그러운 공기가 돌아온다. 이 기회를 놓칠 내가 아니다.

"게다가 당신한테 구린 냄새가 나네요. 이게 무슨 냄새죠? 아니면 이마에 썩는 냄새를 풍기는 샘이라도 숨겨놨어요?"

"아니야! 이건 해외에서 사 온 향수라고."

"그걸 이마에 처발랐구나."

"그럴 리 있냐!"

"글쎄요. 어차피 재앙신과 판박이인 남자잖아요."

"내가 재앙신과 똑같을 리 없잖아!"

"아닌가요? 그럼 왜 머리가 그렇게 촌스러워요?"

"촌스럽지 않다고! 그리고 이건 요즘 유행하는 스타일이야."

"그렇군요. 내 눈에는 거대한 거시기 털로밖에 보이지

않아서요."

"거시기……."

"푸하하하하하!"

폭소한다. 웃음이 터진다는 표현이 딱 맞을 정도로 이번 웃음은 가게 전체로 퍼져 나갔다.

상황을 엿보던 여자 회사원이 배를 부여잡고 웃었다. 남자 회사원들도 "잘한다!", "한 점 땄네!"라며 박수를 보냈다. 당연하다. 이렇게나 미인인 시즈쿠가, 다른 사람의 몸이기는 하지만 날카롭고 시원시원하게 몰아세우고 있으니 호평을 받는 게 당연하다.

한편 눈앞에 있는…… 이름이 뭐였더라. 뭐든 상관없다. '거시기 털 머리' 양반은 누가 봐도 노하신 듯했다. 시뻘건 얼굴로 어깨를 치키며 코앞으로 다가왔다. 내 몸에 들어가 있던 미우라 씨는 당황해서 눈을 희번덕거렸지만, 머리끝까지 화가 난 그를 보고 제정신이 들었는지 망설이는 표정으로 나를 보았다. 후후후, 안심하시길. 지금 나는 무서운 게 하나도 없다. 나는 마녀다. 마녀가 재앙신보다 약할 리는 없지 않은가.

"왜요?"

"적당히 해라. 죽여버린다." 그가 거친 숨을 내쉬며 말했다. 쯧쯧. 여자한테 죽여버리겠다니, 역시 미우라 씨는 남자 보는 눈이 없다.

정말 피가 거꾸로 솟은 모양이다.

"당신은 그런 소리를 들을 만한 말을 했어요. 지금이라도 늦지 않았으니 사과해요."

"할 리 있겠냐? 죽기 싫으면 네가 사과해."

"거절하겠습니다. 할 수 있으면 해봐요."

"이……!"

내 도발에 미즈타가 주먹을 높이 쳐들었다. 모두의 표정이 얼어붙고 비명을 지르는 사람도 있었다. 하지만 나는 조금도 기죽지 않았다. 이유는 한 가지다.

언제나 내 곁에는 그가 있기 때문이다.

"어이, 이건 안 되겠는데, 미즈타."

"뭐, 이 자식아."

"그건 거절할게. 어쨌든 난 마녀의 기사니까."

소타의 늘씬한 팔이 높이 쳐든 주먹을 꽉 붙들고 있었다. 한결같은 미소와 한결같은 모습으로. 미즈타의 팔은 꿈쩍도 하지 않았고 소타의 미소 또한 흔들림이 없었다. 그러자 미즈타의 얼굴이 딱딱하게 굳었다. 그 상황에 나는 흥분할 수밖에 없었다.

이걸 봐요, 미우라 씨. 역시 소타가 몇천 배나 멋지잖아요. 나는 알고 있었다고요. 소타는 언제나 멋있고 남자답고, 항상 나를 지켜줄 거라는 걸요.

"시즈쿠, 이제 슬슬 어때?"

"좋아요, 소타 씨."

소타의 의미심장한 미소에 나도 의미심장하게 웃어 보였다.

알고 있다. 이제 슬슬 쐐기를 박을 시간이다.

고개를 끄덕인 후 서서히 반지를 뺐다.

"앗."

다음 순간, 미우라 씨가 무언가 할 말이 있는 듯했지만 그녀의 입이 채 떨어지기도 전에 마법이 끝났다. 나는 나의 몸으로, 미우라 씨는 미우라 씨의 몸으로 돌아간 상태였다.

테이블 너머에서 분노하는 미즈타와 그 팔을 잡고 있는 소타, 그리고 나를 보면서 갈팡질팡하는 미우라 씨의 모습이 내 시야에 들어왔다. 나는 그녀를 바라보며 볼에 남아 있던 눈물을 닦고 주먹을 쥐었다. 괜찮다, 괜찮다고 그녀에게 말하듯이. 싸울 수 있다, 당신은 혼자가 아니다, 그런 마음을 담아서.

그 마음이 전해졌을까. 전해졌을 것이다.

망설이던 그녀의 눈동자에 빛이 감돌았다. 눈물을 걸러낸 후에 남은 강인함이 반짝였다.

미우라 씨가 정면을 응시하며 눈앞의 남자를 바라보았다. 한때 좋아했던, 상처를 준, 그러나 지금은 이미 넘어선 상대를.

"나는 잘못한 거 없어! 애초에 이 여자가……."

발버둥 치는 그를 무시한 채, 반지를 꼭 쥔 그녀는 회심의 한 방을 날렸다.

"이 멍청이!"

"허, 허어억!"

퍽……!

이런 소리가 들린 것도 아닌데 이런 소리가 들렸다고 느껴질 만큼 잠잠해졌다.

남자들은 떨떠름한 표정으로 다리 사이에 손을 가져가고 여자들은 박수를 치며 좋아했다.

"너…… 그건, 비겁……하잖아."

미즈타가 쓰러지기 직전에 무어라 중얼거렸다. 하지만 뭐라 했든 내 알 바 아니다.

"어떤 마녀가 말했어. 그런 걸 달고 있으면서 여자를 화나게 하는 게 나쁜 거라고!"

땅땅땅땅!

사장님이었을까. 카운터 안쪽에 있던 아저씨가 국자로 프라이팬을 때리며 종을 울렸다. 시합이 끝난 듯했다. 용기를 낸 미우라 씨에게 박수가 쏟아졌다.

"굉장해, 아가씨! 잘했어!"

"멋있었어! 나이스 펀치!"

"오늘의 승자는 미우라 사나!"

소타가 복싱 심판처럼 선언하자 "우오오!" 하는 함성이 울렸다. 여자들은 박수를 치고 남자들도 "이건 어쩔 수 없어" 하며 미소로 호응했다. 소타가 들떠서 "미, 우, 라!"라고 구호를 외치자 기분이 고조된 미우라 씨도 그에 맞춰 손을 흔들었고 가게 안의 분위기는 한층 더 달아올랐다.

미즈타에겐 미안하지만 모두가 원하는 결말이었다. 나도 무심코 주먹을 쥐고 미우라 씨를 향해…….

'아.'

그때, 그걸 알아챈 사람은 나뿐이었을 것이다.

주먹을 번쩍 드는 미우라 씨의 눈에 하나의 사랑이 끝났음을 슬퍼하는 반짝임이 보였다.

반지를 뺐는데도 주먹의 아픔이 느껴졌다. 이날, 나는

처음으로 누군가의 아픔을 느꼈다.

"시즈쿠, 수고했어."

"소타 씨."

한껏 들뜬 가게에서는 어느새 회사원들이 미우라 씨를 직접 위로하고 있었다. 그런 분위기 속에서 가만히 옆으로 소타가 와주었다.

"잘하네. 멋졌어, 시즈쿠."

"소타 씨야말로, 다시 봤어요."

"널 행복하게 하는 게 내 일이잖아. 하하하."

둘이 소곤거리며 같이 웃었다. 이때 나는 소타와 함께라면 무슨 일이든 할 수 있을 것 같은 기분이 들었다. 소타는 정말로 멋진 남자니까.

활기가 넘치는 그곳에서, 우리는 서로를 마주 보며 다시 한 번 수줍은 표정을 지었다.

그 후의 이야기를 하려 한다.

하도 난리를 친 탓에 도저히 미팅 분위기를 이어갈 수 없었던 사람들은 당연한 듯 해산했다. 나와 미우라 씨는 손님들에게 박수갈채를 받으며 퇴장했다.

하지만 그 후. 이런 걸 '술이 깼다'고 표현하는 걸까.

가게를 벗어나 자연스레 인적이 드물고 조용한 곳으로 옮긴 우리는 누가 먼저랄 것 없이 기묘한 소리를 내며 신음했다.

"아아아! 으아아아아!"

"아아아아아, 아아아아아!"

사고 쳤다⋯⋯.

후회가 머리를 지배했다. 화가 치밀었다고는 해도 그런 짓을 해버리다니. 마녀재판. 마녀재판이라니. 나, 뭔가 엄청난 짓을 한 것 같은데⋯⋯ 창피해서 돌아버릴 것 같다.

미우라 씨도 나와 같은 마음이었는지 용암이라도 내뿜을 듯 얼굴이 새빨갰다. 분명 내 얼굴도 같은 색일 거라 생각하자 더더욱 얼굴이 폭발할 것 같았다.

"어이, 둘 다 괜찮아? 안 괜찮지? 하하하."

느지막이 소타가 나타나 그런 우리를 달래주었다. 아무래도 그가 능숙하게 뒷수습을 해준 듯했다.

가게 직원들과 다른 손님들에게 사과하고, 더러워진 자리를 청소하고, 미팅에 참석한 사람들에게도 확실하게 양해를 구했다고 했다. '이 일은 이 자리에서만', '오늘 일은 다 같이 잊자'라며 둥글둥글하게 마무리한 모양이었다.

"그래. 애초에 미팅 작전이 별로였어. 사나, 미안해. 불쾌한 일을 겪게 해서."

"아냐, 내가 더 미안해. 나도 모르게 손을 잡아버렸어."

"사과하지 않아도 돼요. 소타 씨의 작전이 별로여서 이렇게 된 거니까요."

이렇게 말하면서도 내심 안도했다.

소타…… 이번에는 정말 도움이 많이 됐어요. 그런 자리를 잘 정리해줘서 정말 고마워요. 오늘은 감사의 뜻으로 머리를 쓰다듬어줄게요. 그러니 당신도 오늘 일은 얼른 잊어주세요. 제발 기억의 한 조각에도 남지 않게 해주세요. 약속이에요. 그리고 다시는 술을 마시지 않겠다고 굳게 맹세합니다. 기필코. 두 번 다시는. 진짜로. 농담이 아니라.

'하…… 피곤해.'

이리하여 결국 오늘의 성과는 '고백 실패'였다. 마녀가 사람을 돕는 일은 실패로 끝나고 말았다. 그 사실에 왠지 서글픈 한숨이 새어나왔다.

"호조 씨."

"음?"

하지만, 그래도.

어둠 속에 보드랍게 떠다니는 반딧불 같은 미소가 빛났다. 깡그리 실패한 것은 아닌가 보다.

"고마워, 호조 씨. 나를 위해 그렇게 화내줘서."

"아, 아뇨, 그건……."

예상치 못한 대사에 말을 더듬었다. 그건 화가 난 탓에 무의식적으로 한 행동이었다.

그러나 그녀는 그런 내 옆으로 바싹 다가섰다.

"정말 다행이야. 나 혼자였다면 절대 그렇게 못했을 거야. 원했던 결과는 아니지만 무척 행복해. 원했던 것보다 훨씬 근사한 걸 얻었으니까. 고마워, 나의 마법사."

달에 지지 않는 미소를 반짝이며, 그녀는 내 손을 잡고 기쁜 듯이 말했다. 눈동자는 촉촉했지만 그곳에 더 이상 눈물은 없었다.

'나의…… 마법사.'

그 대사에 할머니의 말을 떠올렸다.

'마녀는 그 누구보다도 행복한 존재라는 사실을 깨닫지 못했어. 힘들어할 이유가 하나도 없는데 말이야.'

예전에 최강의 마녀 이야기를 하면서 할머니는 그렇게 말했다.

뭐지. 모르겠다. 모르겠지만 지금 무언가를 깨달은 듯한 기분이 들었다. 오래전부터 알고 있었지만 입 밖으로 낼 수 없는 무언가를 말이다.

그 후에 어떤 대화를 했는지는 잘 기억이 나지 않는다. 손을 흔들며 헤어졌고 정신을 차리고 보니 집에 도착해 있었다. 목욕하고 양치한 후 소타와 함께 침대에 발라당 누웠다.

어둠조차 고요히 잠든 새벽 1시.

캄캄한 방에서, 스마트폰으로 문자 메시지 한 통이 도착했다.

앞으로 잘 부탁해. 날 '사나'라고 부르게 하는 게 이번 달 목표!

"히히. 해냈네, 시즈쿠. 친구 생겼다."

언제 일어났을까. 소타가 이쪽을 보며 기쁘다는 듯 웃고 있었다. 공연히 부끄러워진 나는 "우정엔 관심 없어요"라고 뱉어버렸다.

'합리적이지 않은데. 합리적일 리 없는데.'

그런데 자꾸만 미소가 새어 나오는 걸 멈출 수 없었다. 목록에 추가된 연락처를 자꾸만 열어보게 된다. 반지가 없는데도 이 감각이 미우라 씨에게 전해질 것만 같았다.

이내 내가 모르는 감정이 나를 덮쳤다.

"사실, 마도구를 쓴 것과 관계가 있을지는 모르겠지만 한 가지 기억난 게 있어. 나의 정체에 관한 거야."

"응?"

우주가 속삭이는 한여름 밤. 에어컨이 신음하는 어두컴컴하고 꿈결 같은 공간.

소타가 흘린 것은 모호하고 몽롱한 기억이었다.

"어디에서 왔고 어디로 가는지 아무것도 모르지만 생각난 게 하나 있어. 그건 내가 '사람이 지닌 가능성을 보기 위해 태어났다'는 거야."

"사람이 지닌 가능성?"

소타는 어둠 속에서 나를 보며 끄덕였다.

"시즈쿠와 사나가 싸우는 모습을 봤을 때 내 가슴이 몹시 일렁였어. 사람이 이렇게도 빛날 수 있구나 싶었지. 평범한 세계에 갑자기 가슴 뛰는 무언가가 나타난 것 같은 느낌이었어. 그때 떠오른 거야. 난 아득한 기억 어딘가에서 이걸 원하고 있었다는 걸. 사람이 일으키는 기적이라고 해야 할까, 그걸 알기 위해 태어났다는 걸 깨달았어."

그의 눈은 내가 알지 못하는 색을 띠고 있었다.

어린 시절의 소타, 해맑게 장난치는 소타와도 다른 색깔. 알 수 없는 누군가가 홀연히 나타난 듯 신기한 감각이었다. 때때로 그는 내가 모르는 누군가가 된다. 내가 모르는 그가 그곳에 있다.

어느 쪽이 그의 진짜 모습일까.

외로운 듯 두려운 듯, 그런 가여운 표정을 짓고 있는 당신은 누구일까.

그는 무언가 하고 싶은 말이 있는 얼굴로 나를 바라보았다. 그의 눈에서 조그만 불안이 느껴졌다.

당신은 나에게 무엇을 원하나.

"어째서 '마녀의 힘이 될 것'이라는 기억이 있는지는 모르겠어. 그래도 어쩌면 나는 알고 있었을지도 몰라. 마녀야말로 세상 그 누구보다 사람을 빛내주는 존재라는 걸 말이야. 넌 냉소적이고 고집도 세지만 다른 사람을 위해 누구보다 당당하게 싸울 수 있어. 분명 너는 사람들에게 빛과 같은 존재일 거야. 사나뿐만이 아니야. 나한테도 분명히 그럴 거야."

"과대평가예요. 그건 정말 어쩌다 보니 그랬다니까요. 홧김이라고 해야 하나."

"그거면 된 거지. 자연스레 누군가를 위해 싸울 수 있다는 게 시즈쿠의 강점이야."

잠자코 있는 내게 그는 "다른 사람을 행복하게 해주면

내가 행복해지기도 하는 거야"라고 하더니 그 말을 끝으로 돌아누웠다. 그리고 얼마 후 쌔근쌔근 사랑스러운 숨소리가 들려왔다. 그 등을 보며 나는 생각했다.

'고마워, 나의 마법사.'

만일 꿈속에서 할머니를 만날 수 있다면 오늘 일을 무어라 말할까. 기뻐해줄까. 마녀는 어느 시대든 사람들에게 행복을 배달해주는 존재라고 했다. 지금이라면 그 의미를 조금은 알 것 같다.

한들거리는 밤, 이불 밑에서 손을 더듬었다. 그리고 간신히 찾은 소년의 손에 살며시 가닿았다. 생일은 지났지만 본인이 한 말이 있으니 용서해줄 것이다. 손을 잡았다. 그 온기에 가슴이 두근거렸다. 어느 여름날을 떠올렸다. 강에서 헤엄치던 그날의 기억.

'내 몸을 껴안으면 되지. 다른 사람은 안 되지만 소타라면 괜찮아.'

빛과 그림자의 기억을 돌이키자 10년을 뛰어넘어 이어진 생명의 온기가 애틋하게 느껴졌다.

가슴이 뛰었다. 조심스레 그의 얼굴 가까이로 다가갔다.

"소타, 계속 곁에 있어줘."

나의 속삭임이 그의 꿈에 닿으리라 믿으며 눈을 감았다.

도시의 밤하늘은 낮고 탁했으며 무척이나 소란스러웠다. 우주가 웃음꽃을 피우듯 별들이 속삭이고 밤의 미적지근한 한숨은 내 안을 부드럽게 녹였다.

작별을 고한 세상에서 무언가가 이마에 닿으며 소곤거렸다. 그의 손을 잡은 왼손과 한데 뒤엉킨 발끝이 너무나 뜨거웠다. 뜨거웠던 바위 위의 감촉이 되살아났다.

뜨겁고도 뜨거운, 녹아내린 콘크리트 같은 밤이었다.

3장

마녀와 투명 인간의 사랑

또 꿈을 꿨다. 어린 시절 여름의 기억.

"비 온다."

"그러게."

그날은 아침부터 날씨가 끄물거렸다. 그래도 비는 내리지 않아서 소타와 함께 밖에서 놀았는데, 잿빛 하늘은 끝끝내 참아내지 못한 모양이었다. 차츰 피부가 젖어드는가 싶더니 이내 비가 쏟아졌다. 우리는 커다란 나무 밑에서 비를 피했다. 옆에는 지장보살을 모시는 작은 사당이 있었다.

"안 되겠다. 비가 그칠 것 같지 않아. 여기에서 쉬었다 가자." 소타가 얼굴을 적신 빗방울을 닦으며 말했다.

시야는 어둑어둑했고 비 때문인지 산 경치가 토라진 것

처럼 보였다. 매미의 노랫소리도 들리지 않았다. 쏴아, 쏴아, 성난 소리가 우리를 에워싸며 적적한 느낌을 안겨주었다. 빗줄기에 갇힌 어스레한 감옥. 그런 세계에서 마음이 새어나왔다.

"안 맞는 걸까."

"응?"

소타가 나무줄기에 기댄 채로 의아하다는 듯 나를 보았다. 나는 그의 얼굴을 보지 않고 비에 이끌리듯 쓸쓸함을 흘려보냈다.

"마녀가 되겠다고 했지만 어떻게 해야 할지 잘 모르겠어. 마도구를 어떻게 써야 하는지도 모르겠고. 어떻게 해야 행복을 줄 수 있는지, 애초에 행복이 뭔지도 모르겠어."

한숨으로 빚은 말을 세상에 뱉어냈지만 소타는 아무 말이 없었다.

나는 때때로 이렇게 침울해질 때가 있다.

어제, 도쿄에서 부모님이 오셨다. 아직 학교에 못 갔다는 이야기를 했다.

이 산에 있는 동안은 잊을 수 있었지만 결국 현실을 상기해버렸다. 비참한 현실은 비가 되어 나의 꿈을 검게 적셨다.

"가끔씩 생각해. 사실, 나는……."

소타의 살결이 살포시 닿았다. 천천히 따뜻하게 마음이 녹아내렸다.

그치지 않는 여름비는 우리를 계속해서 가뒀다. 어스름하고 쓸쓸한, 그래도 그와 함께라면 비가 영원히 그치지 않아도 좋겠다는 생각이 들 만큼 소중하게 느껴졌다.

온기 어린 비의 기억은 여기에서 막을 내렸다.

몇 년 전까지는 절전해야 한다는 목소리가 높아서 그에 따라 에어컨 온도를 28도로 설정했는데 황당하게도 전기 요금이 폭등했었다. '절전했는데 요금이 불어나다니 이게 어찌 된 일인가' 하며 분노한 기억을 밀어내기라도 하듯, 올해는 목숨을 위협할 정도의 찜통더위가 예상되니 에어컨을 사용하자는 방송이 흘러나왔다. 어쩌면 이것은 전력회사의 모략이 아닐까 의심하게 되는, 요컨대 더워서 이 사람 저 사람 가리지 않고 분풀이를 하고 싶어지는 2018년 8월이다.

나와 소타는 리조트 수영장에 와 있다.

"휴우, 물이 차가우니까 기분 좋다! 시즈쿠도 들어와."

"나는 됐네요."

호텔에 딸린 수영장이라 고급스럽기는 하지만 사람들 앞에서 수영할 기분이 나지 않았던 나는 수영복 위에 티셔츠를 입고 비치 체어에 몸을 기대고 있었다. 나 스스로도 선글라스와 비치 모자가 어지간히 잘 어울린다는 사실에 몹시 만족해하면서.

그나저나 오늘은 미우라 씨의 의뢰를 해결한 날로부터 일주일 정도가 지난 8월 초다. 무얼 하고 있는가 하면, 소타가 경품 추첨에 당첨된 것이 발단이었다.

"이것 봐, 시즈쿠. 옛날부터 갖고 싶었던 장난감 과자를 왕창 사버렸더니 수영장 티켓에 당첨됐어. 이걸 안 쓸 수는 없지!"

이른 아침부터 혼자 나가서는 무슨 짓을 하고 온 건지 추궁하고 싶었지만 그가 내 말을 들을 리도 없다. 그렇게 떠밀리듯 수영복과 튜브를 사고 버스를 갈아타며 겨우 도착한 곳이 여기였다. 남의 돈으로 잘도 사치를 부리다니 감탄할 따름이었다. 그나저나 역시 고급 호텔이 운영하는 리조트 수영장은 남달랐다.

야외에 있으면서도 깨끗하게 정돈되어 있고, 흐르는 음악하며 화려한 색감의 시설도 여름의 태양에 호응하듯 눈부시게 빛났다. 사람이 너무 많지도 않아서 남쪽 나라 느낌이 나는 주스를 마시며 여유를 부리는 정도로 충분히 휴식을 취할 수 있었다. 쉬는 날에는 집에 있자는 게 나의 신조지만 가끔씩은 외출하는 것도 괜찮겠다는 생각을 하고 있었다.

그런데…….

여름의 수영장. 여름의 태양. 흥겨운 음악과 함께 물보라가 찬란하게 반짝였다. 그야말로 빛나는 청춘. 그런 걸 보며 드는 생각은 하나였다.

"……이게 아니잖아요! 뭘 여유 부리고 있는 거예요?"

"으아, 깜짝이야! 왜 그래, 히스테리가 도진 거야?"

나는 티셔츠를 벗고 수영장에 뛰어든 후 뒤에서 한쪽 팔로 소타의 턱을 감고 다른 팔로는 목을 조르며 그를 가라앉혔다. 도지긴 뭐가 도졌다는 거야. 애초에 당신이……아니, 지금은 이럴 때가 아니다.

"그게 아니라 이러고 있을 때가 아니란 말이에요. 그때 이후로 일주일 내내 놀기만 했잖아요. 생활비도 끝없이 나오는 게 아니라고요."

"오, 그럼 아르바이트라도 할 생각인 거야? 집 밖으로 나가기 싫어하는 시즈쿠인데 이렇게 고마울 수가."

"일은 당신이나 해요!"

너무 화가 나서 소리를 질렀다.

미우라 씨의 일이 끝난 다음 날부터 다음 의뢰에 관해 생각 중이건만 소타라는 녀석은 빈둥거리며 게임과 TV에만 빠져 있다. 밥을 짓게 하고 빨래를 시키고 밤에는 간드러지는 목소리로 침대의 절반을 빼앗는다. 이대로 계속 얹혀살다가는 얼렁뚱땅 결혼을 하고 술에 빠져서 가정폭력을 휘두르다, 결국에는 버려진 내가 다큐멘터리에 출연하는 걸 보고 비웃을 모습이 훤히 보인다. 지금도 수영장에서 이리저리 끌려다니는 꼴이지 않은가. 아, 수영장이라서 잘못됐다는 뜻은 아니다. 나의 아름다운 각선미로 남자친구와 함께 온 여자들을 짜증 나게 하는 건 매우 즐거운 일이고 소타와 있는 것도 만족스럽지만, 그게 중요한 게 아니라 나에겐 해야 할 일이 있다는 말을 하는 것이다. 구체적으로는 마녀의 사명을 내팽개치고 남자를 부양하는 신세로 전락할 현실을 받아들일 수는 없다는 뜻이다!

"하지만 어쩔 수 없잖아. 너 때문에 대학교 인터넷 게시판은 못 쓰고 있는데."

"으윽."

소타의 말에 꿀 먹은 벙어리가 되었다.

소타가 말한 인터넷 게시판은 일단 그 이후에도 운영됐

지만 악성 댓글이 많은 걸 보고 무심코 설교를 해버린 게 화근이었다. 그때부터 비난이 빗발쳤는데 화가 나서 그에 맞붙은 결과, 접속 금지 처분을 받게 되었다.

"대학교 사무국에 부탁해서 벽보도 붙였는데 반응도 별로 없고……."

"그, 그랬나요……. 그건 고마워요."

의외로 잘 챙기고 있었던 소타한테서 얼굴을 돌렸다. 미우라 씨가 예외였을 뿐 역시 의뢰인은 쉽게 나타나지 않는 모양이었다. 녹록지 않은 현실에 힘이 빠졌다. 참고로 미우라 씨는 이제 SNS 세계에서 거의 여왕이나 마찬가지였다.

아무래도 그때의 일이 어떤 식으로든 퍼진 듯했다. 원래 그녀가 이용하던 계정이 꼬리에 꼬리를 물고 알려지면서 여자들에게 막대한 지지를 얻은 것이다. 미우라 씨도 기대에 호응하듯 프로필에 '남자에게는 앞뒤 재지 말고 급소 가격'이라고 적어둔 상태다.

한편 나와도 사이가 좋아져서 하루에 한 번은 꼭 연락이 온다. '사나'라 불리고 싶다는 의지는 아직 꺾지 않았는데, 그 끈질김에 감복할 따름이었다.

"후유, 생각만큼 잘 안 되네요."

좌우지간 그런 식으로 우리 계획은 표류 중이었다.

의뢰인이 나타나지 않는다. 훌륭한 마녀가 됐다는 실감도 없다. 세상이 좋아졌다는 느낌 또한 추호도 없고 도대체 무엇을 위해 마녀라는 존재가 이어져 내려오는 것인지 의문만 깊어질 뿐이었다. 오늘만 해도 한숨을 쉬는 게 몇 번째인지 모르겠다.

"뭐, 조급해한다고 뭐가 달라지겠어. 여름방학도 긴데 지금은 즐기자고."

소타는 그런 나를 보다 못했는지 내 손을 잡고 수영장 바닥을 쿵, 찼다.

출렁이며 몸이 당겨지더니 수중에 몸이 던져졌다. 따뜻한 물은 참방참방 흔들거리며 짓궂게 얼굴을 매만졌다.

마주 잡은 손끝 열기에 심장 박동 수가 높아졌다.

'이 느낌, 뭐지.'

문득 잠에 빠진 소타의 손을 잡았던 밤이 떠올랐다.

그때 이후로 왠지 가슴속에서 술렁거리는 듯한 느낌이 자꾸만 든다. 그와 닿을 때마다 손이 닿지 않을 만큼 몸 깊숙이 있는 무언가가 온몸의 자유를 앗아간다. 싱숭생숭하고 초조하고, 그런데 마음이 채워진다. 이건 역시 '그런' 것일까.

재회의 감동으로 흐지부지되었지만 나와 소타는 어엿한

성인 남녀다. 시간이 흐르고 감동이 잦아들면서, 성장한 소타와 살결이 닿는 걸 여자라는 관점에서 의식하고 있는 거라면.

나는 소타를 남자로서 사랑…….

"아아아아! 그게 뭡니까, 이 얼간이르으을!"

"깜짝이야! 귀에 대고 갑자기 소리를 지르면 어떡해? 또 히스테리야?"

이번에는 다리를 이용한 삼각 조르기 자세로 그를 지옥으로 안내했다. 다른 뜻은 없다. 지금 내 얼굴을 보여주고 싶지 않다던가 하는 이유가 아니라 어쨌든 소타가 나빠서 그렇다.

"이거 안 되겠네. 이유는 모르겠지만 그렇게 나온다면 나는 이렇게!"

"잠깐, 싫어요. 뭐하는 거예요?"

"히히, 옆구리랑 배꼽이 약점이라는 건 알고 있다고. 간질간질간질!"

"잠…… 아하하! 잠깐만, 배꼽은, 아하하하!"

붙었다 떨어졌다 치고받으며 무방비 상태로 계속해서 웃어댔다. 간지럼 공격을 한 소타에게 복수하듯 달려들어 물속으로 가라앉았다. 사방으로 튀는 물방울이 반짝반짝

빛나고 무수한 거품이 전신을 감싸며 간질였다. 물속에는 지상의 소리가 들리지 않는 둘만의 세계가 있었다. 오랜 친구이기에 느낄 수 있는 감각. 특별하면서도 아무것도 아닌 관계로 있을 수 있다는 게 즐거웠다.

"간다, 시즈쿠! 필살기!"

"하하하, 각오해요!"

한여름의 태양이 내리쬐는 8월에 우리는 한없이 그을렸다. 다음 의뢰인은 그 8월도 중순이 되었을 무렵 나타났다.

"안녕하세요, 히카와 고스케입니다. 반갑습니다."

"호조 시즈쿠입니다. 반가워요."

"나는 소타야. 반가워."

백중날(百中, 음력 7월 보름 – 옮긴이)에 가까워졌을 즈음, 의뢰인인 히카와 씨를 만난 것은 그가 다니는 학교 근처의 작은 찻집이었다.

고즈넉한 가게 안에는 사장이 공을 들였는지, 별자리를 모티프로 한 골동품이 클래식한 음악과 맞물려 누긋한 분위기를 자아내고 있었다. 홍차 포트의 디자인도 귀여워서 손에 잡는 것만으로도 마음이 편안해졌다. 이런 곳을 자주 이용하지는 않지만 가끔은 소타와 아침에 오는 것도 좋겠다는 생각이 들었다.

"그나저나 기쁘네. 상담해주는 사람이 이런 미인이었다니. 친구 중에 여자가 없어서 그런지 너무 좋다."

"하하하, 시즈쿠는 외모 빼면 시체니까 기대하면 안 된다고."

"소타 씨, 양 손바닥 좀 내밀어볼래요? 컵 대신 당신 손바닥으로 홍차를 마시고 싶어서요. 이 뜨끈뜨끈한 홍차를."

의뢰인인 히카와 씨는 소타의 못된 장난에도 개의치 않고 "호조 씨는 재미있는 사람이네"라며 웃었다. 그는 마른 체형에 키가 크고 멀끔하면서도 주관이 강해 보였다. 유복한 집안의 도련님 같은 인상이었다. 실제로도 그럴 것이다. 들고 있는 가방만 보더라도 고급스러우니까. 편의점 비닐봉투가 잘 어울리는 소타와는 하늘과 땅 차이다.

그를 만난 계기를 이야기하자면 며칠 전으로 거슬러 올라간다.

"좋은 생각이 났어. 시즈쿠가 수영복 입은 모습을 동영상으로 찍어서 관심을 집중시키는 거야."

"미쳤어요? 한 번 더 묻겠습니다. 미쳤습니까?"

며칠 전, 소타가 정신 나간 소리를 했다.

어떻게든 저지하려 했건만 그랬더니 도리어 불이 붙은

모양이었다.

"하지만 시즈쿠의 외모를 이용하지 않고서는 뾰족한 수가 없다고."

"내 동영상을 올리면 남자들이 몰려들겠지만, 가까이 올 수 없는 고통을 주는 건 못할 짓이에요."

"엄청난 자신감이네⋯⋯. 그럼 예전에 찍은 라이브 동영상도 올리자. 고막 보호를 위해 소리는 걷어내고."

"절대 안 돼요! 애초에 동영상도 안 찍었잖아요."

"사나가 장난삼아 찍는 걸 봤어."

그 애도 참!

"그러지 말고 동영상 올리자니까, 나도 크리에이터 해보고 싶어."

"결국 본심이 나왔네요."

그 후에도 이런저런 실랑이와 분쟁을 거친 끝에 '수영복은 금지!'라는 조건으로 동영상 게재를 허락한 것이 이틀 전이었다. 내가 의자에 앉아서 "당신의 고민을 해결해드립니다"라고 말하는 동영상을 찍어 올린 것이다.

뒤이어 SNS 여왕인 미우라 씨가 추천을 하면서 어찌어찌 알려졌고 그 후에는 소타가 의뢰인을 엄선한 결과 지금에 이르렀다. 의뢰인을 찾는 것만 해도 고생이 이만저만이 아니라는 걸 실감했다.

어쨌거나 의뢰인을 찾았다는 사실에는 감사해야 할 것이다. 나는 마녀에 관해 언급하지는 않은 상태로 잡담을 나누다가, 적당한 때를 봐서 히카와 씨에게 의뢰 내용을 물어보았다. 그러자 돌아온 답변은 예상을 넘어서는 정도가 아니라 말도 못하게 하찮은 내용이었다.

"중학생 여동생이 있는데 사춘기라 그런지 날 '오빠'라고 부르지 않아."

"뭐라고요?"

나의 떨떠름한 표정을 알아챈 것일까.

히카와 씨는 심각한 목소리로 말을 이어갔다. "우리 가족은 네 명이야. 아주 화목하지. 아빠는 기업 사장님이셔. 장차 뒤를 잇기 위해 노력하고 있는데 남매 사이가 썩 좋지 않아서 말이야. 여러 번 부탁했지만 오빠라고 부르지도 않고 빨랫감도 보지 말라고 하더라고. 동생도 나중에는 아빠 회사에서 일할 예정인데, 그걸 차치하더라도 어쨌든 사이가 좋은 게 최고잖아. 그런데 사춘기 여자아이의 마음을 모르겠어서 어떻게 해야 할지 고민이야."

그야말로 깊은 고민에 잠긴 표정으로 본인이 얼마나 난처한지 설명했다. 그 모습을 본 나는 백 번 양보해서 지극히 순수한 성격이라 해석할 수밖에 없었다. 정말, 어째서 소타는 이렇게 순진무구한 사람들만 고르는 것인가. 일단 나에게 든 생각은 하나였다.

"시즈쿠, 어때."

"뭐가요?"

"시즈쿠가 봤을 때 이 의뢰는."

"글쎄요. 제가 봤을 때 이 의뢰는 징역 20년짜리라고 해야 할까요."

"뭐? 지, 징역?"

"나왔다, 시즈쿠의 유죄 판결. 오늘 저녁도 사토리 걸이 불을 뿜는다!"

까불거리는 소타의 머리를 가볍게 때린 뒤 히카와 씨의 멍한 얼굴을 응시하며 입을 열었다. 그가 얼마나 어리석은지를 가르쳐주기 위해.

"잘 들어요, 히카와 씨. 우선 기분이 대단히 언짢군요. 오빠라고 불러줬으면 좋겠다니 잘도 그런 고민을 준비했네요. 만약 당신이 뚱뚱하고 느끼한 외모였다면 그것만으로도 종신형은 피할 수 없었을 겁니다. 청결감은 의식하는 것 같으니 정상 참작을 고려하겠지만 그래도 이 시점에서 징역 10년입니다. 우선 여기까지, 알겠어요?"

"10년, 이걸로 10년이나?"

"하하하하, 오늘도 시즈쿠는 정상 운행이네!"

얼굴이 흙빛이 된 히카와 씨와 자지러지게 웃는 소타. 그런 두 사람에 개의치 않고 남은 10년의 죄목을 읊었다.

"게다가 무엇보다, 가족이라는 이유로 오냐오냐하는 것은 좋지 않습니다. 은근슬쩍 낙하산 입사를 시키려는 듯한 발언을 했는데 그러니 어리광이 시작되고 반항으로 이어지는 게 아닐까요? 예전에도 대학교에 입학한 지 얼마 안 됐을 때 자신이 사장 딸이라고 하는 학생이 있었습니다. 집에 응석이란 응석은 다 부리면서 컸겠죠. 말 그대로 공주님인 양 자기밖에 모르더라고요. 부모님이 의사인 내가 친근하게 느껴지기라도 했는지 자꾸 따라다니는 통에 여간 성가셨던 게 아닙니다. 정말 너무 귀찮아서 '들러붙지 말아달라'고 했더니 돌변해서 내 욕을 하고 다니더군요. 미인이라고 으스댄다는 둥, 예쁘다고 남을 무시한다는 둥, 망상에 빠져서 말이죠. 미인은 손해만 봐요. 진짜로 미인은 고생이 많죠. 예쁘게 태어난 탓에 질투의 대상이 되니까요. 예쁘지만 않았다면……

이야기가 옆길로 샜네요. 어쨌든 내가 하고 싶은 말은, 가족이라는 이유로 응석을 받아주면 나태해지고 가정이 무너져 황혼 이혼에서 비롯된 제3차 세계대전을 초래하게 될 겁니다. 일은 대충대충 하면 돼요. 우리 세대는 출세에 관심을 갖지 않고 사생활을 확보하는 게 가장 좋죠. 하지만 거기에 낙하산 입사가 있다면 꼬여버립니다. 상황이 꼬이는 걸 피하기 위해서라도 어리광을 너무 받아주지 말고 어느 정도 엄하게 대해서 사춘기에 맞서 싸워요. 이걸 이해한다면 집행유예로 끝날 것 같은데, 어때요?"

"뭐, 뭐어?"

나의 박력에 기가 눌린 것일까. 히카와 씨는 어안이 벙벙해져서 그렇게 중얼거렸다. 한편 소타는 여전히 포복절도 중이어서 손가락을 튕겨 이마를 때려주었다.

그렇게 한동안 침묵이 이어졌다. 무언가 느낀 바가 있었나 보다.

히카와 씨가 진지한 표정으로 입을 열었다. "그 말이 맞을지도 몰라. 사춘기라고 받아주는 게 아니라 엄하게 대할 필요도 있겠네. 응, 그 말이 맞는 것 같아. 앞으로는 조심해볼게."

순박해 보이는 만큼 이해력이 좋은 듯했다. 그는 특별히 반론을 하지도 않고 순수하게 받아들였다. 나는 그 모습을 보고 한숨 돌릴 수 있겠다 생각하며 홍차를 들었다. 그런데 사태는 생각지 못한 방향으로 굴러갔다.

"그런데 으음, 우리는 상황이 조금 특수하거든. 그걸 어떻게 하는 게 좋을지……."

"특수? 무슨 뜻이에요?"

"사실 동생은 선천적으로 병을 앓고 있어. 몸이 약해서 계속 입원 중이야."

"음?"

멀거니 바라본다. 이번에는 내가 눈이 동그래졌다.

"그리고 동생은 입양된 지 얼마 안 됐어. 정확히 말하면 친남매는 아니야."

"엥."

"학교에 가지 못하니 친구도 없고. 그래서 내가 옆에 있어주려고 하는데."

"헉."

"얼마 전에도 밤에 열이 났어. 그런 녀석을 보면 어쩔 수 없이 오냐오냐하게 돼. 이거 참 어렵네."

그 뒤로도 이어진 히카와 씨의 이야기를 정리하면 이렇다. 병에 걸린 동생의 이름은 히토미이고 그 아이는 태어나면서부터 신경계 질환을 앓고 있어서 인생의 대부분을 병원에서 보냈다고 한다. 심지어 가족이 없어서 의지할 곳도 없었다. 그런 히토미를 도와주고 싶다는 이유로 입양 신청을 했고, 허가가 난 것이 1년 전의 일이라고 한다. 하지만 1년이 지나도 남매 관계가 그다지 개선되지 않았다는 것이다.

"히히. 시즈쿠, 지레짐작해서 설교하면 안 되는 거야. 사람들은 저마다 속사정이 있는 법이니까."

"그, 그래도 이런 경우에는 처음부터 설명해줬어야죠."

변명하면서도 얼굴이 자꾸만 빨개졌다. 사고를 쳐버렸다. 상대의 사정을 알지도 못하면서 일방적으로 이러쿵저러쿵 훈계를 하다니. 하지만 히카와 씨는 특별히 마음에 담아두지 않은 듯했다.

"호조 씨, 부탁할게. 네 의견은 지당하지만 그래도 의뢰를 받아주면 안 될까? 언젠가 엄하게 대하더라도 우선은 사이가 좋아졌으면 해. 아, 돈이라면 많이 있어. 어쨌든 사장이니까. 경비든 보수든 사양 말고 청구해. 사장이니까!"

이런 종잡을 수 없는 말이 터져 나온다. 맹하다고 해야 하나 순수하다고 해야 하나. 그런 점이 문제라는 생각이 들면서도 더 이상의 설교는 관두기로 했다. 잘난 체했다가 거북해지기만 했고, 무엇보다 행동으로 옮기는 게 빠르다고 판단했기 때문이었다.

"알겠습니다. 내가 성급했던 것도 있으니 의뢰를 받아들이겠습니다."

"정말? 고마워, 호조 씨."

히카와 씨는 찻집 안인데도 자리에서 일어나 나의 두 손을 덥석 잡더니 힘차게 흔들었다.

"의뢰가 성공하면 한턱낼게. 받은 은혜는 갚을 거야. 그런 것들이 쌓여서 사장의 자질을 만들 테니까."

이런 묘한 말까지 한다. 괜한 걱정이겠지만 이 사람이 차기 사장이 되어도 정말 괜찮은 것일까. 불안하기만 하다.

"시즈쿠, 어떻게 할 거야?"

소타 앞에는 오렌지 주스가 놓여 있었다. 나는 그 옆에 있는 빨대 비닐을 무심히 손으로 집으며 말했다.

"글쎄요, 일단 히토미를 만나러 갈까요?"

소타는 나의 제안에 활짝 웃었다.

"좋아, 그럼 시작할까? 시즈쿠의 사명, 세 번째 무대다!"

히토미가 입원한 곳은 찻집에서 도보로 10분 정도 떨어진 국립병원이었다.

이글이글 타오르는 한여름의 햇빛을 받으며 걸어간 우리는 로비에서 시원한 바람을 쐰 후 접수처에서 이름을 적었다. 뒤이어 히카와 씨의 안내에 따라 2층에 있는 병실로 향했다.

병실에 도착하니 한 소녀가 창가의 침대에서 책을 읽고 있었다. 그 소녀, 히토미는 머릿속으로 상상했던 것과는 제법 동떨어진 모습이었다.

"처음 뵙겠습니다. 고스케 동생, 히카와 히토미입니다."

"안녕하세요, 친구인 호조입니다."

"안녕, 나는 소타라고 해. 잘 부탁해."

예의 바르게 고개 숙여 인사하는 소녀를 보며 드는 생각은 하나였다.

'엄청 착실해 보이는데?'

그런 생각이 드는 것도 무리는 아니었다. 당연히 버릇없고 눈치 없는 철부지가 등장할 것이라 생각했는데 실제로는 정반대니 말이다. 검은 머리칼이 잘 어울리는 그녀는 피부가 새하얗고 마른 체형이라 가냘파 보이기는 했지만 정신적으로는 건강 그 자체였다. 대화도 척척, 인사도 야무지게 했다. 미소도 사랑스러워서 인상이 너무나 좋았다. 정말 이 아이가 사춘기란 말인가. 그 의심은 아무래도 틀린 것 같았다.

"히토미도 참, 고스케가 아니라 오빠라고 해야지."

"그만해, 부끄러우니까. 뭐라고 부르든 상관없잖아."

"상관없지 않아. 그나저나 빨래가 밀렸네. 얼른 가서 빨아올게."

"하지 마. 빨래는 내가 할 거야. 전에도 말했잖아."

"사양할 것 없어, 히토미. 우리는 이제 가족이잖아. 땀도 흘렸네? 몸 닦아줄 테니 옷 벗어봐."

"됐으니까 쓸데없는 짓 좀 하지 마. 진짜 짜증 나니까!"

"히, 히토미……."

뽀로통. 히토미는 시선을 돌리더니 "흉한 모습 보여서 죄송해요"라며 고개 숙여 사과했다. 히카와 씨는 한쪽에서 눈으로 '봐, 사춘기 맞지?'라고 말하고 있었다. 그런 눈빛을 받은 입장에서 참으로 입에 올리기 어려운 말이지만 히카와 씨, 역시 당신에게 문제가 있지 않은가! 잠깐만, 설마 이 사람 진심으로 사춘기라고 생각하는 거야? 그렇다면 이번 의뢰는 약해빠진 정신머리에 마도구를 물리적으로 휘둘러서 바로잡는 스파르타식으로 변경할 수밖에 없겠는데. 대체 이게 뭔가. 예상했던 것과는 전혀 다른 전개다.

"시즈쿠, 지금은 우리가 나설 차례가 아닌 것 같아."

"으이그, 당신이 제대로 선별을 안 해서 이런 거잖아요."

목소리를 낮춰 소타와 승강이를 했지만 이제 와서 '뒷일은 젊은 두 분이 알아서 하시라' 하고 돌아갈 수도 없는 노릇이었다. 결국 그 후에도 병실에서 단란한 시간을 보내게 되었다.

히카와 씨가 "여름방학 숙제 도와줄게, 오빠는 차기 사장이라 똑똑하거든!" 하고 말하자 히토미가 "벌써 다 했으니까 괜한 걱정하지 마"라며 단칼에 묵살한다. 히카와 씨는 풀이 죽었지만 옆에서 보면 사이좋은 남매 그 자체였다. 그들 사이에는 자그마한 평온이 확실하게 감돌았다.

그러니 이 일은 그냥 둬도 괜찮겠다고, 이제 해도 저물어가니 오늘은 그만 가자고 제안하려던 찰나 사태는 의외의 전개로 흘러갔다.

"잘 있었니. 어머, 손님이 오셨구나."

부모님이 병실을 찾은 것이다. 시간과 복장을 보니 퇴근하고 바로 오신 듯했다.

나와 소타는 바로 인사했다.

"안녕. 나는 소타야. 반가…… 아야!"

"실례했습니다. 고스케의 친구 호조 시즈쿠입니다. 잘 부탁드립니다."

"하하하, 무척 재미있어 보이는 친구들이네요. 고스케와 히토미의 아빠입니다. 반가워요."

"엄마입니다. 병문안을 와줬군요. 고마워요."

소타가 느닷없이 엄청난 결례를 범했는데도 두 분은 정중하고 친절하게 대해주었다. 그 모습을 보고 생각했다.

'정말 품위가 있는 부모님이구나. 역시 사장님이라 그런 걸까.'

시골에서 자란 백수와는 천지 차이다. 고급스러운 정장을 입은 부부는 겉모습뿐만 아니라 말투에서도 성품이 온화하다는 걸 알 수 있었다. 히카와 씨의 부모님이라기에는 연령대가 조금 높아 보인다는 생각은 들었지만 초로의 분위기가 너무나도 부드러운 인상을 주었다. 이 부부의 사랑을 받은 장남이라 생각하니 이해가 되는, 멋진 모습이었다. 그리고 그 사랑은 당연히 새로운 가족에게도 향했다.

"히토미, 몸은 좀 어떠니? 오늘은 다른 때보다 안색이 좋은 편이네."

"네, 오늘은 몸 상태가 아주 좋아요."

"그럼 다행이네. 친구들이 병문안 와준 덕분일까?"

"또 이런다. 나한테는 안 그러면서 부모님한테는 얌전하다니까."

병실 안에 밝은 미소가 피어났다. '평화' 그 자체라 해도 과언이 아닌 풍경이었다.

히카와 씨 말대로 히토미와 부모님은 무척 사이가 좋았다. 병상의 아이를 입양한 보람이 있을 것 같았다. 훌륭하다고 해야 할지 인성이 뛰어나다고 해야 할지, 이런 부모님이 곁에 있다면 분명 행복하리라는 생각이 들었다.

그런 화목한 분위기를 방해하면 안 될 것 같아서 인사를 드리고 나가자고 마음먹었다. 마지막까지 모두가 미소 짓고 있었기에 이대로라면 마도구는 필요 없겠다고 생각했다.

그런데 다음 순간.

그걸 알아챈 건 과연 우연이었을까.

'응?'

그것은 아주 조그마한, 한숨이라 하기에는 거리가 먼 무언가였다.

우리가 병실을 떠나기 직전에 히토미가 부모님을 보며 기묘한 표정을 지은 것이다. 동시에 딸깍, 하는 이상한 소리도 병실에 울려 퍼졌다.

'저건……'

버스 안. 차창 밖으로는 여름 석양이 마을의 상징인 하천을 붉게 물들이고 있었다.

소타는 "'미니스커트가 최고'라는 발상은 너무 싸구려야"라는, 속내가 어떻든 알 바 아닌 소리를 중얼거리고 있었다. 나는 그의 말을 한쪽 귀로 흘려듣고 히토미가 지은 표정의 의미를 곱씹어보았다.

어쩌면 그 아이는 부모님과…….

"그래서 내 생각에는 양말이 더 중요하니까."

"소타 씨."

"양말 색깔이 흰색인지 검정색인지를 최우선으로 생각해서."

"사람이 말하면 좀 들어요, 멍청이 소타! 보통은 말하는 걸 멈추잖아요!"

때리기 좋은 뒤통수를 후려치자 그가 "아야!" 하고 소리쳤다. 이내 내가 의연하게 말했다.

"이번 의뢰는 꽤 고생스러울지도 모르겠어요."

"뭐? 정말?"

소타가 놀란 표정을 짓자 시선을 돌려 창밖의 저녁노을을 바라봤다. 그곳에는 무어라 형언할 수 없는 적적함이 있었다. 황혼은 희망과 절망을 올올이 엮어 불안을 건넨다. 정체를 알 수 없는 마음을 땅거미에 녹이며, 흔들리는 버스에 몸을 맡겼다.

왜 고생스러울 거라 생각했을까. 그것은 역시 나의 경험 때문일 것이다.

그때 할머니가 가르쳐준 건 지금도 기억하고 있다.

"하, 할머니, 세, 세, 세워줘!"

"후후후. 그건 무리야. 나기사가 핸들을 잡은 이상 이 산은 스파 프랑코샹(벨기에에 있는 레이싱 경기장 – 옮긴이)마저 천국으로 보이는 지옥의 서킷이라고."

"이, 이, 이러다 죽겠어!"

"미안하구나. 하지만 할미는 핸들을 쥐면 성격이 바뀌어 버리거든."

"평소에도 이렇잖아!"

그날은 장마철이기도 해서 하루 종일 비가 부슬부슬 내렸다.

도쿄에서 온 부모님을 할머니 차로 산기슭까지 배웅한 후 "시즈쿠, 할머니랑 드라이브할까?"라는 말에 끄덕인 탓에 험하디험한 길을 엄청난 스피드로 내달리는 죽음의 레이스를 체험하고 있었다.

진짜로 죽을 것 같은…… 속이…… 웩.

그렇게 냅다 달리기를 수십 분.

이제야 직성이 풀렸는지 할머니는 차를 약간 높은 언덕

위에 세우더니 바깥 공기를 마시자고 제안했다. 비는 잦아들었고 초목의 향기와 축축한 공기의 차가움이 콧속을 자극했다. 걸음을 내디딜 때마다 젖은 달개비가 빗방울을 튕기며 정강이를 간질였다. 얇은 구름 사이로 은은한 빛이 들이비쳤다. 비 갠 뒤의 하늘은 동틀 녘의 하늘과 비슷하게 느껴졌다.

할머니는 이런 이야기를 들려주었다.

"시즈쿠, 마법이란 걸 알고 있니?"

"마녀가 마도구를 쓰기 위한 힘?"

"노노노. 그건 그냥 마녀의 힘이야. 마법이란 마녀가 아니더라도 누구나 쓸 수 있는, 특별하면서도 어디에나 있는 것이란다."

"특별하면서도 어디에나 있는 것?"

내가 무슨 뜻인지 몰라 멀뚱거리자 할머니는 하늘을 올려다보며 말을 계속 이었다. 맑은 공기 덕분인지 그 목소리는 내 안에 깊이 스며들었다.

"아기들은 그 어떤 소중한 장난감이라도 '주세요'라고 하면 순순히 준단다. 그리고 기분 좋다는 듯 웃어. 고맙다는 말 한마디에 말이야. 이게 사람이 가진 마법이란다. 신이 주신, 둘도 없는 마법이지."

"그렇구나."

고개를 끄덕이기는 했지만 의미는 알 수 없었다. 어디에 마법의 요소가 있는 것인지 의아해서였다. 그래도 할머니는 말을 이어갔다. 흐린 하늘을 올려다보며 이야기하던 그 모습. 할머니는 어쩌면 먼 미래에 맡기는 마음으로 말했던 건지도 모르겠다.

"이 세상을 살아가는 사람들은 모두 마법사란다. 마도구를 쓰지는 못하더라도 마음이 있는 한 다들 마법사야. 마음은 때때로 마법을 능가하지. 마음이야말로 진정한 마법이야. 마음이 행복을 느낄 때, 그 사람 주변에는 행복의 꽃이 피어난단다. 그건 무척이나 멋진 일이지. 사람은 모두가 누군가의 마법사야. 시즈쿠도 분명히 마법사를 만나게될 거야."

고개를 들고 있는 할머니의 얼굴은 몹시 기뻐 보이기도, 쓸쓸해 보이기도 했다.

사람은 모두 누군가의 마법사.

뜻은 헤아릴 수 없었지만 그 말만은 선명히 기억하고 있다. 그리고 뒤이어 가르쳐준 말도 잊지 않았다.

"시즈쿠, 그렇기 때문에 마녀는 이 세상에서 그 누구보다도 행복한 존재인 거야."

"마녀가? 왜?"

어린 물음에 할머니는 진심 어린 미소로 답했다.

"마녀는 마도구를 써서 사람들에게 행복을 나를 수 있어. 마도구는 그게 얼마나 멋진 일인지 가르쳐주지. 이건 아주 감사한 일이란다. 그렇기에 마녀는 그걸 세상에 전해야 하는 거야. 이게 진정한 마녀의 사명이야. 할머니도, 할머니의 할머니도, 아주 오래전부터 이어져 내려온 세상과의 약속이지. 다음은 네 차례야."

"흐음."

할머니의 이야기는 역시나 어려웠다. 하지만 무척이나 커다란 에너지로 날 감싸 안아주었다. 기운차게 흐르는 나의 피가 머나먼 과거에서부터 흘러온 것이라고 가르쳐주었다. 지극히 당연하게 존재한다고 생각했던 마음이, 만천하가 원해서 만들어진 산물이라는 말을 들은 것 같았다. 할머니는 내게 마녀이자 마법사였다.

"시즈쿠, 걱정하지 않아도 돼."

"뭘?"

"아빠도 엄마도, 널 만나서 좋아하는 것 같더라."

"……."

"괜찮아. 넌 모두를 행복하게 해줄 수 있어. 네가 살아 있다는 것만으로도 모두가 행복하단다. 분명히 머잖아 너로 인해 세상이 행복해질 거야. 시즈쿠만큼 누군가를 위해 열심히 싸울 수 있는 마녀는 없으니까."

"그러려나."

"당연하지. 그걸 자각할 때, 시즈쿠는……."

할머니는 이후에 어떤 말을 했을까. 떠오르지 않는다. 구름 사이로 내리쬐는 햇빛이 귀를, 세상을 덮어버렸으니까. 그래도 그건 아주 큰 용기를 주는 말이었던 것으로 기억한다. 마음이 용기를 얻었다고 외쳤었다.

분명히 줄곧 원하던 게 있었을 것이다. 그게 뭔지 잊어버렸다는 건 곧 지금의 나는 그걸 이뤘다는 뜻일까.

비가 그친 후의 엷은 꿈은 그렇게 끝났다.

히토미와 해후한 다음 날부터 얼마간 아무 변화가 없는 나날이 계속되었다.

일단 명목상으로는 동생과 사이가 좋아지길 바라는 히카와 씨의 고민을 해결하기 위함이었다. 히토미와 부모님께는 오빠가 동생이 심심할까 봐 친구를 데려오는 것이라고 설명했다. 하지만 진짜 속내는 히토미의 태도에 뭔가 석연치 않은 구석이 있어서 상황을 살필 겸 병문안을 다니는 것이었다.

솔직히 병상에 있는 그녀에게 부담이 될 것 같아서 망설여지기는 했다. 하지만 그것은 기우였다. 입원 생활은 남아도는 시간을 주체하지 못할 만큼 한가했고, 히토미는 의외로 수다를 좋아하는 아이여서 금방 마음을 열어주었다.

어느 날에는 이런 이야기를 했다.

"시즈쿠 언니는 지금까지 고백 몇 번이나 받아봤어요?"

"고백?"

예상치 못한 질문에 병문안 차 가져온 젤리를 떨어뜨릴 뻔했다.

"언니는 엄청 예쁘니까요. 인기 많죠?"

"그, 그런 건."

"분명 많을 거예요. 지금까지 내가 본 사람 중에 제일 예쁘거든요."

"그, 그 정도까지야."

"내가 남자였다면 절대 내버려두지 않았을걸요. 고백 많이 받았죠?"

"그, 그런 적은…… 뭐, 있긴 하지만."

"역시, 언니 멋져!"

엉겁결에 비행기에 태워진 나는 자꾸만 입꼬리가 올라

가는 걸 참으며 그게 뭐 대수로운 일이냐는 듯 머리칼을 흩날렸다. 언뜻 보면 어른스러워 보이는데 그 나이에 맞는 일면도 가지고 있는 듯했다. 히카와 씨와 소타가 "호조 씨 인기 많구나, 너무 무서워서 남자들이 피할 거라 생각했어", "그 말이 맞아, 인기 많은 건 사실이지만 고백을 많이 받았다는 건 순 거짓말이지"라고 했지만 히토미는 듣는 척도 하지 않고 내 얼굴만 빤히 쳐다보고 있었다. 저 두 사람은 나중에 발로 차줘야겠다.

그런 히토미였지만 지나치게 당돌한 면도 있었다.

"그러면 언니는 지금까지 남자친구가 여러 명 있었다는 뜻이네요."

"응? 아, 뭐."

순간적으로 거짓말을 내뱉은 게 화근이었는지, 이어지는 질문에 위기를 맞고 말았다.

"그럼 처음 키스한 게 언제예요?"

"키스?"

"네. 첫 키스요. 사실은요." 히토미가 소곤소곤 귓속말을 했다. "다른 병실에 있는 남자애한테 고백받았어요. 거절하려 했는데 키스 정도는 해보고 싶더라고요. 그래서 사과의 뜻으로 키스하려고 고민 중인데 언니 생각은 어때요?"

"그, 그건."

궁지에 몰렸다. 미처 예상치 못한 위기 상황에 식은땀이 흘렀다.

이 시대에 연애 따위에 정신을 팔 겨를이 어디 있느냐고 설교하고 싶었지만 남자친구가 있었다고 해버린 이상 무를 수도 없는 노릇이었다.

"괘, 괜찮지 않을까요? 나도 중학생일 때 수족관에서 첫 키스를 했으니까요."

"수족관에서? 로맨틱하다!"

적당한 거짓말로 얼버무릴 수밖에 없었다. 그리고 이것이 또 한 번의 위기를 초래했다.

"어떤 느낌으로 키스했어요?"

"어, 그, 그게, 아마 상대편이 갑자기."

"갑자기 다가오는 거 진짜 로망이에요. 언니는 그때 뭐라고 했어요?"

"음, 거, 거북이가 보고 있으니까 안 된다고."

"언니 귀엽다! 그래서, 어떤 맛이었어요?"

"맛은…… 계란 프라이 같은……."

"우아, 우아! 시즈쿠 언니 멋져!"

말하면서도 내가 무슨 소리를 하고 있는지 모르겠다. 수족관에서 거북이가 보는 앞에서 키스(계란 프라이 맛)를 한다. 도대체 어디에 설레는 요소가 있는 걸까.

"언니, 내 생각에는…….."

"그래, 그런 것도 좋을 것 같네요…….."

그날은 그 후로도 그녀에게 이리저리 휘둘리는 시간이 계속되었다. 또 다른 날에는 이런 일도 있었다.

"아, '진고로'(甚五郎, 잠자는 고양이를 만든 에도 시대 최고의 조각가−옮긴이)가 왔어요."

"안 돼, 히토미. 길고양이는 안 된다니까."

어느 날 정오가 조금 지났을 무렵이었다. 창문 너머에 고양이 한 마리가 홀연히 나타났다. 이것저것 타고 올라 2층까지 온 듯했다. 이름을 붙인 걸 보니 아무래도 자주 오는 친구인가 보다. 이름의 유래가 신경 쓰이기는 하지만.

"알아. 안에 들이지는 않아. 간식으로 고기만 조금 줄 뿐이야."

"그러다 균이 옮으면 어쩌려고."

"이 정도는 괜찮다니까. 고스케는 저리 가."

"으윽."

동생의 가시가 날카롭게 꽂혔다. 히카와 씨는 "역시 날 싫어해……"라며 소타의 손에 끌려 나갔다. 저 사람은 시간이 얼마나 지나야 미움받는 게 아니라는 걸 알게 될까.

히토미는 그런 오빠에 개의치 않고 점심때 먹고 남은 닭고기를 내밀었다. 그러고는 묵묵히 먹는 진고로를 보며 이런 이야기를 꺼냈다.

"실은, 수의사가 되고 싶어요."

"그래요? 이유를 물어봐도 될까요?"

내 질문에 히토미는 노래하는 듯한 목소리로 답했다.

"나는 친척도 없고 항상 혼자인데, 그럴 때 아직 아기 고양이었던 이 아이가 위로해줬어요. 이 애도 가족 없이 외톨이지만 그래도 씩씩하게 살고 있죠. 덕분에 나도 질 수 없다고 생각하게 됐어요. 그래서 보답하고 싶어요."

"그랬구나, 좋은 이야기네요."

웬일로 솔직하게 그렇게 생각할 수 있었다. 어렸을 적 내 모습과 너무나도 닮았기 때문이리라.

전에도 이야기한 적 있지만 옛날에 나한테도 이런 친구가 있었다. 푸른 하늘을 꼭꼭 눌러 담은 듯한 눈동자를 가진 검은 고양이. 따돌림에 마음고생을 하던 나에겐 그 아이가 유일한 친구였다.

겁이 많던 그 아이는 다른 길고양이에게, 때로는 까마귀에게도 꼬리를 내렸다. 먹이를 빼앗기고, 상처투성이가 되기도 하고, 가냘픈 목소리로 울면서 떨기만 했다. 그래도 내 얼굴을 보면 꼭 달려와서 눈물을 닦아주듯 혀로 핥아주었다.

저도 힘들 텐데 울고 있는 누군가를 지나치지 못했다. 그 사랑스러운 마음에 위안을 받았기에 히토미를 응원하지 않을 이유가 없다. 나는 지금도 그 검은 고양이와 제대로 된 작별 인사를 하지 못했다는 게 후회스럽다. 그렇기에 이 아이는 잘 해나가길 바라는 마음이다.

"힘내요. 굳게 마음먹으면 분명히 이룰 수 있을 거예요."

"네, 열심히 할게요."

그런데 그와 동시에 한 가지 의문이 뇌리를 스쳤다.

"그러고 보니 오빠가 자기 회사에 히토미를 입사시킬 거라고 했는데……."

"고스케가 사장인 회사는 안 돼요."

"왜요?"

"생각해봐요. 사장이 고스케라고요."

상상해봤다, 빵긋빵긋한 해님이 잘 어울리는 도련님 사장이 뻔질나게 동생 옆에 와서 "힘든 일은 없니?" 하며 말을 건네는 광경을.

"……안 되겠네요."

"네, 안 돼요."

서로 고개를 끄덕인 후 침묵했다. 그러고는 웃음을 터뜨렸다. 나이 차이는 있지만 친구가 없는 사람들끼리 잘 맞는다는 생각이 드는 순간이었다.

하지만 한편으로는 즐거운 일만 있는 것도 아니었다. 첫날부터 품고 있던 걱정을 뒷받침하는 한 장면을 보게 된 것이다. 그날 저녁의 일이었다.

병실에서 담소를 나누던 우리와, 퇴근하고 돌아온 부모님이 함께하는 시간이었다. 나무랄 데 없이 단란한 모습. 옆에서 보면 무척이나 평온한 공간.

하지만 사소한 대화에서 투명한 금이 나타났다.

"히토미는 정말 똘똘한 아이야. 시즈쿠 씨도 그렇게 생각하죠?"

"네. 우리 소타 씨도 보고 배웠으면 좋겠어요."

"정말 그래. 우리 시즈쿠도 그랬으면 좋겠다니까."

"소타 씨, 싸우자는 겁니까?"

"호호호, 사이가 좋네요. 히토미, 넌 아직 어리니까 좀 더 어리광을 부려도 괜찮아. 갖고 싶은 건 없니?"

"하하하, 괜찮아요, 엄마. 원하는 건 다 있으니까요."

딸깍.

'또······.'

엄마와 딸의 일상적인 대화. 하지만 그 대화가 한창일 때도 작은 소리가 희미하게 들렸다.

역시나 이 아이가 부모님을 대하는 태도는 어색하다. 어딘가 긴장하고 있다는 게 느껴진다. 양녀라서 아직 스스럼없이 대하지 못하는 걸까. 하지만 왠지 그 이유만은 아닌 것 같았다. 그런 의혹은 다른 날에도 쌓였다.

이날은 히카와 씨 사정으로 평소보다 늦게 병원에 갔는데, 어째서인지 병실 앞에 서 있는 부모님과 마주쳤다. 부모님은 히토미가 열이 나서 처치실로 옮겨졌다고 했다.

"히토미의 병은 생명을 위협하지는 않지만 면역 저하 증상이 나타나는 게 특징이에요. 기운이 있는 날도 있고, 구역질과 현기증으로 고생하는 날도 있죠. 제일 심할 때는 시력에 이상이 와서 아무것도 안 보이는 날까지 있었어요."

"흐음, 역시 병이 있다는 건 힘든 거구나."

대기실에서 부모님의 이야기를 듣고 소타가 말했다. 나는 그 말을 흘려들으며 생각했다.

언뜻 보면 기운이 있어 보이지만 입원 기간이 긴 만큼 그녀의 몸은 좋지 않았다. 평소에도 미열이 있는데 어느덧 그게 당연시 되어버렸을 뿐이라고 했다. 그런 이야기를 듣자 갑자기 현실로 돌아온 것 같은 기분이 들었다. 소녀를 갉아먹는 현실로.

"일부러 와줬는데 이런 말 해서 미안하지만 오늘은 얼굴만 잠깐 보는 게 어떨까요. 애한테 부담을 주면 안 되기도 하고요."

처치가 끝나서 히토미가 병실로 돌아온 후. 부모님의 제안으로 얼굴만 보기 위해 침대로 다가갔다. 다행히 히토미는 기운찬 미소로 맞아주었다. 그런 그녀에게 오늘은 일찍 가겠다는 뜻을 전했을 때 나는 또 한 번 기묘한 광경을 보았다.

"그래요? 일부러 왔는데 미안해요."

이건 안도감, 인가?

힘없이 말하는 히토미를 보고 그런 생각이 들었다.

간다고 했을 때 허탈해하는 모습이 부모님의 귀가를 기뻐하는 것처럼 느껴진 것이다. 역시, 이제는 의심을 확신으로 바꾸기에 충분했다.

결정타가 터진 것은 다음 날이었다.

같이 있을 때, 불쑥 떨어진 마음이 답을 가리켰다.

"시즈쿠 언니, 진고로는 평소에 어디에서 지낼까요?"

"진고로?"

열은 떨어졌지만 아직 얼굴빛이 좋아 보이지는 않았기에 두 남자는 내보내고 나만 옆에 있을 때였다. 히토미가 별안간 그런 말을 꺼낸 것이다.

"병원 뒤 주차장에 있는 걸 본 적은 있는데, 그건 왜요?"

"진고로는 좋겠어요. 혼자 있고 싶을 때는 그럴 수 있으니까요."

"……그렇네요."

병은 마음먹기에 달렸다는 걸 통감했다. 약해진 몸은 꾹꾹 눌러뒀던 마음을 쉽게 건져 올려버린다. 조금 전까지는 즐거워 보였던 소녀가 이렇게나 힘이 없다. 그 모습에 확신했다. 이 아이는 틀림없이 부모님을 대하기가 불편한 거라고.

이유가 무엇인지는 모르겠다. 하지만 부모님과 관련이 있다는 것은 확실하다.

병실을 나서는 길에 히토미의 안색을 보고 곧 한계가 오지 않을까 하는 생각이 들었다. 입양된 지 1년. 타이밍도 적절하다. 그곳에 마침 내가 있었던 것은 우연일까 필연일까. 어찌 됐든 불길한 예감은 곧 현실이 되었다.

"크, 큰일 났어. 히토미가 없어졌어!"

그날도 병문안을 가던 도중 소타가 목이 마르다고 해서 잠깐 딴 길로 샜다가 병원에 도착했을 때였다. 우리보다 먼저 병실로 간 히카와 씨가 그렇게 외치며 돌아온 것이다.

"진정해요. 무슨 일이에요?"

"히토미가 점심때 없어. 갑자기 사라져서 세 시간 전에 이미 안 돌아오게 돼버렸대. 어, 어떡하지?"

히카와 씨가 하얗게 질려서 횡설수설했다. 무슨 말인지 알아들을 수 없어서 간호사에게 다시 들은 이야기를 정리하면 이렇다.

히토미는 점심식사 후에 병실에서 나갔다. 같은 병실에 입원한 아이들 말로는 표정이 멍했다고 한다. 그러고는 세 시간이 지난 지금까지도 돌아오지 않았다는 것이다.

"어쩌면 여자 화장실 안에 쓰러져 있을지도 몰라. 찾아볼게!"

허둥댄 나머지 치한이 되려고 하는 히카와 씨를 간호사가 말렸지만 그는 뿌리치고 가버렸다. 당연히 간호사도 쫓아갔다. 나와 소타만 덩그러니 남겨졌다.

소타가 탄산음료를 마시면서 물었다. "그래서, 어떻게 할 거야?"

"아마 거기에 있을 거예요. 일단 가보죠."

한숨을 내쉬며 소타와 함께 터벅터벅 걸었다. 솔직히 언젠가는 이렇게 될 거라 생각해서 딱히 놀라지는 않았다. 그 현장에 있었던 건 우연이겠지만, 일단 의뢰를 받은 몸으로서 이야기 정도는 들어봐야 할 것 같았다.

그렇게 생각한 나는 더위도 아랑곳 않고 병원 뒤에서 고양이와 놀고 있는 소녀에게 말을 걸었다.

"히토미, 산책 시간이 너무 긴 거 아니에요?"

"헉."

"히히. 찾았다, 히토미."

히토미는 너무 빠르게 놀라더니 잠시 위축된 듯하다가 이내 큰 숨을 내쉬었다. 포기한 것 같기도, 이렇게 될 걸 예상한 것 같기도 한 표정이었다.

"여길 어떻게 알았어요?"

"여기 말고는 없으니까. 혼자가 되고 싶다고 말한 건 히토미고요."

"그, 그런 말 한 적 없어요."

"했네요. 눈과 표정과 기운과 그 외에 많은 분위기가 말했거든요."

"포기해, 히토미. 시즈쿠는 한 번 믿으면 남의 말은 안 듣는 고집 센 소녀거든. 딱 봐도 그렇게 생겼잖아."

나는 소타의 코끝을 따끔하게 꼬집은 후 그녀 옆에 웅크려 앉았다. 이쪽을 쳐다보는 진고로를 노려보며 기선을 제압한 뒤 입을 열었다.

"잘 안 되는 거죠? 부모님이랑."

"갑작스럽네요."

"돌려 말하는 건 안 좋아해서요."

"쿡쿡, 역시 시즈쿠 언니는 멋져요."

그녀는 키득키득 웃더니 한동안 진고로를 쓰다듬다가 체념한 듯 말했다.

"네. 계속 잘 안 돼요."

평온한 표정이었다. 하지만 마음은 깊이를 알 수 없는 늪에서 발버둥 치고 있다는 듯 빠끔빠끔 입을 열었다. 줄곧 쌓아두기만 했을 작은 고통을.

"부모님이 날 입양한 건 작년이에요. 당시에는 지금보다 몸이 더 안 좋았고 그것 때문에 성격도 거칠었어요. 그래서 입양 이야기가 나왔을 때 정말 기뻤어요. 그때 결심했죠. 파양되지 않도록 착한 모습만 보이자고."

진고로를 어루만지는 손이 멈췄다. 손끝이 살짝 떨렸다.

"처음에는 괜찮았어요. 떼쓰지 않고 좋은 인상을 줄 수 있었죠. 하지만 엄마가 '더 어리광 부려도 돼'라고 했을 때 어떻게 해야 좋을지 모르겠더라고요. 그때 알았어요. 이상적인 아이의 모습으로만 지내려 하다가 오히려 이상적인 아이와는 거리가 먼 존재가 돼버렸다는 걸."

진고로가 떨리는 손끝을 바라본다. 몸이, 목소리가, 자꾸만 흔들렸다.

"초조했어요. 더 솔직해져야 한다, 타산적으로 생각하는 게 아니라 진짜 가족이 돼야 한다……. 하지만 늦었어요. 지금은 어떻게 행동해야 좋을지 모르겠어요. 아무리 의식해도 어색한 태도가 안 고쳐져요. 그런 날이 계속되다가 부모님은 점점……."

이어지는 말을 조심스레 기다렸다.

그녀의 입에서는 안도가 되는, 그러면서도 너무나 답답한 말이 흘러나왔다.

"점점 자상해지셨어요. 원래 자상하셨는데 훨씬 더요. 난 갈수록 불안했어요. 시설 선생님도 의사 선생님도 착한 딸이 되라고 하셨지만 지나치게 착한 딸이 돼버린 지금은 어떻게 해야 할지 모르겠어요. 부모님이 가시면 오늘은 착한 딸의 모습이었는지, 내가 어색하게 대해서 실망하지는 않으셨을지, 걱정하게 돼요."

눈물이 어렸다. 눈언저리가 촉촉이 젖어들었다. 쏟아질

것 같은 격정을 참아내며 그녀는 말을 뱉어냈다.

"그때부터는 매일 오후 5시면 딸깍, 하고 착한 아이 스위치를 켜야 해요. 부모님이 가시고 나면 그날 대화를 곱씹으면서 잘못한 게 없는지 생각해야 하고요. 이런 일상에 지쳤어요. 이렇게나 잘해주시는데도 부모님이 오시지 않길 바라게 되어버렸어요. 어느 날 정신 차리고 보니 '부모님이 없으면 이런 감정을 느끼지 않았을 텐데' 하는 생각을 하고 있더라고요. 그런 자신이 너무 싫었어요. 착한 딸인 척하고 있는 걸 들키면 어쩌지, 사실은 이미 눈치채고 날 환멸하시는 건 아닐까, 너무너무 불안해서……."

참아내지 못한 눈물이 뚝뚝 흘러내린다. 그걸 보고 확신했다. 아아, 이건 지나친 다정함이 불러온 비극이라는 것을.

이번 일은 잘못한 사람이 없다. 자상한 사람들밖에 등장하지 않는다. 하지만 그렇기에 일어난 작은 비극이다. 누구에게도 말할 수 없는 사소한 엇갈림이 애처로운 소녀를 힘들게 한 것이다.

어떻게 하면 좋을까.

눈물을 흘리는 그녀 앞에서, 일단 냉정하게 생각했다.

원래 의뢰 내용은 남매 사이를 개선하고 싶다는 것이었다. 그 부분은 재차 말하지만 히카와 씨가 설레발치는 것일 뿐, 전혀 문제가 되지 않는다. 이렇게 마음의 벽이 높은 소녀와 허물없이 지내는 그가 대단해 보일 정도다.

그러니 이쯤에서 손을 뗀다 해도 문제는 없다. 애당초 알고 지낸 지 얼마 되지도 않은 남이 개입할 일은 아니라는 걸 머리로는 알고 있다. 그런데.

……자그마한 뒷모습에 어릴 적 내 모습이 겹쳐 보였다.

괴롭힘을 당하던 나는 그것 때문에 부모님과도 삐거덕거렸고 그때 이후로 부모님의 얼굴을 보는 걸 싫어하게 되었다. 어쩌면 그때 누군가가 도와주었다면 지금쯤은…….

"시, 즈, 쿠."

고민하는 나의 등을 밀어주는 이는 언제나 쾌활한 죽마고우다.

"씨름판 위에 씨름꾼이 두 명."

"네?"

"한쪽은 은퇴를 눈앞에 둔 베테랑이고, 한쪽은 두각을 드러내는 신참 젊은 무사."

"뭐라고요?"

"후자가 이기면 시대는 바뀌겠지만 전자가 이기는 것 또한 드라마일 거야."

"……도통 무슨 소리인지."

"어쨌든 마녀의 사명은 의뢰를 달성하는 게 아니라 행복을 주는 거라고 생각해."

"그래서 뭐요! 씨름꾼 대목은 뭐였어요?"

바보 같은 소타 때문에 페이스가 흐트러지는 와중에도 생각을 정리한 나는 자리에서 일어났다.

사람을 돕는 일에는 관심 없다. 지금도 그냥 못 본 체하는 게 제일 좋다고 생각하고 있다. 미련을 떨치기는 어렵겠지만 무책임하게 간섭할 바에야 그게 낫다. 여기에서 그냥 내버려두더라도 며칠만 지나면 무덤덤해져서 일상으로 돌아갈 수 있을 것이다. 나는 사토리 세대다. 그 정도의 건조함은 갖추고 있다. 친절함은 손해를 초래할 뿐이다. 나는 친절한 사람이 되고 싶지도 않고 될 생각도 없다.

하지만 이번에는 그럭저럭 이해 관계도 일치하고. 마녀의 사명을 다하기 위해 특별히 힘을 보탠다고 해서 벌을 받지는 않겠지. 그렇게 스스로를 이해시켰다.

신기하게도 그렇게 결심하자 마음속에 상쾌한 바람이 일었다.

"히토미." 흐느껴 우는 소녀를 불렀다. "우선 오빠한테 이 이야기를 해요. 히토미도 알다시피 철부지 도련님이지만 마음은 순수하니까 분명 힘이 되어줄 거예요."

"하지만……."

"나도 알아요. 그 도련님에게 다 맡기지는 않을 거니까."

그러고는 소타를 보았다. 소타는 나만 믿으라고 하듯 엄지를 치켜세웠다.

용기를 얻은 나는 그녀에게 말했다. "히토미, 혹시 마녀의 존재를 알고 있나요?"

"호조 씨, 우리 정말 다른 사람들 눈에 안 보이는 거야?"

"그렇다니까요. 투명 인간이니까요."

"목소리도 안 들려?"

"투명 인간이니까요."

"진짜 마녀가 있다니, 심지어 그게 호조 씨라니! 깜짝 놀랐어. 그렇지, 히토미?"

"으, 응. 마치 그림책에 나오는 마녀 할멈 같아."

"하하하, 시즈쿠가 마녀 할멈이래!"

"소타 씨, 입 다무시죠. 히토미, 적어도 마녀 언니라고 해주지 않을래요?"

며칠 뒤 어느 날 밤. 날씨는 흐림.

나와 소타, 히카와 씨, 히토미 네 명은 마도구의 힘으로 투명 인간이 되어 히카와 씨의 집, 즉 부모님이 계시는 집에 몰래 들어갔다. 우리는 지금 부모님이 쉬시는 거실과 문 하나로 분리된 옆방에 있다. 그곳에서 불도 켜지 않고 귀를 기울이고 있었다. 왜 이러고 있는지를 말하자면 시간을 뒤로 조금 돌려야 한다.

"히토미, 마녀의 힘으로 투명 인간으로 만들어줄게요. 부모님이 히토미를 어떻게 생각하시는지 직접 확인해보는 게 제일 좋잖아요."

히토미의 고민을 히카와 씨에게 털어놓은 직후에 그렇게 선언했다. 당연히 두 남매는 어리둥절해했지만 설명하기 귀찮아서 그 말만 남기고 자리를 떴다. 실제로 보여주는 게 빠르다고 판단해서였다.

물론 이번에도 예언서에는 전처럼 글자가 떠올랐고 '바다에서 서핑에 도전☆ 여왕을 꿈꾸며 파도에 실컷 올라타자♪'라는 어처구니없는 시련이 제시되었다. 하지만 어느덧 익숙해진 상태였다.

지금까지의 경험을 통해 '생각이란 걸 하면 안 돼, 마음을 비운다'라는 교훈을 얻은 나는 냉큼 바다로 달려가 서핑 보드를 빌렸고, 마음을 비운 채 파도를 상대로 격투를 벌였다. 진짜 그랬다. 거뜬하게 보드를 타는 소타와 서퍼들에게 비웃음을 당하면서도 팔다리를 파닥거리고, 해파리를 걷어차고, 한 번씩 소타에게 마사지를 부탁하면서 끈질기게 도전했다. 대체 이건 무슨 재미로 하는 걸까. 불안정한 발판에 서 있으려고 하는 게 전부이지 않은가. 뭐가 재미있는지 도저히 알 수 없어서 시간이 가는 줄도 모르고 집요하게 도전했다.

그런 노력이 빛을 본 것인지 결국에는 남자들에게 '퀸'이라 불릴 정도로 능숙해졌고, 이쯤이면 충분하다 싶어 집으로 돌아왔다. 그리고 다음 날 저녁 8시.

근육통에 신음하면서도 소등 시간에 딱 맞춰 병실에 들어섰다. 이내 마도구 '류넷의 검은 모자'를 쓰자 네 사람 모두 투명 인간이 되었다. 간호사가 눈치채지 못하는 걸 보고 남매가 화들짝 놀랐지만 그러든 말든 소타가 준비한 긴 베개를 교묘하게 배치해서 병실에 없다는 걸 들키지 않도록 머리를 썼다. 그리고 이번에도 소타가 준비한 렌터카를 히카와 씨가 운전해서 집으로 온 뒤 몰래 숨어든 것이다.

그리하여 현재, 우리는 부모님의 대화를 엿들을 준비를 갖추었다.

"대단하다! 그럼 호조 씨도 빗자루로 하늘을 날 수 있어?"

"빗자루는 진부하니까 안 써요. 우리 집안은 로봇 청소기로 갈아탔어요."

마녀와의 조우에 흥분했는지 히카와 씨는 그런 질문을 계속 해댔다. 반면 히토미는 긴장한 모습이었다.

"언니, 역시 그냥 가는 게 좋을 것 같아요."

"왜, 몸이 안 좋아요?"

"그건 아닌데…… 그…….."

"그럼 안 돼요. 마음을 단단히 먹어야죠."

이 마당에 와서 주뼛주뼛하는 히토미를 애써 타일렀다. 마음은 알겠지만 이제는 현실을 마주해야 한다. 내 예상이 들어맞는다면 분명히 잘될 터였다.

참고로 히카와 씨는 역시나 동생의 고민을 듣고 놀라워했다. 하지만 의외로 이리저리 변명하지 않고 "여러 가지로 고민하게 해서 미안해"라며 미소 지을 뿐이었다. 분명 그도 나와 같은 생각을 했을 것이다. 어쨌거나 그 후로도 계속 머뭇거리는 히토미를 다독였다.

시간은 어느덧 밤 9시 무렵이 되었다. 드디어 문 너머에서 이런 목소리가 들려왔다.

"그런데 당신, 히토미 말인데."

"아, 그래. 오늘도 어색해하더라고."

흠칫.

히토미의 몸이 움찔하더니 뻣뻣하게 굳었다.

텅 빈 눈동자가 흔들리고 몸이 떨렸다.

하지만 나는 잠자코 있었다. 소타와 히카와 씨도 마찬가지였다. 다들 알고 있었을 것이다. 이후 부모님의 입에서 나올 말은 결코 소녀에게 상처를 주지 않으리라는 사실을.

"여보, 역시 그 아이는."

"그래, 그 아이는."

부모님이 말하는 히토미를 향한 마음. 그것은 상상을 훨씬 뛰어넘는 따뜻한 것이었다.

"그 아이는 역시…… 정말 강한 아이야."

"맞아. 정말 강한, 자랑스러운 딸이야."

"응?"

다음 순간. 히토미의 목소리가 새어나오더니 떨림이 멈췄다. 텅 비었던 눈동자에 생기가 돌아왔다.

거봐. 역시 생각한 대로였다.

분명 이럴 거라 생각했다. 이런 부모님이 그 정도의 이유로 널 내버려둘 리 없다고. 그게 아니라면 애초에 병을 앓고 있는 아이를 입양하려고 하지도 않았을 것이다. 하루도 빠짐없이 병원에 오는 시점에서 이미 답은 나와 있었다.

딸이 듣고 있다는 사실도 모른 채 부모님은 대화를 계속했다.

"정말 강한 아이야. 선천적 질환에 가족도 없지, 모든 걸 포기할 수도 있는 상황이었는데 그러지 않고 필사적으로 자신을 다스리고 있어. 아무나 할 수 있는 일이 아니야."

"맞아. 우리에게 잘 보이려고 애쓰는 건 정말 힘들 텐데. 자신과 계속해서 싸우는 그 자세는 존경스러울 정도야."

히토미의 얼굴이 빨갛게 물들었다. 착한 딸 연기를 이미 간파당하고 있었다는 사실이 부끄러운 듯했다. 그런 그녀와 상관없이 이야기는 이어졌다.

"착실한 그 아이에게 새로운 가족이 생긴 게 부담일지도 몰라. 짐처럼 느껴지고 성가시기도 하겠지. 하지만 그걸 극복하고 애정을 받아들여주는 날이 온다면 우리는 분명 진짜 가족이 될 수 있을 거야. 지금은 힘들겠지만 그 아이가 적당한 거리를 찾을 때까지 기다리자고. 꿋꿋하게 말이지."

"그래. 그때가 곧 올 거야. 게다가 저렇게 애쓰고 있으니."

그 뒤로도 부모님이 주최한 'The 히토미 극찬 모임'은 끝을 모르고 계속되었다. 이게 대단하다, 저게 대단하다, 우리 히토미는 하여튼 대단하다, 그런 이야기 일색이었다.

부모님이 환멸을 느낄지도 모른다는 생각은 대체 어디서 튀어나온 건지, 오히려 지금 히토미는 구경감이 된 상태였다. 다른 사람들 앞에서 너무나도 추켜세워진 나머지 새빨개진 얼굴은 당장이라도 터질 것 같았다. 그런 근질근질한 시간이 한동안 이어졌다.

히토미도 단념한 것일까, 얼굴을 붉힌 채 불쑥 말했다. "결국 내 걱정이 과했던 거네요. 겁먹고 속이고 불안해하고, 실제로는 내가 받아들이려고 하지 않았던 것뿐이었어요."

"맞아요. 적어도 가족들은 히토미가 마음을 열어주길 기다리고 있잖아요."

내 말이 끝나자마자 히카와 씨도 다정한 미소를 지었다.

"히토미, 불안한 건 잘 알겠어. 그동안 몰라줘서 미안해. 어느 날 갑자기 나타나서 가족이라고 하니 어렵겠지. 그래도, 그래도 나는 히토미를 가족이라고 생각해. 어디까지나 내 생각이지만 가족이라는 건 핏줄이 아니라 가족으로 지내고 싶은지 아닌지로 증명된다고 봐. 그런 의미에서는 우리는 이미 가족인 거야."

"가족으로, 지내고 싶은지……."

"히카와 씨. 그거, 정말 멋진 생각인 것 같아요."

히토미의 중얼거림과 겹치듯 무심코 히카와 씨를 칭찬했다. 이 사람 대체 뭘까. 속없어 보이는데 난데없이 눈이 번쩍 뜨이는 말을 한다. 방금 한 말은 정말 심금을 울렸다.

남자들의 멋진 연출은 계속되었다.

"이거, 방 한쪽에서 발견했는데 히토미한테 주는 선물이야?"

"아, 응. 편지지 세트랑 문구 세트. 곧 가족이 된 지 1년이 되니까 부모님과 함께 깜짝 선물로 준비했어."

"소타 씨, 잠깐만요. 마음대로 가져오면 어떡해요. 히카와 씨도 깜짝 선물이라는 말을 당사자 앞에서 하면 안 되죠."

다급히 끼어들었지만 소타는 들은 체 만 체하며 포장지를 뜯더니 편지지 세트를 열었다. 이 무슨 황당한 짓이란 말인가.

"뭐하는 거예요? 바닷물을 너무 많이 마셔서 뇌까지 해파리가 된 거예요?"

"아니야, 시즈쿠. 역으로 서프라이즈를 하는 거지. 새거여야 할 편지지 세트에 히토미가 선수 쳐서 부모님한테 편지를 쓰는 거야. 그러면 히토미에게 이 선물을 주려고 할 때 무슨 일이 일어날지…… 알겠지?"

"무슨 일이 일어나다니, 당신은 참……."

어처구니없어하며 그 제안을 생각했다. 역으로 서프라이즈인지 뭔지, 그런 거…… 엄청나게 근사하잖아! 잠깐, 소타, 언제 이렇게 멋진 생각을 할 수 있는 머리가 된 거지? 매일 같이 있다 보니 나의 총명함이 옮았나? 어쨌거나 능력 없는 백수라고는 생각되지 않는 멋진 플레이다.

"그…… 고스케…… 오빠."

"앗! 하하, 그래, 히토미."

잔뜩 흥분한 우리 옆에서 두 남매는 마음을 마주 댔다.

"사실 갖고 싶은 게 있어."

"갖고 싶은 거?"

"밤새면서 본 애니메이션이 있는데, 그 애니메이션 굿즈를 갖고 싶어."

"오호, 히토미가 밤을 새면서 봤다니 의외네."

"그 얘기를 편지에 써도 될까? 그걸 샀으면 좋겠다고."

"괜찮겠어? 밤을 새는 나쁜 애라는 게 들킬 텐데."

"괜찮아. 언제까지나 착한 딸로만 있을 수는 없으니까."

불빛이 없는 방에 한 송이의 미소가 방그레 피어났다. 반짝이는 유대가 남매를 이어주었다.

문 너머에서는 부부의 따뜻한 웃음소리가 들려왔다. 문 하나를 사이에 두고 이쪽에서 자식들이 마음을 맺고 있다는 사실은 꿈에도 모를 것이다. 왠지 그것이 무척이나 귀중하게 느껴졌다. 틀림없이 이제, 이 가족은 괜찮다고 생각될 만큼.

"어떤 식으로 쓰면 좋을까?"

"마음 가는 대로 쓰면 돼. 우리는 가족이니까."

남매는 편지지에 마음을 그렸다. 거기에 어떤 말이 적히는지는 모르겠다. 하지만 보지 않아도 알 수 있을 것만 같았다. 투명 인간이 써 내려가는 편지에는 분명, 보이지는 않지만 무척이나 뜨거운 마음이 깃들어 있을 테니까.

한 지붕 아래 모인 네 가족. 서로를 헤아리는 멋진 밤은 한동안 계속되었다.

여기까지라면 끈끈한 유대감을 보여주고 끝났을 텐데.

이 스토리에는 애달픈 뒷이야기가 조금 더 남아 있다.

어라?

편지를 다시 포장하고 병원으로 돌아가려던 참이었다. 문 너머에서 오고 간 대화를 듣게 된 것이 계기였다.

"히카와 씨, 아버님이 약을 많이 드시는 것 같던데 어디 안 좋으세요?"

"아, 응. 몇 년 전에 종양이 발견됐어. 그래서."

"엥?"

아무것도 아니라는 듯 던져진 그 말에 나와 히토미가 눈을 마주쳤다. 그 분위기를 읽었는지 그가 황급히 설명을 덧붙였다.

"아, 그래도 시한부 선고를 받았다거나 그런 건 아니야. 수술도 성공적이었고. 그런데 보면 알겠지만 연세가 있다 보니 오래 사시기는 힘들 거래."

"엇, 아…… 그런, 거야?"

담담하게 늘어놓는 충격적인 사실. 뭐라고 해야 좋을지 알 수 없었다.

그녀 또한 몰랐던 모양이다. 히토미는 창백한 얼굴로 허둥댔다. 히카와 씨가 그 모습을 보고 피식 웃더니 사랑하는 동생에게 들려주듯 이야기를 시작했다.

"아빠는 지금은 온화하시지만 옛날에는 열정이 넘치는 분이셨어. 회사를 책임지고 있으니 힘든 일도 겪으셨을 거야. 그런데 어느 날 몸 상태가 안 좋아서 병원에 갔더니 종양이 발견됐어. 깜짝 놀랐지. 수술이니 입원이니, 생활은 완전히 뒤바뀌었어. 그게 계기였던 것 같아. 그때 이후로 아빠는 '남은 인생은 다른 사람을 도우면서 살고 싶다'는 말을 입에 달고 사시거든."

"다른 사람을, 도우면서."

히토미의 중얼거림에 히카와 씨가 미소를 지으며 끄덕였다.

"입원 중일 땐 나나 엄마가 아빠를 돌봤어. 그게 부담스럽지는 않았지. 일하시느라 힘들었을 아빠를 간병할 수 있다는 건 기쁜 일이었고 여유롭게 대화할 기회도 생겼으니까. 그런데 아빠는 그런 우리를 보고 뭔가를 느끼신 모양이야. '사람은 누군가를 도와주면 스스로도 행복해질 수 있는 거구나, 놀랍네'라고 하셨어. 유난스럽지?"

그는 후후, 웃더니 기쁜 듯 말을 이어갔다.

"그때부터는 앞만 보고 직진. 일은 부하 직원에게 맡기고 매일같이 사람을 돕는 일에 매진하셔. 신세를 진 사람들에게 보답하고, 재해 지역에서 봉사활동도 하고. 나도 그런 아빠를 거들게 됐지. 그러던 어느 날 입양 이야기가 나온 거야. 병을 가지고 태어났는데 가족이 없는 아이가 많다는 걸 알고 아빠는 그 자리에서 결정하셨어. 적어도 그중에 한 명에게라도 힘이 되어주고 싶다고 말이야. 아빠도 병이 있다 보니 입양 신청에도 시간이 꽤 걸렸지. 그렇게 긴 심사를 통과해서 만난 사람이 히토미야."

"나⋯⋯."

그는 부드러운 음성으로 말했다. 사랑하는 가족의 사랑스러운 마음을.

"목숨에 위협을 느꼈기 때문에 고통받는 사람들에게 힘

이 되고 싶다, 누군가를 돕는 행복을 알게 되었으니 나도 그렇게 하고 싶다……. 히토미를 돕는 건 아빠에게 부담도, 그 무엇도 아니야. 오히려 히토미를 통해 아빠 스스로도 행복해질 수 있어. 아빠는 마음 가는 대로 움직일 수 있는 건 행복한 일이라고 말씀하셨어. 난 그런 아빠가 자랑스러워."

히토미는 오빠의 이야기에 아무 말이 없었다. 그 얼굴에는 놀라움과 망설임, 그리고 또렷한 등불이 깃들어 있었다. 그 불은 절대 꺼지지 않으리라. 커다란 불꽃이 되어 병을 이겨낼 수도 있을 것이다. 나는 그런 예감이 들었다.

그런데 그래도 한 가지 신경 쓰이는 것이 있었다.

"히카와 씨, 아버님이 머잖아 돌아가실 거라는 게 슬프지 않아요?"

"응. 당연히 슬프고 허전해."

나의 불안을, 그는 쓸쓸한 미소로 긍정했다. 하지만 그에게서 엿보이는 것은 나약함이 아니었다.

"그래서 결심했어. 훌륭한 사람이 돼서 미소로 아빠를 보내드리자고. 아직 많이 부족하지만 더 공부하고 성장해서, 물론 히토미랑도 사이좋게 지내서 아빠가 안심하고 떠나실 수 있게 할 거야. 실은 회사 경영이 아빠 마음에 걸리나 봐. 그래서 사장이 돼야겠다고 생각한 거야. 받은 은혜는 갚아라, 그 보은이 쌓이면 훌륭한 사장이 될 수 있다, 아빠가 늘 하시는 말씀이야. 나는 아빠에게 받은 은혜를 사장이 돼서 갚자고 다짐했어. 아빠의 뒤를 잇는 건 그 누구도 아닌 나였으면 좋겠어. 그게 내 마음이 가는 대로 생각한 결과야."

"그랬군요."

빙긋 웃는 그의 얼굴에서 시선을 돌릴 수밖에 없었다.

소중한 사람과의 이별을 각오하고 있다. 그런 상황에서 부모님의 기대에 부응하려 한다. 아빠의 뒤를 이어 사장이 될 거란 말이 처음에는 배부른 소리라고만 생각했다. 하지만 그게 아니었다. 잃은 뒤에 후회하면 늦는다는 것을 그는 알고 있다. 그리고 이렇게나 든든하게 행동하고 있다.

이 사람은 대단하다. 어린애처럼 보여도 언제나 빛을 잃지 않는다. 그 눈부심에 나의 그늘을 억지로 마주하게 된다. 나는 부모님께 무엇을 했나. 언제쯤 할머니의 기대에 부응할 수 있을까. 히카와 씨, 당신은 나보다 훨씬……

"죄송합니다."

"응, 뭐가?"

"당신을 전혀 모르고 있었어요."

"그래? 후후, 그래도 나는 호조 씨를 알고 있었어. 처음 봤을 때부터 이 사람은 분명히 힘이 되어줄 거라 직감했으니까."

난 아무것도 한 게 없다.

소타의 말에 따라 움직이기만 했는데, 그래도 그는 그런 나를 칭찬해주었다.

"호조 씨, 당신이 마녀여서 다행이야. 고마워, 도와줘서."

그는 빛나는 미소를 보여주었다. 그 옆에서 히토미도 꾸벅 인사한다. 나는 아무 말도 할 수 없었다.

나 혼자만 덩그러니 어두운 밤에 남겨졌다.

그 뒷이야기다.

투명 인간 상태인 우리는 마법이 끝나기 전에 집을 나왔다. 그리고 집으로 왔을 때와 같은 방법으로 병원으로 돌아갔다. 히토미의 몸에 부담이 되진 않았을까 걱정스러웠지만 침대로 돌아간 그녀는 생기 있어 보였고 그대로 잠에 빠져들었다. 오빠에게 "잘 자" 하고 인사하는 그녀의 목소리에는 크나큰 사랑이 담겨 있었다.

그렇게 병원을 나왔을 때 우리의 마법은 끝났다. 원 상태로 돌아온 히카와 씨는 "조심히 들어가, 언제든 병문안

와"라는 말을 남기고 멀어져갔다. 소타와 둘만 남은 나는 한밤중인데도 잘 기분이 들지 않아서 밤거리를 어슬렁거렸다.

정신을 차리고 보니 우리는 거리에서 벗어난 높직한 언덕 위, 주택가와 마을의 상징인 큰 하천을 한눈에 담을 수 있는, 하늘과 가까운 곳에 앉아 있었다. 새벽녘이 가까워지는지 동쪽 하늘이 부허옇게 밝아왔다.

마침내 소타가 말을 걸어주었다. "시즈쿠, 왜 그래? 엄청나게 활약한 것치곤 표정이 우울하네."

"난 한 게 없어요."

밤에 아침이 섞이기 시작하는 잿빛 하늘. 어슴푸레 흐린 하늘은 태양의 빛을 지상으로 한 줌만 보내준다. 아직 잠든 세상에서는 소리가 들리지 않았고 하천에 내걸린 다리 쪽에서 자동차 소리만이 울릴 뿐이었다. 지금껏 들리지 않았던 심장의 고동을, 홀연히 귀가 의식한다.

"한 게 없다니, 그 아이를 이해할 수 있었던 덕분에 가족 사이가 좋아진 거라고."

"운이 좋았을 뿐이에요. 우연히 그 아이가 나와 비슷했으니까 이해할 수 있었던 것뿐이죠."

어릴 적 나와 닮았기 때문에 이해할 수 있었던 것에 불과하다. 나 또한 부모님 앞에서 콤플렉스와 맞닥뜨리고, 기대에 부응하지 못하는 자신에게 실망했다. 실망감은 쉬이 공포로 바뀐다. 이런 나에게 실망하시지 않을까 하는 공포로.

"가끔씩 생각해요. 사실, 나는……."

정면을 바라본 채 눈시울이 뜨거워지는 걸 느끼며 그날 미처 하지 못했던 이야기를 소타에게 털어놓았다. 비를 피하던 그날을 그는 기억하고 있을까.

"나는, 내가 아니었어야 하는 것 같아. 이런 내가 아니라 더 순수한 아이였다면 부모님도 행복할 수 있지 않았을까, 마음이 따뜻한 사람이 마녀였다면 할머니도 더 기뻐하지 않았을까, 하는 생각이 들어."

소타는 아무 말이 없었다. 그 다정함에 기대게 된다.

소타는 언제나 내가 원하는 게 뭔지 알고 있다.

"도쿄에서 따돌림을 당해서 학교에 안 나갔어. 울기만 하던 나는 할머니 집에 맡겨졌지. 아빠도 엄마도 나를 꾸짖지 않았어. 학교에 안 가도, 도쿄에 가기 싫다고 해도 혼내지 않았어. 사실은 실망했을 텐데. 할머니가 돌아가시고 도쿄로 돌아간 후에도 학교에 못 가고 칭얼거리기만 했지. 급기야 부모님에게 화풀이를 해댔어. 내가 따돌림을 당하는 건 일에만 빠져 사는 엄마 때문이라고 신경질을 냈거든. 그래도 엄마는 화낸 적이 없어. 슬픈 표정으로 미안하다고만 하고. 그걸 볼 때마다 가슴이 답답했어. 엄마가 원하는 딸이 되지 못한 내가, 아빠가 그런 표정을 짓게 만드는 내가 싫어서 견딜 수 없었어. 사실은 그러고 싶었던 게 아닌데. 그런데 어떻게 해야 좋을지 모르겠더라고. 점점 부모님 얼굴을 보는 게 싫어졌어. 그 자상함을 느낄 때마다 내가 아닌 다른 아이가 자식이면 좋았을 텐데, 하는 생각이 들었거든."

눈 안쪽이 뜨겁다. 목이 타는 듯 아프다.

몸이 떨리지만 눈물은 흐르지 않았다.

흘릴 눈물은 없어진 지 오래다. 까마득한 옛날에 어딘가로 사라져버렸으니까.

"난 나에게 자신이 없어. 날 좋아할 수가 없어. 소타를 어린애 같다고 바보 취급하지만 사실 당신이 훨씬 멋있고 훌륭해. 마도구의 힘으로 산에 갔을 때 소타는 지장보살을 모시는 작은 사당을 고쳤었지. 그곳은 우리가 비를 피했던 추억의 장소야. 소중한 곳인데도 나는 폐허가 되다시피 한 그곳을 보고도 아무런 생각도 하지 못했어. 그게 다가 아냐. 당신의 목걸이를 책상 서랍 속에 넣어뒀는데, 사실 한 번 잃어버렸어. 고등학생 때 그걸 알게 됐지만 나는 아무 생각도 들지 않았어. 잃어버린 이후로 한 번도 떠올린 적이 없었던 거야. 당신이 그걸 걸고 나타났을 때, 내가 감추고 싶어 하는 나의 일면이 드러난 느낌이었어. 당신과의 소중한 추억인데.

내가 생각해도 나한텐 괜찮은 구석이 없어. 유일한 친구였던 검은 고양이. 같은 반 아이가 그 고양이를 괴롭히는 걸 봤을 때 나는 도와주지 못했어. 나를 보는 그 눈을 보고도 무서워서 못 본 척해버렸지. 그대로 작별 인사도 못 하고 도쿄를 떠나버렸어. 따돌림당하는 것도 부모님 탓이라면서 못을 박았고. 자취할 때 드는 생활비도 꼬박꼬박 받고 있으면서 여전히 가족 앞에서 웃을 수 없어. 누군가의 행복을 바랄 수 있을 정도로 인성이 좋은 사람도 아니야. 그런데, 히카와 씨처럼 당연하게 그걸 할 수 있는 사람이 있어. 그게 속상했어. 마녀의 힘은 사람들을 위해서 존재한다고 생각할 때마다 왜 내가 그걸 물려받은 건지 한탄스러워. 내가 아니라면 분명 모두 행복해질 수 있을 텐데. 알면서도, 뻔히 알면서도 나를 바꾸지 못하겠어. 혼자서는 아무것도 할 수 없다는 걸 알면서도 혼자인 상태로 바뀌지가 않아. 이대로 계속 바뀌지 않을까 봐 두려워. 잃은 뒤에 후회해봐야 늦는다는 걸 알고 있는데도. 나는…… 따뜻한 사람이 될 수 없어."

눈물 대신 모든 것을 뱉어냈다. 10년 동안 쌓이고 쌓인 마음속 응어리를.

희미하게 밝아오는 하늘은 꿈이 끝났다는 걸 알려주는 듯했다. 그곳에서 나는 그 무엇도 되지 못한 채 웅크려 있다. 아빠, 엄마, 미안해요. 나 때문에 불행해지게 해서. 후회가, 실망이, 가슴속에서 소용돌이쳤다.

그런 나를 끌어올려주는 이는 언제나 단 한 사람.

소타는 세상을 비추는 태양처럼 날 치유해준다.

"그런 후회는 따뜻한 사람만이 할 수 있는 거야."

"소타."

그는 가까이 다가와 뺨으로 머리칼을 어루만지며 마음 바로 옆에서 속삭였다. 부드러운 살결이 얼어붙어 있던 얼음을 녹여주었다.

"넌 네가 생각하는 것만큼 별로인 사람도 아니고 혼자도 아니야. 다들 그러잖아. 시즈쿠라서 다행이라고. 난 이렇게나 남을 생각해주는 사람을 본 적이 없어. 목걸이, 후회해줘서 기뻐. 따뜻하지 않은 사람은 후회조차 하지 않는다니까."

머리칼에 닿은 소타의 볼이 이마를 더듬었다. 그의 입술이 그 뒤를 따른다. 그것만으로도 무슨 일이든 할 수 있을 것 같은 기분이 들었다. 마음은 때때로 마법을 능가한다. 이렇게나 마음이 편안해지다니.

소타는 문득 한 가지 비밀을 털어놓았다.

"실은 나도 때때로 무서워져. 앞으로 나는 어떻게 되는 걸까 싶어서."

"응?"

그는 전에 없이 얼굴에 그늘을 드리우고 있었다. 나는 처음으로 그의 공포를 알게 되었다.

"역시 마도구와 내 기억이 연결되어 있는 것 같아. 또 생각난 게 있거든. 그건 내가 최근 10년 동안 계속 외로웠다는 거야. 그저 새까맣고, 마치 사후 세계인 양 아무것도 없는 곳에 있었어. 그 공포가 떠올랐어."

밝혀지는 그것은 그가 평범한 존재가 아니라는 걸 상기시켰다. 피할 수 없는 현실이 얼굴을 들이민다.

"옛 기억이 없는 것, 최근 10년을 어둠 속에서 보냈다는 것, 모두가 나를 잊었던 것. 기억이 돌아올 때마다 내 정체가 뭔지 모르겠어. 진짜 내가 어디에 있는지, 진짜 나는 누구인지, 지금의 나는 진짜 나인지. 아무것도 모르겠어."

언젠가 밤에 보았던 또 한 명의 그가 나타났다. 내가 모르는, 겁에 질린 채 괴로워하는 소타. 깊숙이 숨겨왔을 진짜 마음. 떨리는 눈동자를 보자 눈물이 날 것 같았다. 그가 손이 닿지 않는 곳으로 가버릴 것만 같았으니까.

그런 내게 소타는 빛을 주었다. 눈물조차 말라버릴 것 같은 눈부신 빛을.

"계속 무서워서 견디기 힘들었어. 기억이 돌아올 때마다 내가 투명해지는 걸 느꼈지. 어릴 때부터 밤이 무서웠어. 내가 그대로 어둠에 삼켜져서 돌아오지 못할 것 같았거든. 기억이 다 돌아왔을 때 나는 나로 있을 수 있을까, 그런 공포는 지금도 떨칠 수 없어. 그래도 말이지, 그래서 깨달은 것도 있어. 그건 시즈쿠 네가 있으면 어떤 세계에서든 웃을 수 있다는 거야."

손을 잡는다. 코앞에서 그가 똑바로 바라본다.

그 얼굴에 미소는 없었다. 붉어진 그의 모습을 10년 만에 보았다. 그 의미를 이해했을 때 무언가가 갈라지며 터져 나왔다. 그가 더 이상 소년이 아니라는 걸 알게 되었다.

"처음 봤을 때부터 귀여웠어. 여자애들은 원래 이렇게 귀엽나 하면서 설렜어. 보기만 해도 행복했고, 부드러운 피부에 살짝만 닿아도 기뻐서 어쩔 줄 몰랐지. 시즈쿠는 외모가 전부가 아니라는 것도 금방 알게 됐어. 둘이 놀 때 다쳐서 죽은 아기 새를 발견했던 적 있잖아? 넌 옷에 피가 묻는 것도 개의치 않고 아기 새를 품에 안았지. 눈물을 흘리면서 말이야. 그런 상황에서 뜬금없긴 했지만 그 눈물이 무엇보다도 아름답게 느껴졌어. 심지어 그 후에 내가 아무렇지 않게 무덤을 만들었을 때 이렇게 말했었지. 다정해, 훌륭해, 고마워, 라고. 사소한 일이었지만 어렸던 나는 그게 정말 기쁘고 뿌듯했어. 널 만나기 전까지는 외톨이였는데 온 세상에 색깔이 입혀진 것 같았거든. 그때 결심했어. 나는 네 앞에서는 반드시 멋진 모습으로 있을 거라고."

그의 얼굴은 붉디붉었다. 거울을 보지 않아도 나도 마찬가지라는 걸 알 수 있었다. 심장 고동이 이 세상의 소리를 지웠다.

"나는 네가 별로라고 생각하지 않아. 넌 그 누구보다도 따뜻하고 강해. 이번에도 누군가를 위해서 싸웠잖아. 네가 그런 마음을 가지고 태어났기 때문이야. 어릴 때부터 그런 네가 날 구원해줬어. 언제 보아도 예쁘고, 나를 의지해주는 순간의 네 모습은 또 어찌나 귀여운지. 그런 널 볼 때마다 심장이 요동치고, 또 눈을 뗄 수 없었어. 나는 네게 0순위이고 싶었어. 멋지지 않은 모습은 죽어도 보여주고 싶지 않았지. 그래서 네가 옆에 있으면 어떤 세계에서든 강한 척할 수 있어. 사실 난 강하지 않아. 어딘가에서 본 강한 모습을 연기할 뿐, 실은 깊은 밤을 무서워하는 겁쟁이야. 그래도 너에겐 그런 모습을 절대 보이지 않을 거야. 날 어린 시절 친구 이상으로, 남자로 생각해주길 바라니까."

"……소타."

나는 그에게 손을 내밀었다. 그는 손을 잡더니 날 끌어 안아주었다.

얼어붙었던 마음이 녹으며 온몸에서 열이 났다. 그에게 잡힌 손이 지면으로 쓰러지며 몸이 움직여지지 않았다. 무섭다. 하지만 온기가 공포를 감싸주었다. 이미 아무것도 생각할 수 없었다. 나는 그저, 그의 것이 되고 싶었다.

그제야 눈물이 한 방울 떨어졌다.

어린 시절부터 바라 마지않았던 허망한 한 방울.

분명 오래도록 바랐던 것. 가슴속에 내리던 모든 비를 삼킨 뜨거운 한 방울. 추억에 반짝이는 그것을 소타가 건져 올려주었다. 손가락은 데어버릴 만큼 뜨거웠다. 젖은 손이 볼을 감쌌다. 입술이 막힌다. 수족관도 아니고 거북이도 없었지만, 내가 더 이상 어린아이가 아니라는 걸 알았다. 나는 생명의 반짝임을 꼭 끌어안았다.

그의 뒤로 펼쳐진 잿빛 하늘. 흐린 구름이 낮게 깔린 하늘. 그 슬픔을 영원히 잊지 못하리라.

"시즈쿠, 이것 좀 봐."

영원 같은 시간이 지나고.

소타가 주머니에서 빨간 종이학을 꺼냈다.

"히토미한테 들었어. 러시아에는 불사조를 만지면 소원이 이뤄진다는 전설이 있대. 이거 너한테 줄게. 받아줘."

"멋진 이야기네. 고마워."

빨간 불사조를 받아들었다. 신기하게도 뜨거운 생명을 느꼈다. 당장이라도 날갯짓을 할 듯한 생명의 숨결. 그 전설을 잊지 않겠노라 맹세했다.

"시즈쿠."

"왜?"

"얼마 전에 시즈쿠 엄마가 문자 보냈잖아."

"……응."

"마녀의 사명을 시작했다고 보고하자."

"글쎄……."

"괜찮아. 좋아할 거야."

"좋아할까?"

"당연하지. 나기사의 혼을 이어받은 거니까. 분명 기뻐할 거야."

"그래. 그럴 거야."

스스로에게 들려주듯이 끄덕인 후 소타의 가슴에 얼굴을 기댔다. 자연스레 그의 손을 잡고 있었다. 가족이고자 하는 마음으로 가족임이 증명되는 거라면, 우리는 이미 아주 오래전부터 알고 지낸 친구다. 그리고 지금은 더 멋진 관계가 되었다. 이제야 깨달았다. 이렇게나 아름다운 것이 옆에 있었음을.

하지만 그런 생각이 들면서 동시에 망설여졌다.

이대로도 괜찮은 걸까.

이대로, 그에게 기대기만 해도 괜찮을까.

"소타."

"응, 시즈쿠."

"아냐, 아무것도."

할머니가 말씀하셨다. 아기들은 그 어떤 소중한 장난감이라도 '주세요'라고 하면 준다고. 사람이 태어날 때부터 지니고 있는 '주는' 마음. 소타는 나에게 많은 것을 주었다.

나는 그에게 뭘 해줄 수 있을까. 이렇게나 나약한 내가.

불안과 공포를 끌어안은 그를 위해 할 수 있는 게 뭘까.

나는 정말…… 이대로도 괜찮은 걸까.

"날이 밝았네. 어둠이 걷히는 순간을 보면 세상이 '지금
부터 시작'이라고 말하는 것 같단 말이지."

"그렇네. 특별한 하루가 될 것 같아."

엷고 흐린 하늘을 가르는 아련한 새벽. 언젠가 본 광경
과 무척 비슷하다. 소타와 비를 피하고 마음을 나눴던 그
때. 비 갠 뒤의 하늘은 동틀 녘의 하늘과 닮아 있다. 그것은
왠지 나의 어린 마음과도 닮아 있었다. 밤을 쓰러뜨리는
낮을 가진, 신기한 시간이라 느껴졌다.

옛날에 읽은 책에 적혀 있었다. 사람은 기억을 담는 그
릇이라고.

나는 그와의 추억을 끌어안고 어디로 가는 걸까. 그는
나와의 추억을 품고 어디로 가는 걸까. 마음이 가는 대로
살아갈 때 사람은 어디에 다다르는 걸까.

우중충한 하늘을 비추는 아스라한 태양을 생각하며, 그
의 손을 꼬옥 잡았다.

4장

폭풍 속의 마녀

그것은 아주 먼 옛날, 숲속에 살던 한 마녀의 이야기다.
그녀는 태어났을 때부터 신비로운 힘을 쓸 수 있었다.

이 세상의 것이라 생각되지 않는 기적을 일으키는 그녀
는 모두의 칭송을 받았다. 마음이 따뜻한 그녀는 세상의
전부라 할 수 있는 행복을 손에 넣었다.

마녀는 어느 날, 여섯 개의 마도구를 만들었다.

기적의 힘을 담은 신기한 마도구.

자신의 자손이 세상을 이롭게 만들기를 꿈꾸며 만든 것
이다.

그런 마녀를 보고 제자인 소년이 말했다.

자신이 그 일을 돕게 해달라고.

마녀는 끄덕이며 말해주었다.

그럼 너는 불로불사의 정령이 되어 마녀를 돕게 된다고.

소년은 밝게 웃으며 주먹을 쥐어 보였다.

어린 마녀 옆에서 함께 울고 웃으며 평생 동안 지켜본다. 그리고 다음 마녀가 태어나면 또다시 힘이 되어주며 곁을 지킨다.

소년은 마녀들이 자아내는 이야기의 일부가 될 수 있다는 사실에 진심으로 기뻐했다.

그런 소년의 모습에 마녀도 기뻤다.

마음이 굳센 이 아이라면 분명 자손들을 행복으로 이끌어줄 수 있으리라 믿었기 때문이었다.

"나의 자손과 함께 세상을 지켜봐주렴."

사명을 부여받은 소년은 바로 준비에 들어갔다.

정령이 되기 위한 수양을 쌓고 좋은 인도자가 되기 위한 여행도 했다.

어려운 처지의 아이들을 도와주고, 병상에 누운 노인을 간병하고, 빈곤가의 도둑들에게 학대당하는 개와 고양이를 구출해서 데리고 다녔다.

그는 염원했다. 세상이 반드시 좋아지기를.

그는 기도했다. 세상이 반드시 좋아지기를.

3년의 시간이 지난 후 소년은 드디어 수행을 마치고 마녀의 곁으로 돌아갔다.

영원히 사는 정령이 되기 위해.

……머나먼 저편의 끝자락에 있는 기억. 어렸을 때 읽었던 그림책 꿈을 한 번씩 꾼다.

눈을 뜨면 물거품처럼 흩어지고 꿈의 세계에서 다시 만났다가 또 잊어버리고.

어쩌면 나는 알고 있었을지도 모른다. 그가 어디에서 와서 어디로 가는지. 세상이 어디에서 와서 어디로 가는 것인지.

나는, 알고 있었을지도 모른다.

8월 31일은 여름의 마지막 날인 것처럼 느껴지지만 사실은 여름방학이 끝나는 날짜일 뿐이다. 9월이 됐으니 시원해지는가 하면 그렇지도 않을뿐더러 오히려 시원해질 거라는 희망을 현실적인 기온으로 배신하는 모습에 엄청난 분노를 느껴 도리어 열을 올리게 된다. 9월인데 왜 더 덥냐고 소리치고 싶어질 만큼, 오늘도 오늘대로 평범하게 무더운 9월 초였다.

학기도 시작됐고 진로도 계획해야 하고, 게다가 마도구

가 세 개 남았으니 이제는 정말 여러모로 진지한 고민이 필요한 시기다. 이런 상황에 소타와 마음을 나누며 소꿉친구에서 한 단계 더 발전한 우리가 어떻게 지내고 있는지를 말하자면.

특별히 전보다 더 나아진 것도 없이 되는대로 아무렇게나 살고 있다.

"잠깐, 잠깐, 기다려봐. 시즈쿠! 아냐, 여기에는 깊은 뜻이."

"뜻이고 나발이고! 뭘 어떻게 해야 이렇게 되는 거예요, 네?"

"여름에 못했던 '수박 자르기 VS 빙수와 아이스크림 with 우롱차 feat. 나가시 소면 Remix'를 즐기려다 이렇게 됐을 뿐이야."

"그런 덜떨어진 이벤트를 실내에서 할 생각을 잘도 했군요!"

사방에 흩날린 소면과 얼음으로 난장판이 된 방을 둘러보며 고함을 질렀다. 자면서 흘린 땀을 샤워로 씻어내는 그 잠깐 사이에 이렇게나 엉망으로 만들어놓다니 재주도 좋다. 정말 아침부터 밤까지 한시도 가만 놔둘 수 없다니까!

"원래는 잘하려고 했어. 네가 샤워 마치고 나오면 더 시

원하게 해주려고 했거든. 그런데 슬쩍 들여다봤더니 마무
리 단계로 벌써 린스를 하고 있더라고. 큰일이다 싶어서
허둥대다가 실수로 엎어버렸지 뭐야."

"애초에 실내에서 하려고 한 게 잘못이죠. 그리고 뭘 슬
쩍 들여다봐요?"

가뜩이나 더운데 분노 때문에 더 더워지는 현실에 한숨
이 나왔다. 더워서 일부러 샤워했는데 의미가 없지 않은
가. 손이 왜 이리 많이 가는지 성가셔서 못살겠다.

그나저나 오늘.

TV에서 태풍이 온다는 둥 대형 저기압이라는 둥 보도
하는 걸 보니 가을도 가까워졌다는 걸 느끼게 되는 토요일
아침이다. 우리는 여전히 긴장감 없는 나날을 보내고 있었
다. 좋은 분위기에서 서로의 마음을 확인한 게 언제였더라.

물론 알콩달콩하지도 않거니와 손발이 오그라드는 커
플처럼 오싹한 애칭으로 서로를 부르는 일도 당연히 없다.
우리는 여태까지 그랬듯 평범한 친구처럼 지내고 있었다.
그 일로 특별히 뭔가가 바뀌는 것도 아니고 나도 딱히 뭔
가를 더 하고 싶은 것도 아니기에 그냥 제자리를 찾은 것
뿐이다. 결국 이것이 우리에게는 가장 자연스러운 형태라
는 뜻이다.

하지만 말은 이렇게 하면서.

"있잖아, 시즈쿠."

"왜요? 용돈이라면 어제 줬는데요."

"그거 말고, 오늘 밤 옆 동네에서 불꽃놀이를 한다는데, 보러 가자."

"불꽃놀이요?"

예전이라면 주저 없이 거절했을 것이다. 사람이 많은 곳은 싫다는 둥 4K TV로 보는 게 더 선명하다는 둥 냉소적인 견해를 늘어놓았을 터였다. 하지만 지금의 나는 어찌된 영문인지 그것도 괜찮겠다는 생각을 하고 있었다.

"어쩔 수 없죠. 그럼 갈까요?"

"좋아! 그렇다면 유카타(주로 여름철에 입는 일본 전통 의상─옮긴이)를 빌려야지. 분명 너한테 잘 어울릴 거야."

"글쎄요, 유카타는 입어본 적 없는데."

"괜찮아. 왜냐면 너는…… 이 뒤는 말 안 할게."

"누가 볼륨이 없다는 거예요!"

"어엇, 말 안 했는데!"

등등. 소타의 머리를 툭 때리면서도 둘이 함께하는 외출을 기대할 수 있게 된 것이다. 나도 내가 신기했다.

"자아, 그럼 나는 뭘 입을까? 태어나서 처음 보는 불꽃놀이니까⋯⋯."

그런데 그런 평온한 일상 속에서.

찰나의 순간 망설이게 되는 것도 사실이었다.

"시즈쿠 생각은 어때? 나도 유카타를 입어서 여자들이 감탄하게 만들어야 하나."

"그러든가요. 당신을 보고 기뻐할 여자는 없을 테니까."

건성건성 대답하며 생각했다.

그날, 소타와 마음을 확인한 후. 새벽녘과 함께 엄습한 가슴을 죄는 듯한 초조. 그때부터 줄곧 생각하고 있다.

소타는 자신의 정체를 두려워하면서도 날 치유해주었다. 그걸 생각할 때마다 초조해졌다. 나는 이대로도 괜찮은가.

그때부터 의뢰인은 찾지 않았다. 특별한 이유는 없다. 아마 이 평화로운 하루하루가 아늑해서 그런 거겠지. 하지만 그래서 더 무서웠다. 정말 이대로 괜찮은지 불안했다. 두려워하는 그를 위해 내가 해야 하는 일은 없을까, 그런 생각을 자꾸만 하게 된다.

나의 이런 마음을 그는 분명 내다보았을 것이다.

"시즈쿠."

"네?"

"불꽃놀이. 그냥 가지 말까?"

"응? 왜요?"

"소리는 이 방에서도 들릴 거고."

"그래도."

"괜찮아. 오늘은 그냥 단둘이 있자."

"……못 말려."

내 얼굴에 그늘이 드리울 때마다 그는 소년의 가면을 벗고 내가 모르는 누군가로 변했다.

그날 밤은 방을 어둡게 하고 침대 위에서 불꽃 소리에 귀를 기울였다. 한숨에 섞여서 들리는 불꽃 소리는 심장의 고동을 재촉했다. 손끝으로 그의 등을 덧그리듯 어루만지며 마음이 전해졌으면 좋겠다고 바랐다. 겁에 질린 심장이 피부 감촉으로 느껴질 때마다 하릴없이 울고 싶어졌다. 이렇게 안겨 있을 때만큼은 외로움을 잊을 수 있었다.

"좋아, 오늘은 곤충 채집이다! 아직 남아 있는 매미들을 튀김으로 만들어주지."

"이상한 소리 하지 마요. 그럴 거면 혼자 먹어요."

다음 날인 일요일은 소타 말대로 곤충 채집에 나섰다. 그리고 그다음 날도 남은 여름을 10년어치는 즐기자며 떠들어댔다. 가까운 곳을 산책하고, 전철에 올라 모르는 동네로 가보기도 하고, 마을의 상징인 하천에서 물놀이를 하기도 했다. 함께 웃고 놀고 장난치고. 애달픈 밤에는 그를 바라보면 내 마음을 읽은 그가 뜨거운 입술을 심장에 내어주었다.

"소타, 날 떠나면 안 돼."

"응. 절대로 안 떠나."

행복했다. 이 순간이 영원하길 소원할 만큼 행복했다. 세상이 영원히 별이 빛나는 밤 같길 바랐다. 하지만 그런 둘만의 생활은 예상외의 형태로 종말을 고했다. 그리고 그것이 우리의 운명을 송두리째 바꾸는 사건으로 이어진다.

9월 중순. 여전히 찌는 듯이 더운 화창한 어느 날, 그녀는 갑자기 나타났다.

"할머니, 안녕. 미래에서 온 손녀 고즈에라고 해. 잘 부탁해."

"엥?"

별다른 일이 없는 일요일 정오 무렵이었다. 딱히 할 일도 없어서 나와 소타는 집에서 빈둥거리고 있었는데 현관 벨이 울려 나가보니 한 소녀가 서 있었다. 그 소녀가 저런 대사를 내뱉은 것이다.

"할머니도 참, 너무 놀라는 거 아냐? 헤헤헤, 그렇게 놀랐어?"

"아니, 어. 잠깐, 잠시만."

"왜, 왜, 무슨 일이야?"

나를 보고 안에서 소타가 나왔지만 그게 더욱 상황을 곤혹스럽게 만들었다.

"처음 뵙겠습니다. 시즈쿠 할머니의 손녀 고즈에예요. 잘 부탁드려요."

"뭐? 손녀? 시즈쿠한테 손녀가 있었어?"

"있을 리 없잖아요, 소타 씨. 이건 분명."

"숨겨둔 자식이 아니라 손녀가 있었다니…… 내가 눈을 시퍼렇게 뜨고 있는데!"

"아니라니까요! 그게 아니고."

"혹시 할머니 남자친구? 그럼 우리 할아버지야?"

"기다려! 그렇지 않아."

"확실히 나는 시즈쿠의 남자지만 내가 할아버지라니?"

"하, 할머니……?"

"아니, 그런 게 아니고."

"말도 안 돼……. 아무리 그래도 그렇지 자식을 건너뛰고 손자가 생겼을 줄이야.”

“으아, 조용히 좀 해요! 이 멍청이 같으니라고!”

제동이 걸리지 않는 이상 사태. 일단 소리친 뒤 소녀를 안으로 들였다. 세로토닌 호흡법을 한 세트 실시하고 소수(素數)를 센 다음 지하철 역 이름을 암송하며 기분을 리셋한 뒤 소녀에게 물었다. 진지한 목소리로, 당신은 누구냐고.

그 질문에 돌아온 답변은, 내심 각오하고 있었던 것 같기도 하다. 믿을 수 없지만 그녀가 나의 혈연이라고 한 것이다.

“아까도 말했잖아. 난 고즈에야. 미래에서 왔어. 이걸 보면 믿어줄 거야?”

“으아, 진짜네. 이건…….”

등에 멘 배낭에서 과거로 돌아갈 수 있는 마도구 ‘아메르시브의 모래시계’가 나왔다. 방을 둘러보니 책상 위에는 틀림없이 내 모래시계가 놓여 있다. 같은 마도구가 두 개나 존재할 수는 없다. 그 말인즉.

거짓말…… 정말 미래에서 온 손녀라고?

놀라는 시선 끝에서 고즈에가 생글거리고 있었다.

연한 검정 머리칼. 그 윤기 있는 머릿결은 나와 무척이나 비슷했고 시원시원한 이목구비도 어릴 적 내 모습과 닮은 것 같았다. 키가 크고 발육이 남다르다는 점이 마음에 들지 않았지만 천진난만한 생김새를 보아하니 아직 초등학생일 것이다. 뭐가 어찌 됐건 모래시계가 있는 이상 미래에서 온 손녀라는 사실을 인정할 수밖에 없었다.

더 놀라운 것은 지금부터다.

"알겠어요. 당신이 손녀라는 건 믿죠. 그럼 질문이 있습니다."

"좋아. 뭐든 물어봐, 할머니."

"그전에 우선 할머니라고 부르지 말아줄래요?"

"왜? 할머니는 할머니잖아."

"할머니는 할머니지만, 할머니가 아니니까요!"

필사적으로 외쳤으나 고즈에는 어리둥절한 표정을 지을 뿐이었다. 알았다. 할머니라고 불러라. 너그럽게 봐준다. 대신 질문에는 제대로 대답해야 해.

"그럼 고즈에, 왜 이 시대로 왔어요?"

"잘 물어보셨습니다! 그게, 엄마가 너무하잖아."

"너무하다고?"

"응. 얼마 전에 학교에서 시험을 봤는데 그날 몸이 아파서 성적이 좋지 않았어. 그런데 엄청 화내는 거야. 그래서 싸웠는데, 엄마가 '얼굴도 보기 싫다'고 하는 거 있지. 그래서 가출했어. 헤헤헤."

"헤헤?"

머리가 어찔어찔했다.

가출, 가출이라. 오랜 마도구를 쓰는 이유가 가출이라니. 한숨이 그치지 않았다.

한편 소타는 뭐가 그리 재미있는지 "하하하, 역시 시즈쿠 손녀 아니랄까 봐 반항하는 정도가 차원이 다르네!"라며 폭소했다. 웃음이 나오느냐고 따지고 싶었지만 귀찮으니 내버려두고 고즈에게 다시 물었다.

"가출은 좋다 칩시다. 좋은 건 아니지만 일단은 넘어가자고요. 그런데 왜 과거로 왔어요?"

"나 아직 초등학교 5학년이란 말이야. 가출해도 금방 잡힐걸. 하지만 50년 전이라면 못 쫓아오잖아? 히히히."

"히히거릴 때가 아니잖아요. 그래서, 시대를 지금으로 고른 이유는 뭐죠?"

"당연히 할머니가 있으니까! 사진에서 봤는데 할머니 엄청 예쁘더라고. 그래서 젊은 할머니를 꼭 만나고 싶었어! 히힛!"

"자, 잠깐. 뭐하는 거죠?"

고즈에는 나의 항의쯤이야 아무것도 아니라는 듯 나를

껴안으며 이 시대로 온 이유를 설명했다.

고즈에의 엄마(나에게는 딸이라는 뜻이겠지)가 없는 시대로 오고 싶었다는 것, 미래의 내가 말한 '할머니가 마녀로서 가장 빛났던 시절'에 오고 싶었다는 것, 그런 나를 만나서 마녀끼리 신나게 수다를 떨고 싶었다는 것. 그런 이야기를 했다.

"할머니는 마도구 다 썼어? 빗자루로 하늘은 날았어?"

"난 적 없고 빗자루는 진부해요. 지금은 로봇 청소기의 시대예요."

"로봇 청소기? 그것도 오래됐잖아."

"이, 이 시대에서는 최신이에요."

50년의 세대 차이에 당황했다. 이 아이가 미래에서 왔다는 사실이 도저히 받아들여지지 않았다. 고즈에는 그런 나를 향해 따발총처럼 질문을 쏟아냈다.

"참 '시뷰레의 예언서'는 어디에 쓰는 거야? 뭔가를 예언해주는 거야? 이 시대에는 뭐가 유행이야? 스마트폰? 우아, 옛날에는 이랬구나. 그런데 이 사람은 정말 할아버지야? 둘이 결혼하는 거야?"

"잠깐만, 고즈에. 한꺼번에 묻지 말아요."

어느새 한계에 가까워지고 있었다. 소타가 "맞아, 우리는 미래를 약속한 사이지" 하며 장난치는 통에 더욱 빨리 한계에 달했다. 안 된다. 이 아이의 페이스에 말리는 느낌이다. 여기에서는 의젓하게 대처해야 한다.

"할머니, 그래서 있잖아, 상의할 게 있는데 나……."

"고즈에, 할 말이 있습니다."

"뭔데에?"

의연하고 단호하게. 천진난만한 눈빛의 소녀를 똑바로 응시하며 내쳤다.

"지금 당장 미래로 돌아가요."

"응?"

그 순간. 고즈에의 얼굴에서 기쁨을 띤 미소가 사그라들었다. 그걸 보고 나 또한 마음이 편치는 않았지만 모질게 마음먹고 말했다.

"고즈에의 사정은 잘 알았습니다. 가족과 뭔가 잘 풀리지 않았던 거로군요. 나도 그런 경험을 해서 잘 압니다. 하지만 그렇다고 응석을 받아줄 생각은 없습니다. 마도구를 자신을 위해 쓰다니 당치도 않아요. 할머니라면 손녀에게 세게 나가지 못할 거라 생각하고 왔겠지만 그렇지 않습니다. 미래로 돌아가요. 됐죠?"

"할머니……."

뎅그렁. 얼떨떨한 목소리가 부딪혔다. 그 멍한 모습에 마음이 아팠지만 그래도 단호한 태도를 무너뜨리지 않았다.

어쩔 수 없다. 이 아이는 지금 단순히 고집을 부릴 뿐이니까. 나도 부모님과 사이가 안 좋지만 그렇다고 해서 이런 기상천외한 가출을 한 적은 없다. 이게 뭐람, 과거의 세계로 가출하다니. 대체 누굴 닮았는지 기가 막혔다. 게다가 만약 과거에서 무슨 일이 일어나기라도 하면 어떡하려고. 과거에서는 무슨 짓을 해도 미래가 바뀌지 않는다는 건 확실하지만 그건 표면적으로 그렇다는 이야기고, 마녀 자신에게 어떤 영향을 끼칠지는 밝혀진 바가 없다. 만에 하나 과거 세계에서 죽기라도 한다면 어떻게 되겠는가.

어찌 됐든 이 아이에게 잘못이 있는 이상 받아들일 수 없고, 애초에 이 아이에게는 할머니겠지만 나는 아직 출산 경험도 없는 대학생이다. 그런 상황에서 손녀라니 받아들일 수 있을 턱이…… . 그나저나 방금 깨달았는데 어라, 나, 제대로 결혼했다는 뜻이네? 손녀가 있다는 건 그런 거 맞지?

"……싫어. 돌아가고 싶지 않아."

"뭐?"

세기의 발견에 머릿속으로 갈채를 보낸 것도 잠시.

고즈에가 이를 꽉 물고 쥐어짜내는 듯한 목소리로 중얼

거렸다.

"싫어. 절대 안 가. 얼굴도 보기 싫다고 했단 말이야."

"저기, 고즈에. 그건 홧김에 그런 거고 진심은 아닐."

"홧김 아니야. 진심으로 말했어. 나도 엄마 얼굴 보기 싫다고."

"진심인지 아닌지 모르잖아요. 그렇게 화만 내지 말고."

"안다니까. 어차피 나는 속도위반으로 생긴 자식이야."

"그걸 어떻게 아는 거예요? 그건 고즈에의 상상이겠죠."

"분명 그럴 거야. 할머니도 동거하고 있잖아. 우리 집안 내력이라고!"

"뭐뭐뭐뭐라고 하는 거예요!"

생각지 못한 방향으로 날아간 강타에 몹시 당황한 내가 말을 더듬자 도리어 수상해 보이는 모양이었다. 심지어 소타도 그렇다고 거드는 바람에 고즈에의 오해만 깊어져서 웃지 못할 상황이 벌어졌다. 아니야! 동거하고는 있지만 이 백수랑은 같이 살고만 있을 뿐이다. 같이 산다고 해도, 어쨌거나 당신이 여기 있어도 되는 이유가 되지는 않는단 말이다!

아아, 정말. 대체 이건 무슨 상황이야.

그 후에도 미래로 돌아가라고 설득했지만 심사가 뒤틀

린 건 정말 누굴 닮았는지 모르겠다. 고즈에는 배낭에서 분홍색 일기장을 꺼내더니 나에 대해 뭐라 뭐라 중얼거리며 끼적였다.

그러고는 "싫어, 오기로라도 안 가"라고 우기더니 결국에는.

"할머니 같은 거 몰라! 흥, 칫, 뿡!"

"뭐어? 나야말로 흥, 칫, 뿡입니다!"

"자아, 진정하자고. 친목을 다지기 위해 둘이 함께."

"당신은 조용히 해!"

이렇게 엄청난 싸움을 벌이는 지경에 이르렀다. 요즘(?) 애들은 이렇다니까. 정말 고집이 보통이 아니다.

이러쿵저러쿵하는 동안 해가 저물었지만 고즈에는 미래로 돌아가길 완강히 거부했고 결국 내 방에 재울 수밖에 없었다. 하아…… 대체 이걸 어떻게 해야 하나.

"뭐야, 어째서 내가 마녀가 된 거야."

"혈통이니까 어쩔 수 없잖아요. 갑자기 왜 그래요."

한밤중. 소타를 소파로 쫓아내고 손녀와 둘이 침대에 누웠을 때, 고즈에는 푸념에 가까운 무언가를 뱉어냈다.

"나는 마녀가 되고 싶지 않았어. 그런데 마녀가 되는 바람에 이런 상황에……."

"이런 상황에 놓인 건 자업자득입니다. 내일은 꼭 미래로 돌려보낼 거예요."

"싫어. 절대 안 가."

심통이 난 건지 고집을 부리다 지친 건지 그 말을 끝으로 고즈에는 잠들었다. 그녀의 숨소리와, 조금 떨어진 곳에서 울려 퍼지는 소타의 숨소리를 들으며 생각했다.

'정말 괜찮은 걸까. 자꾸 불길한 예감이 드는데.'

불안에 불안을 덧칠한 깜깜한 밤. 그날 밤은 좀처럼 잠들 수 없었다.

솔직히 말해서, 가출하는 아이의 기분을 정말 모르냐 하면 그렇지도 않다. 나도 어릴 때 요란하게 가출한 적이 있으니까.

따돌림을 극복하지 못했다는 원통함. 일에만 몰두하는 부모님을 향한 분노.

부모님이 자상하게 대해줄 때마다 이상적인 자신이 되지 못했다는 열등감에 사로잡혔다.

아마도 나는 어떤 표정으로 부모님을 대해야 할지 몰랐던 것 같다. 부모와 자식 간의 싸움이란 시대를 불문하고 그런 건지도 모르겠다.

그때 떠오른 것은 역시 할머니와의 기억이었다.

당시의 일은 또렷하게 기억하고 있다.

"시즈쿠, 최강의 마법을 가르쳐줄까?"

"최강의 마법?"

그날은 터무니없이 더웠다. 밭에 가자는 말에 우리한테
도 밭이 있었구나 하면서 시골 할머니다운 일면이 있다고
생각한 것도 잠시, 도착한 곳은 산속의 황무지였다.

"소타, 여기에 밭을 만들 거야. 열심히 갈아!"

이렇게 선언하는 할머니의 모습을 보고 '역시 할머니는
할머니'라는 걸 다시금 확인한 날이었다.

정오가 지났을 무렵, 소타가 한 손에 괭이를 들고 "으아,
이건 무리야, 이러다 죽겠네"라며 더위를 먹거나 말거나
할머니는 이런 이야기를 해주었다.

"'남자는 3일 만나지 않으면 고문하여 보라'라는 속담
있잖니?"

"없어, 무슨 말 하고 싶은지는 알겠는데 그런 속담은 절
대 없어."

남자는 3일 만나지 않으면 괄목하여 보라. 아마 남자애
들은 사흘 만에도 불쑥 성장하니까 잘 봐야 한다는 뜻이었
던 것 같다.

"여자도 마찬가지야. 어떤 사람이든 시간이 흐르면 변해. 단, 가장 좋지 않은 건 아무것도 안 하는 거야. 아무것도 안 하면 점점 망가지거든. 몸부림치고 발버둥 쳐야 사람은 좋아질 수 있어. 시즈쿠는 지금 한창 그러고 있는 중이고."

"그럴……까."

그 다정함에 텅 빈 대답밖에 할 수 없었다. 그래도 할머니는 계속 믿어주었다. 그 고마움을 지금에야 가까스로 깨닫는다.

"이 시간은 절대 도망가지 않아. 최강의 마법을 얻기 위한 소양 같은 거야. 이 산에서 갈고닦아서 강해진 얼굴을 엄마 아빠에게 보여주면 돼. 앞으로 살다 보면 괴로운 일, 슬픈 일, 온갖 일을 겪을 거야. 그걸 다 극복할 수 있을 것 같은, 그런 미소를 가꾸는 연습을 하는 거야. 그렇게 손에 넣은 미소를 보면 모두가 행복해질 수 있단다. 행복해진 사람이 다른 사람을 구하고, 그 사람이 또 다른 사람을 구하고. 시즈쿠의 미소에는 그런 힘이 있어. 그게 사람이 지닌 최강의 마법이지."

"최강의 마법."

할머니의 말을 따라 중얼거렸지만 크게 와닿지는 않았

다. 내가 그런 걸 할 수 있으리라고는 생각되지 않아서였다. 현실에서 도망친 열등감은 그리 쉽게 사라지지 않는다.

그래서였을까. 할머니는 내게 이렇게 말했다.

"지금 당장이 아니어도 좋아. 몇 년이 걸려도 좋으니까 언젠가 다다를 수 있도록 계속 생각하는 거야. 자신이 원하는 사람이 되기 위해 포기하지 않고 끝까지 노력할 수 있다는 것도 시즈쿠의 강점이야."

힘들 때일수록 웃어라. 질 것 같을 때는 노래해라. 노래에는 마음만 담겨 있으면 충분하다. 그 미소로 온 세상을 행복하게 하는 거다.

할머니는 그렇게 말하더니 가만가만 쓰다듬어주었다. 마음이 조금은 편안해지는 느낌이었다. 나의 이상을 포기하지 않으리라는 긍정. 그 긍정은 그때부터 나를 지탱해주고 있다.

그날로부터 몇 주가 지난 뒤 재해가 들이닥쳤다. 마지막에 나눈 대화는 잘 기억나지 않는다.

내가 도움을 요청하러 가겠다고 외치자 할머니는 "고맙다, 시즈쿠"라고 했다. 그 뒤에 또 무어라 말했는데…… 잘 모르겠다. 기억하는 것은 흙모래에 떠내려가서 차갑게 식어 있던 할머니의 몸뿐이다. 할머니가 마지막으로 본 내 얼굴에는 사람을 행복하게 해주는 미소가 있었을까. 분명 그렇지는 않았을 것이다.

여전히 성장하지 못한 내가 무얼 할 수 있을까. 가출한 손녀를 어떻게 해야 좋을까. 언제나 나를 도와주고 내게 웃어주는 사람은 소타다. 그 옆에서 나는 무엇을 하고 있는 걸까. 나는, 나는……

가슴을 옥죄이는 꿈은 거기에서 끝이 났다.

다음 날부터 세 사람의 생활이 시작되었다.

마녀의 후예, 정체불명의 놈팡이, 미래로 돌아가길 거부하는 말괄량이. 초장부터 엉망진창인 공동생활은 당연히 순조로울 리 없었다.

"할머니, 부엌에서 바퀴벌레 잡았어. 이 시대에는 아직 있구나."

"으아악! 맨손으로 뭘 만지는 거예요! 내다 버려요!"

어느 날엔 고즈에 때문에 미친 사람처럼 괴성을 질렀다.

"할머니, 옷 사고 싶으니까 백화점에 데려가줘. 집에서 입을 옷이랑 평소에 입을 옷, 나들이용 옷을 각각 다섯 벌씩."

"그럼 내 옷도 부탁해, 시즈쿠. 나는 네 벌씩이면 돼."

"당신은 비닐봉지나 걸쳐요!"

또 어느 날에는 소타에게 호통을 치기도 하는, 어쨌거나 바람 잘 날 없는 하루하루가 이어졌다. 그러다 고즈에에 관해 몇 가지 알게 된 사실이 있다.

"있잖아, 할머니는 지금까지 몇 명이나 사귀어봤어?"

"한 명도 없어요. 이 시대에는 혼자야말로……."

"한 명도 없어? 그 나이에?"

"따, 딱히 상관없잖아요. 많다고 좋은 것도 아니고."

"나는 지금 남자친구가 세 번째인데."

"세 명? 그 나이에 세 명씩이나?"

"이건 평범한 거야. 남자애들은 볼에 뽀뽀 한 번만 해주면 한 방에 넘어오는데. 할머니도 소타 아저씨한테 해보지 그래?"

"무무무슨 말을 하는 거예요. 게다가 아름다운 내가 뽀뽀라도 하면 질투에 눈이 먼 남자들이 살생을 저지를 우려가 있……."

"할머니 뭐라는 거야……."

저 품위 있는 외모는 세상을 속이는 가짜 모습이다.

마녀라는 호칭에 잘 어울리는 교활한 손녀는 귀여운 얼굴을 하고서는 물 만난 고기인 양 내키는 대로 지냈다. 미래로 돌아갈 기미는 눈곱만큼도 보이지 않았고 어른을 이리저리 휘두르는 나날을 보내고 있었다. 내가 일주일 만에 그로기 상태에 빠진 것도 별 수 없는 일이었다. 그런 일상 중에서도 유독 지쳤던 때는 수족관에 간 날이었다.

"굉장해. 50년 전에는 이랬구나. 하하하, 지금과는 딴판이야."

"고즈에, 큰 소리로 말하지 마요. 이상한 사람으로 보이잖아요."

"수족관에 오는 건 처음인데, 온통 거북이뿐이네."

이날은 전철로 몇 정거장 정도 떨어진 곳에 있는 어느 수족관에 왔다.

수족관이긴 하지만 그다지 화려한 곳이 아니라 시립으로 운영되는 소박하고 평범한, 입장료 300엔의 서민용 수족관이다. 넓은 공간에 비해 사람은 별로 없었고 제휴를 맺은 대학이 거북이를 연구하고 있어서 거북이만 수두룩했다. 왜 고즈에는 여기에 오고 싶다고 했을까. 거북이 마니아일까.

"모처럼 과거에 왔으니까 50년 동안 어떻게 변했는지 보고 싶었어. 할머니랑 여기에 오는 건 두 번째야."

"그렇군요. 나는 처음인데."

이리저리 왔다 갔다 뛰어다니기 바쁘다. 소타를 끌고

다니며 한껏 들뜬 고즈에를 보면서 이런 면은 제 나이 같다고 느꼈다. 그러다 문득 새삼스럽지만 어떤 의문이 생겨났다.

'그러고 보니 저 아이, 어떻게 과거로 왔을까.'

방법이야 알고 있다. '아메르시브의 모래시계'를 사용했으리라. 딱 한 번만 과거로 돌아가서 원하는 만큼 머무를 수 있는 마도구. 사용한 마녀 본인이 한 번 더 뒤집어야 미래로 돌아갈 수 있기 때문에 고즈에는 이 시대에 계속 머무르고 있다. 궁금한 것은 그걸 어떻게 사용했나 하는 점이었다.

마도구는 기본적으로 다른 사람을 위해서만 쓸 수 있다. 게다가 사용하려면 예언서에 그 목적을 기입한 뒤 제시되는 시련을 완수해야 한다.

시련은 그렇다 치자. 어떤 시련이었는지는 모르겠지만 마음만 먹으면 할 수는 있으니까. 문제는 '누군가를 위해서'라는 룰을 무시했다는 점이다. 도대체 왜일까.

그런 생각이 들자 다른 부분도 신경이 쓰였다.

시련은 어떤 시대든 다 공통일까? 그렇다면 노래방이 없는 시대는 어떻게 했을까. 애당초 '시뷰레의 예언서'는 아직까지 용도가 불분명한데 어떻게 쓰는 게 맞는 걸까.

"할머니, 이거 하자. 소타 아저씨도 해준대."

"응?"

그때 고즈에가 종이와 펜을 든 채 다가와 나의 사고를 차단했다. 그건 뭐지. 추첨으로 몇백 명에게 기념품을 주는 설문 조사인가? 그런 것에는 한 번도 당첨된 적이 없어서 흥미가 없는데.

"무슨 소리 하는 거야, 할머니. 보틀 레터라는 거야. 병에 편지를 넣어서 바다로 보내는 거래."

"그건 아는데 그래서요?"

내가 물음표를 띄우자 소타가 설명해주었다.

"제휴를 맺은 대학이 해양 조사의 일환으로 보틀 레터를 바다로 흘려보낸대. 바다 너머의 누군가에게 편지를 띄우다니 로맨틱하지 않아?"

그 이야기를 들으니 해양 쓰레기 문제가 제일 걱정되었다. 내가 꿈이 없는 인간이라서 그런가. 대학교에서 하는 일이니 뭔가 대책을 마련하긴 했겠지만.

"할머니도 하자. 이 종이에 연락처랑 메시지 적어!"

"아뇨, 나는 됐습니다."

"뭐어어? 왜애애!"

사이렌처럼 소리 지르는 고즈에를 향해 지론을 펼쳤다.

"유감스럽지만 이런 종류에는 일절 흥미가 없습니다. 바다 너머로 편지를 보낸다고요. 네, 그것참 로맨틱하네요. 하지만 실제로는 어떨까요. 깔끔하게 신사적으로 도착할까요? 그렇지 않겠죠. 현실이란 꿈과 달라서 고래나 범고래가 크릴을 먹을 때 같이 배 속으로 들어갈 겁니다. 그런 거대 생물의 배 속에서 잔고기의 시체들과 뒹군 편지를 읽고 싶다는 생각이 들까요? 절대 아니죠. 게다가 만에 하나 해적이 줍기라도 하면 어떡하려고요. 요즘 해적들은 머리가 좋아요. 그러니 나는 이런 것에 개인 정보를 적지 않겠습니다."

"……할머니는 찔리는 게 많구나."

"그게 무슨 뜻입니까! 난 안전을 위해 당연한 걸……."

"소타 아저씨, 할머니는 안타까운 사람이야?"

"글쎄. '싱글 최고론'을 펼치면서도 검색 기록에 '초혼 평균 연령' 같은 말을 남길 정도로는 안타깝다고 해야 하겠지."

"이걸 그냥!"

개인 정보를 뒤지는 소타에게 펀치를 날리고 두 사람을 외면했지만 고즈에가 "같이 하자아" 하고 끈질기게 들러붙는 바람에 결국 나까지 동참하게 되었다. 정말 제멋대로라니까.

그런데 이때 소타가 제안한 이야기에 살짝 감동하게 되었다.

"소타 아저씨, 아저씨는 뭐라고 쓸 거야?"

"헤헤헤, 나는 '내가 꿈꾸는 나에게 보내기 작전'을 쓸 거야."

"내가 꿈꾸는 나에게? 그게 뭐야?"

소타는 흥미진진해하는 고즈에를 향해 말했다.

"평범한 편지는 재미없으니까. 그래서 내가 꿈꾸는 나, 예를 들어 화가가 되고 싶다면 '이 편지를 받은 당신은 일본에 있는 소타라는 이름의 화가에게 이걸 보내주세요'라고 쓰는 거지. 그러면 내가 진짜 화가가 됐을 때 예전의 내가 꿈을 이룬 나에게 보내는 게 되잖아. 기적에 가까운 확률이겠지만 희망적이고 재미있을 것 같지 않아?"

"대, 대단해! 소타 아저씨, 그거 진짜 멋있다!"

빛나는 눈동자란 이런 것일까. 이야기를 다 들은 고즈에는 지상 최고의 이야기를 들은 것처럼 눈을 반짝였다.

"나도 할래. 나도 꼭 할래. 그 전에 일기에 써둬야지."

그러고는 일기를 꺼내 끼적였다. 하여튼. 다 큰 것처럼 굴지만 아직 어린애라니까. 그나저나 방금 전 이야기는 확실히 멋있었다. 소타 주제에 제법인데.

"그래서, 당신은 뭐라고 쓸 거예요?"

조금은 부드러운 목소리로 넌지시 물어보았다.

돌아온 것은 어딘가 서글픈 대답이었다.

"글쎄, 나는 장래희망 같은 것보다는 소원을 써볼까 해. 시즈쿠 옆에서 웃고 있는 소타에게 보내달라고."

"앗······."

알지 못하는 사이에 밝혀진 소타의 속마음.

어딘가 먼 세계에 전하듯 그는 말을 이었다.

"나도 내 정체를 모르지만 너와 함께하는 날들은 즐거워. 그래서 내 정체를 알게 됐을 때 내가 나일 수 없게 될까 봐 무서워. 지금도 기억이 돌아올 때마다 지금의 내가 가짜인 것처럼 느껴질 때가 있거든. 그러니까 이렇게 기원하는 거야. 무슨 일이 있어도 나는 시즈쿠 옆에서 웃고 있게 해달라고. 그렇게 기도하면 뭐랄까, 마음이 가벼워져. 나는 내가 꿈꾸는 미래에 편지를 보낼 거야. 이 편지는 내 바람이자 결의 같은 거지."

"그렇구나······ 좋은 생각인 것 같아요. 정말로."

그 말밖에 할 수 없었다. 갑자기 가슴이 아려왔으니까.

그는 강하다. 불안할 텐데 공포도 두려움도 드러내지 않는다. 요즘 들어 소타는 이따금씩 이런 각오를 입에 올린다. 반면 나는 아직 그의 마음을 어떻게 보듬어야 할지 답을 찾지 못했다. 그것이 고독을 부르고 쓸쓸해져서…….

무심결에 작은 소망이 새어나가버린다.

"수족관."

"뭐?"

"거북이."

"응?"

"계란 프라이."

"시즈쿠, 갑자기 왜 그래?"

"……아무것도 아니에요."

소타가 의아해하는 표정을 짓자 시선을 돌렸다.

알고 있다. 이 말만으로 알아주길 바라는 건 무리다. 하지만 내가 먼저 할 수 있을 만큼 용기가 있는 것도 아니었다.

"정말 아무것도 아니에요."

"그래? 그럼 이제 써볼까."

한숨을 뱉으며 펜을 손에 든 다음 순간.

"……읍."

"하하하, 계란 프라이 맛은 안 나네."

"뭐…… 진짜!"

갑작스러운 행동에 얼굴이 새빨개져서 씩씩거릴 수밖에 없었다.

"갑자기 뭐하는 거예요."

"뭐냐니, 그런 걸 말한 거 아니야?"

"그런 거, 맞, 입니다."

오락가락 엉망진창이다. 에어컨이 빵빵하게 돌아가고 있는데도 땀까지 배어 나왔다. 고즈에가 보기라도 했으면 어쩌려고. 그러니 당연히 사과를 요구했다.

"소타 씨."

"왜?"

"사과."

"으이그, 정말."

편지를 쓰느라 정신없는 고즈에가 눈치채지 못하도록 살며시 입술을 포겠다.

눈앞에 있는 커다란 수조에서 거대한 바다거북이 우아하게 헤엄친다. 푸르른 빛이 내리쬐는 세계를 정처 없이 한들거린다. 엷은 어둠이 깔린 수족관 안에서 보는 그 모습은 왠지 환상적이었다. 마치 우리 같았다.

파란 세계에 마음을 맡긴다. 아무 소리도 없는 작은 우주에 무한히 빨려 들어간다.

저 아이는 대체 어디로 가는 걸까. 막힌 수조 안에서 어디까지 갈 수 있을까. 그는 대체 어디로 가는 걸까. 나는 머지않은 미래에, 어디에 있을까.

"소타, 한 번만 더."

"응. 알아."

푸른 절망의 감옥 속에서, 나는 그지없이 마음을 빼앗겨버렸다.

이렇게 전에 없이 은밀한 시간을 보냈지만 그것도 한순간이었다. 그 후에 편지를 다 쓴 고즈에가 이렇게 투덜거렸다.

"이제 펭귄 보러 가자. 거북이만 봐서 질렸어. 배고파! 물고기 보니까 해물 덮밥 먹고 싶어지네. 그런데 거북이 맛있을까? 거북이도 맛있을 것 같은데."

이런 식으로 감성이라고는 손톱만큼도 없는 소리를 해대서 애절한 분위기를 완전히 잡쳐버렸다. 우리는 수족관을 제패한 후에도 근처에 있는 음식점이며 백화점을 누비고 다녀야 했다.

"피곤해…… 이 애는 왜 이리 에너지가 넘치는 걸까요."

"히히히. 시즈쿠, 지쳤구나."

그리하여 오후 5시를 넘긴 시각. 저녁놀은 눈부시게 빛나는데 영혼까지 탈탈 털려서 울적한 기분으로 돌아가는 전철 안. 하천으로 가라앉는 석양을 바라보며, 노곤히 잠든 고즈에를 향해 불만을 토로했다. 웬만한 일에는 끄떡없는 소타도 피곤한 기색이 역력했다.

"하지만 가족이라는 건 원래 닮는 거잖아. 옛날의 너랑 판박이야."

"어디가요? 난 이렇지는 않았다고요."

"무슨 소리야. 스스로 미인이라고 의식하는 것부터 똑같은데 뭐."

그의 우스갯소리에 할 말을 잃었다. 과거를 청산당하는 기분이다.

"그래서 그런가? 이래저래 시즈쿠를 잘 따르는 것처럼 보인단 말이지."

"그럴지도 모르겠지만 역시 난 잘 모르겠어요. 둘만 있으면 분명 싸울걸요."

방금 뱉은 말은 꽤 진심이었다. 기본적인 가치관이 안 맞을뿐더러 가뜩이나 고민거리도 많은데 자기 기분 내키는 대로 굴기만 하니 자꾸만 신경이 곤두섰다.

게다가 가장 신경 쓰이는 부분도 아직까지 제대로 밝혀

지지 않았다.

"애초에 이 아이는 뭘 하고 싶은 걸까요? 가출이라고는 하지만 언제까지 이 시대에 있으려는 거죠?"

"글쎄, 마녀끼리 수다 떨고 싶다고 했는데 그게 부족했던 거 아냐?"

"그런데 얘, 첫날 '왜 내가 마녀가 된 건지 모르겠다'고 했어요. '마녀가 되고 싶지 않았다'는 말도요."

"진짜? 으음, 무슨 뜻일까."

왜 하필 나인가 하는 마음은 잘 안다. 나도 내가 별 볼일 없는 사람이라는 걸 자각한 후로는 다른 사람이 마녀였으면 좋겠다는 생각만 하니까. 뭐, 그건 나에 국한된 이야기일지도 모르지만. 그럼 이 아이는 대체 왜 그런 말을 한 것인가.

강제로 마녀가 된 게 싫었던 걸까. 그렇다면 마녀끼리 수다 떨고 싶다고 했던 말과 모순된다. 그저 의지할 데가 없어서 내던진 말일까. 전혀 모르겠다.

"히히히. 시, 즈, 쿠."

고민하는 나를 보다 못해 소타는 어떤 제안을 했다.

"여기에서 고민한들 답은 안 나와. 모르겠으면 전문가한테 물어보자고."

가끔 너를 생각해 247

"전문가?"

"손녀 달래기 전문가. '고즈에를 위해서'라는 명목이라면 마도구도 쓸 수 있을 거 아냐."

"그 말은……."

나의 중얼거림에 소타가 고개를 끄덕였다.

"모래시계를 써서 나기사를 만나러 가는 거야. 계속 미련이 있었잖아."

그 말에 아무런 반응도 할 수 없었다. 어쩌면 소타는 줄곧 이 말을 꺼낼 기회를 엿보고 있었는지도 모르겠다. 딱 한 번만 과거로 돌아갈 수 있는 모래시계. 솔직히 말하면 지금까지 이 마도구를 쓰는 걸 몇 번이나 생각했다. 왜냐하면 이건 할머니를 만날 수 있는 유일한 수단이니까. 하지만 나는.

"그건 안 돼요."

"왜? 지금이 적기라고 생각하는데."

확실히 지금이 적기다.

혹시라도 다른 의뢰인이 '5년 전으로 돌아가고 싶다'고 하면 나는 할머니를 만날 수 있는 수단을 영원히 잃게 된다. 하지만 그래도 결단을 내릴 용기가 나지 않았다.

할머니는 말했다. 이 산에서 몸과 마음을 갈고닦으며 자신을 발전시켜 사람들을 행복하게 해주어야 한다고. 지금의 내가 그것을 실천하고 있다는 생각은 들지 않는다. 성장하지 못한 모습을 보여줘서 어쩌란 말인가. 그리고 무엇보다도 할머니의 죽음을 모르는 척 끝까지 숨길 수 있을까. 무리라고 자신 있게 말할 수 있다.

모래시계에 미래를 바꾸는 힘은 없다. 미래를 바꾸려 해도 거역할 수 없는 힘이 작용하기 때문에 결말은 달라지지 않는다고 들었다. 그렇다면 할머니에게 죽음을 이야기할 수는 없다. 너무나 사랑하는 할머니를 공포에 떨게 하는 것밖에 되지 않으니까.

그런 속내를 숨긴 상태에서 나는 웃을 수 있을까. 그리고 또 하나, 이 모래시계를 사용하는 그때야말로 정말 영영 이별이라는 사실이 나를 속절없이 주저하게 만들었다.

그날 밤이었다.

집에 도착해 목욕을 마친 후 소타와 고즈에가 곤히 잠든 그 방에서. 어둠 속에서 작은 불빛에 의지해 예언서를 펼치고 자문했다.

……일단 예언서에 써보면 어때? 시련을 달성하지 않으면 그만이잖아.

소타는 전철 안에서 말했다. 예전이었다면 한 귀로 흘렸을 것이다.

하지만 이날 나는 역시 한계를 느끼고 있었다. 소타, 나, 그리고 앞으로의 일. 할머니에게 하고 싶은 말이 너무나 많았다.

'우선 써보기만 하자. 까짓것 시련을 달성 안 하면 그만이잖아.'

자신에게 되뇌며 모래시계를 쓰려 하는 목적을 기입했다. 그런데 여기에서 전혀 예상치 못한 사태가 일어났다.

"엥?"

도대체 어찌 된 일인가. 나의 눈을 의심했다.

예언서는 멀쩡했다. 지금까지 그랬던 것처럼 시련이 제시되었다. 하지만 중요한 그 내용이, 지금까지와는 전혀 다른 것이었다.

소중한 사람을 위해 눈물을 흘릴 것.

"이, 이게 무슨 소리야."

내가 제일 못하는 것. 그걸 본 순간 내 안에서 무언가가 소리를 내며 무너져 내렸다. 까닭은 모르겠지만 지금까지 옆에 있어주었던 마도구가 나를 버린 기분이 든 것이다.

"이러면…… 대체 어떻게 하라고."

깊디깊은 어둠 속. 한 치 앞도 보이지 않는 공포가 내 마음을 한없이 빨아들였다.

그 후로도 한동안은 변함없는 날들이 이어졌다.

"할머니이, 같이 게임하자. 소타 아저씨도."

"좋아, 해볼까? 나의 드라이빙 기술을 보여주지."

"난 됐어요. 소타 씨도 이제 고즈에 어리광 좀 그만 받아줘요."

어떤 날은 이런 이야기를 나누기도 하고.

"할머니 대학교에 가보고 싶어."

"나도 가보고 싶네. 어떤 수업 들어?"

"당신들이 듣는다고 이해할 수 있는 내용이 아닙니다."

어떤 날에는 이런 대화를 하기도 하는, 언뜻 보면 평온한 일상이었다. 하지만 그 안에서 나는 명백히 초조해하고 있었다.

여전히 고즈에는 미래로 돌아갈 낌새조차 보이지 않고, 나는 나대로 소타를 위해 할 수 있는 게 무엇인지 답을 찾지 못했다. 무엇보다도 어중간하게 예언서에 기입한 게 잘못이었는지, 파트너로 생각했던 마도구가 '넌 이런 거 못하지?'라고 비웃는 것처럼 느껴져 단번에 휘청거렸다.

"소타 아저씨이, 같이 산책하자. 과거의 세계를 돌아다녀보고 싶어."

"오, 그거 좋네. 그럼 갈까? 소타 대장을 따르라!"

"할머니, 갔다 올게. 저녁 식사 전까지는 들어올 거야."

"하……."

초조함은 짜증으로 변했고 그 짜증은 사소한 타이밍에 분노로 발전했다. 고즈에가 무슨 말을 할 때마다 소타와의 시간을 방해하는 것처럼 느껴진 것이다. 소타의 옆은 내 자리인데 우리 사이에 항상 저 아이가 있다는 사실이 너무도 불쾌했다.

결국, 행동하지 않은 내 잘못인데도 그 사실을 외면하고 누군가의 탓으로 돌렸다. 고즈에 때문에 소타에게 기댈 수 없다, 소타가 쓸데없는 제안을 하지 않았다면 이런 기분을 느끼지 않아도 됐을 텐데 하면서. 사람의 마음은 왜 이토록 무르단 말인가. 지금까지 누리던 일상이 죄다 안개처럼 흩어져버린 것만 같았다.

사건이 발생한 것은 평범한 일요일이었다.

9월도 끝자락에 접어든, 하늘이 매섭게 날뛰던 날. 소타가 영화를 보러 가자고 해서 아침부터 한껏 치장을 했다.

그런데 전철 운행이 중지됐다는 보도가 흘러나와서 일정을 돌연 취소할 수밖에 없었다. 대형 태풍이 접근 중인 것은 그 누구의 잘못도 아닌데 스멀스멀 짜증이 일었다. 그 유치한 감정이 돌이킬 수 없는 사태를 초래했다.

"할머니, 그럼 우리 하천에 가자."

"뭐? 하천?"

고즈에의 입에서 튀어나온 그 한마디가 나의 운명을 바꿔버렸다.

"수족관에서 봤는데 거북이는 그 근처 하천에 산대. 우리가 찾아서 키우자."

"하천이라뇨."

아무 생각 없이 내뱉는 말에 한숨을 내쉬며 창밖을 바라봤다.

아까도 말했지만 오늘은 아침부터 하늘이 심상치 않다. 비는 많이 내리지 않지만 어쨌든 바람이 거세다. 부웅, 부웅, 성낸 소리를 내며 건물을 삐걱삐걱 흔들어댔다. 때때로 흠칫 놀랄 만한 굉음이 울릴 정도였다. 지금은 이 정도지만 본격적으로 태풍이 가까워지면 폭풍우가 몰아칠 것이다. 이미 피난 권고가 내려진 지역도 있다. 이런 상황에서 하천에 가자니, 대체 생각이 있는 건가 없는 건가.

"안 됩니다. 오늘은 집에 얌전히 있어요."

"흐엥. 왜? 집에 있으면 지루하단 말이야."

"그런 문제가 아니에요. 하천은 위험하잖아요."

"괜찮아. 위험해지면 바로 오면 되지. 소타 아저씨, 내 말 맞지?"

"어, 아, 으음."

평소였다면 이 정도는 아무렇지 않게 넘겼을 것이다. 돌이켜 생각해보면 요 며칠간 날씨가 안 좋아서 빨래도 못 했고 과제도 쌓여 있어 심기가 불편했던 것 같다. 거기에 이 고집쟁이가 가세한 것이다. 나는 결국 스스로를 제어하지 못했다.

"소타 아저씨, 같이 가자. 소타 아저씨가 같이 가면 괜찮잖아?"

"음, 고즈에. 이 날씨에는 좀."

"뭐가 어때서. 어른이 있으면 괜찮다니까."

"아니, 내가 있다 해도."

"뭐야, 패기 없이. 남자 주제에 이렇게 미덥지 못해서 되겠어."

"하하하. 가차 없네."

"됐으니까 가자. 할머니는 내버려두고."

"작작 좀 해!"

"……?"

정적. 호통 소리와 함께 방이 조용해졌다.

밖에서는 바람 소리. 안에서는 태풍 속보 소리. 건물 전체가 삐거덕거리는 소리. 온갖 소리들이 뒤엉켜 있는데도 이때만큼은 무서울 정도로 적막에 에워싸인 느낌이었다.

여기에서 멈췄으면 좋았을 텐데. 그런데도 놀라는 고즈에를 향해 계속해서 고함을 쳤다.

"적당히 하라고. 허구한 날 고집만 부리고 말이야. 이럴 때 하천이라니 무슨 생각을 하는 거야? 아무것도 모르면 말하는 대로 그냥 들어. 더 이상 민폐 끼치지 말고!"

"시, 시즈쿠."

공기가 찌릿하게 얼어붙었다. 고요한 가시가 신경을 긁었다.

고즈에가 핏기 없는 얼굴로 나를 보고 있다. 나는 알고 있었다. 제멋대로 언짢아진 내가 나쁘다는 것을. 고즈에는 아직 초등학생이니까. 그런데도 그 사실을 인정하지 못한 채 쌓이고 쌓인 불만을 터뜨렸다.

"그뿐만이 아냐. 네가 오고부터 소타와 단둘이 있을 수가 없어. 너는 모르겠지만 우리는 바쁘단 말이야. 중요한 일을 하고 있는 중이라고. 그런데 너 때문에 계속 방해받기나 하고…… 더 이상은 소타와의 시간을 빼앗지 마!"

그 뒤로도 나는 계속해서 언성을 높였다.

얼마나 불만이 쌓였는지. 얼마나 참았는지. 지금까지의 불평불만을 모조리 쏟아냈다. 소리를 지르면서도 나는 왜 이렇게 미숙할까 하는 생각에 눈물이 날 것 같았다.

하찮다. 결국 그냥 질투일 뿐이다.

초등학생에게 좋아하는 남자를 빼앗겼다고 떼쓰는 것뿐이다. 정말 꼴불견이다. 내 안에 이런 유치함이 있었다니 알고 싶지 않았다.

당연히 고즈에는 그런 나에게 대들었다.

"뭐야…… 할머니는 나보다 소타 아저씨가 중요해?"

"고즈에, 이건."

소타가 막아보려 했지만 고즈에는 멈추지 않았다.

주먹을 쥐고 이를 꽉 물고 몸을 떨면서 목청을 벌름거렸다. 눈물이 그렁그렁 고이더니 불만을 토해냈다.

"뭐야, 둘 다 날 방해꾼 취급하고. 그렇게까지 내가 거슬리면 나가면 되잖아. 이제 됐어. 할머니 싫어. 너무 애 같아. 소타 아저씨한테 들었어. 옛날에 먼저 이긴 쪽의 소원을 들어주기로 했었다고? 그게 뭐야. 촌스럽게. 뭐가 재미

있다는 거야? 바보 같아."

"뭐…….."

피가 머리끝까지 치솟았다. 이쯤부터 한동안은 잘 기억이 나지 않는다. 그 정도로, 그와의 추억이 폄하되는 것은 견딜 수 없었다.

"그러니까 할머니는 친구가 없는 거야. 학교에서도 따돌림당하지 않았어? 나라도 할머니 괴롭혔을걸? 나는 지금도 반에서 짜증 나는 애들은 괴롭히거든. 무시당하면서도 끈질기게 학교에 나오길래 아예 못 나오게 만들어줬어. 대단하지? 나는 잘못한 거 없어. 약한 쪽이 나쁜 거야. 나는 강하니까 무슨 짓을 하든."

"닥쳐!"

소타와의 관계에 침을 뱉은 것 같았다. 어린 나의 상처를 비웃는 것 같았다.

이미 나를 멈출 수 없었다.

"네가 마녀라니 잘못돼도 한참 잘못됐어. 역시 내 세대에서 끝내야 해. 넌 손녀도 아무것도 아니야. 어디로 가든 관심 없으니까 당장 여기서 나가!"

"……흑. 흑, 흑흑."

넘쳐흐르는 눈물은 멈출 줄 몰랐다. 고즈에는 오열과 감정을 흘리며 폭풍우 속으로 나가버렸다. 바닥에 떨어진 눈물이 나를 비난하듯 뚜렷이 흔적을 남겼다. 결국 이 흔적은 영원히 사라지지 않으리라.

"시즈쿠, 심했어. 어린애가 하는 말이잖아."

"그래도, 그래도."

소중한 사람이 나를 나무랐다.

소타의 말이 맞다. 나도 안다. 아는데.

하지만 이때만큼은 내 편이 되어주었으면 했다. 소중한 추억에 흙탕물을 끼얹었으니 같이 화내주었으면 했다. 다독여주었으면 했다. 그런데 소타는 나를 꾸짖었다.

소타를 이렇게나 아끼는데, 그 마음이 통하지 않자 애당초 소타 때문에 이렇게 된 거라고 책임을 떠넘기고 있었다.

'왜야, 왜 알아주지 않는 거야.'

불현듯 외출복을 입은 내 모습이 창피했다. 신이 나서 한껏 멋을 부린 내가 우스꽝스럽게 느껴졌다. 결국 나는 소타에게까지 화를 냈다.

"뭐라도 되는 것처럼 말하지 마. 10년이나 날 혼자 있게 버려뒀으면서."

"시즈쿠, 그건."

"할머니가 돌아가셨을 때 당신은 뭐하고 있었어!"

해서는 안 되는 말이었다. 그런데도 뜻대로 되지 않는 현실이 슬퍼서, 어떻게든 그를 탓하고 싶어서 쥐어짜낸 말이 그거였다. 그의 서글픈 표정이 눈에 들어와 황급히 시선을 돌렸지만 이미 늦었다. 저질러버렸다. 속상하다. 나의 유치함이. 하지만 걷잡을 수 없었다. 나는 왜 이렇게 형편없을까. 왜 이런 내가 마녀인 걸까.

"다 싫어…… 이제 모르겠어."

신음하며 집을 나섰다. 강한 바람이 나를 책망했다. 비가 옷을 적시자 몸이 거뭇거뭇하게 더러워졌다. 내 등 뒤로는 아무런 말도 들리지 않았다.

얼마나 달렸을까. 우산도 지갑도 스마트폰도 없이 뛰쳐나온 나는 어두운 하늘 아래를 하염없이 달리고 있었다. 바람에게 혼나고 비에게 야단맞으며 슬픔을 얼버무리고자 분노심을 계속 키웠다. 이런 일로 내가 우나 보라며 참는 것에만 열중했다. 하지만 그것도 오래가지는 않았다.

지친 발이 멈춘다. 굵은 빗줄기가 쏟아진다. 한 방울 한 방울 맞을 때마다 내 안에서 빛이 사라져갔다. 젖은 머리카락이 얼굴에 달라붙는 게 불쾌했다. 자동차가 지나간다. 비를 쫄딱 맞은 내가 얼마나 비참해 보일까. 모든 게 다 싫어졌다.

어릴 때도 이런 적이 있었다. 그때는 가출이 아니라 산에서 길을 잃었을 때였다. 그런데 소타가 데리러 와주어서…… 그렇다. 우리의 내기가 딱 한 번 100에 도달했던 때는 그날이었다. 내가 이겼고 소타가 소원을 물어봐줬었다. 그런데 지금은.

소타는 와주지 않았다. 비도 그치지 않았다. 갈 곳 따위 당연히 없다. 갈 수 있는 곳은 한 군데밖에 없었다.

"후후후."

"왜 좋아하는 거예요."

"헤헤. 이런 거, 진짜 친한 친구가 하는 것 같잖아."

"갈게요."

"아니, 잠깐만. 가지 마. 이것 봐, 홍차를 내 왔어."

나를 만류하는 사람은 올여름에 알게 된 학부 동기생, 미우라 사나 씨였다. 나를 침대에 앉힌 그녀는 마주 보고 앉아서 반성의 기미도 없이 싱글벙글 웃고 있다. 한숨이 절로 나온다.

왜 여기에 있느냐 하면 대답은 단순하다.

갈 곳이 없으니 지인을 찾을 수밖에 없었는데, 외톨이인 내가 올 수 있는 곳은 여기뿐이었다.

예전에 들은 미우라 씨의 아파트를 간신히 기억해냈고 '아무것도 묻지 말고 들여보내달라'고 애원하자 그녀는 흔쾌히 받아들여주었다. 그녀에게 전에 없던 애정을 느끼며 샤워를 한 후 갈아입을 옷까지 받으니 우정이란 참으로 훌륭한 것이라는 감탄이 절로 나왔다. 하지만 그것도 잠시. 힘들어하는 친구를 맞아들인다는, 드라마에서나 있을 법한 상황에 몹시 만족한 그녀는 "이제 심각한 이야기를 털어놓으면 내가 멋있게 위로하면 되지?"라며 들떠 있었다. 역시 우정이란 변변찮다는 생각을 하게 된다. 정말이지 긴장감이 없는 아이라니까.

하지만, 그래도 한숨 돌릴 수 있게 해주는 존재가 있다는 게 고마웠다. 게다가 내가 생각보다 더 조급해하고 있다는 것도 알게 되었다.

홍차를 마시며 평소라면 절대로 하지 않았을, 그 누구에게도 내보이지 않도록 조심했을 나의 심정을 맥없이 흘려보낸 것이다.

"사실 살짝 싸웠어요."

"싸웠다니, 소타랑?"

"네. 소타랑 손녀 일로."

"뭐? 손녀? 호조 씨랑 소타 사이에 손녀가 있어?"

"아, 아뇨, 그."

아차, 이런 실수를 하다니. 이렇게 어이없게 고즈에의 존재를 밝혀버리다니.

심지어 머리가 혼란을 일으켰는지 쓸데없는 소리를 지껄였다.

"아니, 그게 아니라 아이를, 아이를 돌보고 있는데요."

"아이를? 소타랑 호조 씨의 아이?"

"아뇨, 소타와의 아이가 아닙니다!"

"그럼 다른 남자의 애를 낳았다는 거야?"

"그게 아니고요! 그 애는 내 아이가 아니라."

"소타가 다른 여자랑 낳은 아이를 돌보고 있는 거야?"

"아뇨, 그게 아니라."

"호조 씨, 그러면 안 돼. 어쩐지 불행의 냄새밖에 안 난다고."

"아니라고요! 아까부터 말했잖아요!"

답답해진 나는 귀찮아서 전말을 설명해주었다.

마녀의 힘은 한 세대를 건너뛰어 이어진다는 것. 나의 손녀는 마녀라는 것. 그 손녀가 마도구의 힘으로 시간 여행을 했다는 것. 손녀 때문에 싸웠다는 것. 소타가 과거를 기억하지 못한다는 이야기만 빼고 모든 것을 말했다. 어차피 미우라 씨는 마녀의 존재를 알고 있는데다 그녀라면 얘기해도 괜찮을 것 같았다. 그런 생각이 든 시점에서 우리는 이미 친구였을지도 모른다. 어찌 됐든, 털어놓길 잘했다는 걸 곧 알게 되었다.

"그랬구나. 그래서 심한 말을 하고 나온 거네."

"네. 내가 마녀가 아니었다면 이런 일은 없었을 텐데."

내가 고개를 푹 숙이자 미우라 씨는 "으음" 하며 뭔가 생각에 잠긴 듯했다. 그 신음에는 결코 핀잔이나 타박이 아닌 애정 넘치는 따뜻함이 담겨 있었다.

"호조 씨."

"네?"

"그래도 나는 호조 씨가 마녀여서 다행이라고 생각해."

침묵하는 나에게 미우라 씨가 입을 열었다.

"잘 알겠지만 나는 친구도 없고 남자 보는 눈도 없어. 스스로도 보잘 것 없는 사람이란 생각을 시도 때도 없이 하는데, 그래도 내가 자랑할 수 있는 게 있다면 그건 그날 호조 씨에게 고민을 털어놨다는 거야. 내 다른 점은 다 별로지만 그거 하나만으로도 난 충분해. 왠지 알아?"

답을 알 리 없는 나를 바라보며 그녀는 구원의 말을 풀어냈다.

"답은 간단해. 호조 씨라는 멋진 사람을 만났으니까. 당신은 화도 잘 내고 정말 특이한 사람이지만 그래도 나를 구해줬어. 나를 위해 화내주고 그렇게나 든든하게 싸워줬잖아. 그 순간부터 나는 호조 씨의 모든 걸 좋아하게 됐지. 그도 그럴 게, 다른 사람을 위해서 그렇게까지 화낼 수 있는 사람은 없단 말이야. 사람은 참 신기해. 딱 하나라도 좋아지는 부분이 있으면 다른 것까지도 전부 다 좋아하게 되니까. 그런 멋진 사실을 가르쳐준 당신은 역시 나의 마법사야. 당신이 마녀가 아닌 모습은 절대 상상할 수 없어."

유일한 친구가 건네는 위로의 말. 자신감을 되찾아주려는 부드러운 마음. 그것은 내 안에 한 줄기 희망을 낳았다.

딱 하나라도 좋아지는 부분이 있으면 다른 것까지도 전부 다 좋아하게 된다……. 그 말이 맞을지도 모른다. 처음에는 미우라 씨의 솔직한 성격을 얕보았다. 하지만 지금은 그 순수함에 이렇게나 위안을 받고 있다. 요행 같은 거였지만 그날, 그녀에게 힘이 될 수 있었다는 게 기쁘다. 이렇게나 그녀가 애틋하게 느껴지니까.

하지만, 그래서 더욱.

"죄송해요. 그래도 나는 자신감이 없어요."

"호조 씨."

미우라 씨의 안타까운 목소리가 울려 퍼졌다.

미우라 씨를 도와준 것은 사실이다. 하지만 역시 우연이었을 뿐이다. 감정적으로 움직였는데 어쩌다 보니 도와주는 결과가 되었던 것에 불과하다. 히카와 씨도 그렇다. 그때그때의 감정으로 움직였던 게 우연히 잘 들어맞았을 뿐, 애초에 나는 이들처럼 따뜻한 사람이 아니다.

감정에만 치우쳐서 행동하니까 오늘처럼 심한 말도 뱉어버린 것이다. 자각하고 있지만 무언가를 바꿀 용기가 없다. 나는 그런 내가 마녀라는 사실을 도저히 받아들일 수 없었다.

"후후, 역시 내가 할 수 있는 건 여기까지네. 소타의 말이 맞았어."

"응?"

그런데, 하지만.

미우라 씨는 침울해하는 나에게 밝은 음성을 건넸다.

"호조 씨, 실은 당신이 여기 올 거라는 걸 알고 있었어. 마녀라는 걸 불안해하고 있으니까 내 생각을 솔직히 말해 달라고 미리 귀띔해줬거든."

"어…… 누가 그런……?"

물을 것도 없다. 그런 일을 할 사람은 한 명뿐이다.

"호조 씨가 오기 전에 소타한테 전화가 왔었어. 흠뻑 젖어서 갈 테니까 도와달라고. 커피는 잘 못 마시니까 홍차를 준비해달라고. 말 안 해서 미안해. 내가 준비를 잘할 수 있었던 건 그 덕분이야. 아, 그래도 자세한 얘기까지는 못 들었어. 그래서 손녀가 있다는 말을 듣고 깜짝 놀란 거야."

"그, 그랬어요?"

눈앞의 컵을 보고 이해했다. 그렇다. 이 아이에게는 커피를 못 마신다는 말을 한 적이 없다. 그런데 당연한 듯 홍차를 준비해주고 딱 맞는 옷을 내주었다. 전부 알고 있었구나. 내가 어디에서 어떤 고민을 할지.

당해낼 수가 없다니까.

휴우, 기묘한 한숨이 주위를 감돈다.

모든 것을 꿰뚫어보는 죽마고우에게 살며시 미소 지으며 항복했다. 이것이 내내 맺혀 있던 거무스름한 안개를 걷어내주었다. 마음이란 지극히 작은 계기로도 치유가 된다는 걸 느낀다.

"호조 씨, 소타한테 전화해보자."

"소타, 한테요?"

나의 마음을 간파하기라도 했는지 미우라 씨는 스마트폰을 손에 들었다. 화면에는 소타가 받을 나의 휴대폰 번

266

호가 떠 있었다. 그 화면을 보고 주저했다. 도저히 두려움을 벗어던질 수 없어서였다. 하지만 그럼에도 그녀는 상냥하게 날 깨우쳐주었다.

"소타가 그랬어. 시즈쿠는 완고해서 살짝 위로하는 정도로는 기분이 나아지지 않을 거라고. 하지만 본인이라면 그걸 할 수 있다고 하더라. 믿어보자. 오랜 친구잖아."

"오랜 친구."

아무것도 아닌 말이 마법처럼 느껴지는 이유는 그만큼 내가 외로웠기 때문일까.

나는 그녀의 말대로 그에게 전화를 걸었다.

'소타……'

기도하는 마음에 화답하듯, 신호음이 울리자마자 그는 바로 전화를 받았다.

"음, 지금 거신 전화 주인인 사토리 세대는 현재 히스테리 때문에 가출하셨습니다. '우끼이' 하는 기괴한 소리 후 음성 사서함으로……"

뚝.

전화를 끊는 나를 보고 미우라 씨가 의아한 표정을 지은 것도 잠시, 바로 다시 걸려온 전화를 받은 순간 익숙한 목소리가 들려왔다.

"시즈쿠, 왜 끊어버리는 거야?"

"왜고 나발이고! 이런 상황에서 그런 장난을 치다뇨!"

"하하하, 재미있었어? 방금 웃겼지? 아하하하!"

전화 너머로 금세기 최고의 얼간이에게 호통을 쳤지만 귓전에 울려 퍼지는 것은 쾌활한 웃음소리였다. 그 소리를 들으며 생각했다.

'아, 진짜. 이게 뭐야. 사람이 마음 단단히 먹고 전화했더니. 소타도 미우라 씨도, 정말······.'

자지러지게 웃는 그의 이름을 나지막이 불렀다.

"소타 씨."

"왜, 시즈쿠."

주먹을 쥐고 이를 꽉 물었다가 한번에 힘을 푼 뒤 말했다. 전화 너머에 있는, 더없이 소중한 오랜 친구에게.

"미안해요. 심한 말을 해서. 주워 담지 못할 말을 해버렸어요."

"하하하, 그 말을 하려던 거였어? 방금 잘만 주워 담았는데 뭐."

따스해진다. 그에게서 샘솟는 다정함에.

얼었던 마음이 녹아내린다. 그의 태양 같은 눈부심에.

얼굴이 보이지 않아도 그는 언제나 나를 구해준다. 이래서 소꿉친구 사이를 관둘 수 없는 것이다. 이렇게나 사랑스러운 사람이 곁에 있어주다니.

"고마워요. 소타 씨의 그런 면, 좋아해요."

"응. 나도 시즈쿠의 성가신 부분 꽤 좋아해."

"뭐예요, 성가시다니. 이 아름다운 나의 어디가 대체."

"지금 그런 거 말이야. 그게 귀엽거든."

"참나, 바보 같기는."

귀엽다는 말에 몸이 뜨거워진다. 전화라서 그런지 평소라면 하지 못할 말이 술술 나왔다. 좋아한다고 말할 수 있어서 좋았다. 싸웠다는 사실조차 망각한 채 우리는 서로를 향한 마음을 계속 나누었다.

"어렸을 때도 이런 적 있었어요."

"음? 그랬나?"

"네. 산에서 길을 잃고 헤매고 있었는데 당신이 날 찾으러 왔었죠."

"아, 그랬던 것 같기도 하고."

"까먹었어요? 딱 한 번 100번째로 이긴 날이었는데."

"미안, 인상 깊지 않았나 봐."

"너무하네. 그래도 나한테는 무척 인상적이었어요. 막막한 순간에 와줬으니까. 기억 못하겠지만 거기에서 약속했었어요. 언젠가 내가……."

그 후로도 우리는 끝없이 이야기했다. 자연스레 어린 시절을 추억하면서.

이런 일도 있었지, 저런 일도 있었지.

돌이켜보면 소타와 통화를 하는 것은 처음이었다. 그게 설렜던 탓인지 괜스레 솔직해졌다. "같이 있고 싶어", "키스하고 싶어", "꼭 안아줘" 같은 대사를 아무렇지 않게 내뱉을 수 있었다. 나중에 떠올리면 후회할 거라 생각하면서도 멈추지 않았다.

그렇게 제법 긴 시간 동안 이야기를 나눴을 때, 소타가 진지하게 말했다.

"시즈쿠, 나도 네가 소중해. 그래서 결심했어."

"결심?"

"응. 하고 싶은 이야기가 있어. 사실 떠오른 기억이 하나 더 있거든."

그 차분한 목소리에 멈칫했다.

"떠올랐다 해도 모호한 기억이긴 한데, 그래도 내가 '첫 마녀' 옆에 있었던 시절의 기억이야. 분명 너와도 관계가 있을 것 같아. 그걸 제쳐두더라도 넌 내게 가장 소중한 사람이야. 그러니까 이야기하고 싶어."

"소타 씨."

그 대사에 잠잠히 그의 마음을 그려보았다.

무엇을 떠올린 걸까. 첫 마녀. 그 말은 무슨 뜻일까.

솔직히, 어떻게 받아들여야 할지 알 수 없었다. 엄청나게 중요한 무언가가 있다는 걸 느꼈기 때문이었다. 하지만 고독에 괴로워하는 그에게서 도망쳐서는 안 된다는 생각도 들었다. 그래서 그의 용기에 답할 수 있었다.

"응. 나도 힘이 되고 싶어요. 고즈에와 화해하고 나서 이야기할까요."

"응, 물론이지."

통화는 거기에서 끝이 났다.

소타와 이야기를 나눈 게 기쁘면서도 왠지 긴장도 되는 복잡한 기분이었다. 하지만 망설일 때가 아니다. 그의 기대에 보답해야 한다. 그렇게 생각하며 미우라 씨에게 휴대폰을 돌려주었다.

"여러 가지로 감사했습니다. 고즈에를 찾으러 다녀올게요. 미안하지만 우산을 빌릴 수 있을까요?"

"으, 응, 그럼. 그것보다 나도 같이 갈게. 휴대폰도 필요할 것 같고."

"감사합니다. 하나에서부터 열까지 신세를 지네요."

"저, 저, 전혀. 괜찮아."

"갑자기 왜 그래요? 그렇게 얼굴이 새빨개져서."

"왜 그러냐니, 그야……."

미우라 씨는 쑥스러워하며, 손녀를 찾으면 자신이 데리고 있을 테니 둘이 오붓한 시간을 보내라고 했다. 나는 그제야 그녀가 조금 전까지의 통화 내용을 전부 다 들었다는 사실을 깨달았다. 진땀을 빼며 해명해보아도 오해는 풀리지 않았고 대략 한 시간 정도 설교를 할까 생각했지만 그럴 때가 아니라고 판단한 나는 "일단 갈게요"라고 말한 뒤 현관으로 향했다.

그리고 이때, 이윽고 깨달았다.

사태가 걷잡을 수 없이 심각해져 있음을.

"으아, 언제 이렇게까지 심해졌지? 우산을 쓰는 의미가 없겠는데?"

미우라 씨가 창밖의 험악한 상황을 보며 중얼거렸고, 대형 태풍이 코앞에 다가왔음을 떠올린 다음 순간.

"까아아!"

굉음이 울렸다. 하늘을 찢는 듯한 천둥소리가 세상을 덮치면서 방이 깜깜해졌다. 정전이 된 것이다.

"어, 이, 이 소리는 뭐죠?"

그리고 불안을 부추기듯 우리의 귀에 들어본 적 없는 소리가 들려왔다.

구구구웅, 귀에 거슬리는 소리. 지면이 흔들리는 감각마저 들었다. 불길한 소리에 심장이 터질 것처럼 요동쳤다. 온몸이 경직되는 불쾌한 소리에 꼼짝도 할 수 없었다.

그렇게 한동안 캄캄한 방에 우두커니 서 있었다.

그러다 전기가 다시 들어왔고 그와 동시에 스마트폰의 긴급경보 알람이 큰 소리로 울려댔다. 하지만 그 경보음조차 폭풍우 소리에 날아간다. 비바람이 창문을 때리는 소리에 뼛속까지 싸늘해졌다. 미우라 씨가 황급히 TV를 틀자 화면에 재해 속보가 흘러나왔다.

거기에서 나는 믿을 수 없는 장면을 보게 되었다.

지금 바로 대피해주세요! 둑이 무너지고 있습니다!
인근 주민들께서는 지금 바로······.

"설마····· 말도 안 돼. 저거 우리 동네 강이잖아?"

나중에 알게 된 사실이지만, 빠른 속도로 들이닥친 대형 태풍이 저기압과 충돌하면서 믿을 수 없는 속도로 강우량이 불어났다. 그로 인해 예전부터 문제시되었던 하천이 범람한 것이다. 강폭이 100미터나 되는데도 다리를 집어삼킬 정도로 물이 불어나 하류 일대에 있는 주택지를 죄다 삼켜버린 상황이었다.

"아니야, 안 돼."

생각해낸다, 고즈에가 어디에 가려고 했었는지를.

그 아이는 강에서 거북이를 찾자고 했었는데…….

호우로 둑이 무너집니다! 인근 주민들께서는 절대 가까이 가지 말고 대피해주세요!

TV에 나오는, 강이 범람하는 영상을 보자 온몸의 피가 빠져나가는 듯했다. 벌겋게 흐려진 물이 탁류가 되어 눈에 담을 수도 없는 엄청난 속도로 불어나 넘치고 있었다. 높은 지대에 있었을 다리 일부가 무너졌고 자동차가 마치 장난 감처럼 빠르게 떠내려가고 있었다. 일상이 무너져가는 광경에 공포가 엄습했다. 어릴 때 겪었던 절망이 되살아났다.

잔혹한 세계가 껍질을 벗었다.

"기다려, 위험해!"

미우라 씨의 만류를 뿌리치고 나는 아파트를 뛰쳐나갔

다. 호우 속을 뛰어다니며 필사적으로 생각을 정리했다.

고즈에가 나간 것은 오전 10시 무렵이다. 지금은 벌써 12시. 두 시간 가까이 지났다. 강에 가고 싶다고 했었다. TV에서는 그 강이 범람하여 하류의 주택지로 흘러들었다. 만약 그 아이가 현장에 있었다면.

모래시계도 그렇고 미래에서 가져온 것들은 다 방에 있다. 모래시계는 마녀 본인이 직접 뒤집어야 미래로 돌아갈 수 있다. 즉 지금 그 아이는 미래로 돌아갈 방도가 없다.

"거짓말…… 악몽이지……?"

세상은 완전히, 조금 전까지의 일상이 어딘가로 증발한 듯 변모했고 그지없이 초조해질 뿐이었다.

시커먼 하늘에서 번갯불이 번쩍하더니 공포를 흩뜨린다. 엄청난 비가 시야를 잿빛으로 뒤덮어 한 치 앞도 보이지 않았다. 바람은 어두운 세상에서 계속 울어대고 서 있기조차 힘겹다. 대피를 재촉하는 방송이 폭풍에 묻혀버리고 소방 사이렌이 나지막한 하늘을 뒤덮자 마음이 조급해졌다. 설마 이렇게까지 심해질 줄이야. 제발 부탁이야, 무사히 있어줘. 그렇게 기도할 수밖에 없다. 하지만 현실은 보잘 것 없는 희망을 바스러뜨린다.

간신히 도착한 곳은 작은 공원이었다. 그 공원은 비탈길에 있어서 지상을 한눈에 내려다볼 수 있다. 그곳에서 나는 몸을 벌벌 떨었다. 상상을 초월하는 절망이 펼쳐져 있어서였다.

"이게 뭐야."

한탄은 폭풍에 휩쓸려 날아간다.

대범람. 그렇게 칭할 수밖에 없는 참상이었다.

내가 아는 잔잔한 강과는 전혀 다른 풍경. 벌건 탁류가 여태껏 본 적도 없는 속도로 흐르면서 쓰러진 나무를 주택가로 떠내려보내고 있었다. 참혹 그 자체였다. 끔찍한 비일상에 일순간 멍해졌다. 심지어 또 한 번 믿을 수 없는 광경이 눈에 들어왔다.

떠내려가는 자동차. 무너진 도로와 다리. 떠내려온 흙모래와 나무에 깔린 집. 보이지는 않지만 휩쓸린 사람도 있으리라. 현장 상황을 확인하기 위해 왔지만 실패였다. 처참한 광경에 기억이 어둠 사이를 비집고 나왔다.

태풍도 아닌 그저 큰비가 초래한 재앙. 할머니의 시신은 빗물이 스며든 흙보다도 차가웠다…….

"안 돼…… 안 돼!"

필사적이었다. 평정심을 유지할 수 있을 리 없었다.

폭풍우 속에서 강을 등지고 달려 흠뻑 젖은 상태로 집으로 갔다. 그 아이가 돌아와 있을 가능성에 기대를 걸었지만 역시 현실은 녹록지 않았다.

"고즈에? 소타?"

소리쳐 불러보아도 대답이 없다. 방 안에 고즈에는 없었다. 소타도 없다. 하지만 문은 열려 있었다. 사태를 알아챈 소타가 내가 돌아올 걸 예측했을까. 책상 위에는 '고즈에를 찾아올게, 집에서 기다리고 있어'라고 적힌 메모가 남겨져 있었다.

과연 소타답다. 내가 찾는다 해도 소용없을 테니까. 하지만 지금 이 순간만큼은 역효과였다. 소타를 만나지 못하자 나는 완전히 이성을 잃어버렸다.

'어떡해, 어떡하지.'

갈피를 잡지 못하는 사이에 사태는 점점 악화되고 있었다. 먹물을 엎지른 듯 시커먼 하늘에서 소방 사이렌이 울려 퍼졌다. 비의 굉음에 섞여 경종을 울리는 그 소리에 마음이 더 다급해졌다. 이미 제대로 된 판단을 내릴 수 없는 상태였다.

"가야 돼…… 내가 가야 돼!"

무언가에 매달리듯 마도구를 가방에 쑤셔 넣었다. 실마리가 될 거라 생각했는지 고즈에의 배낭에 있던 것도 모조리 가방에 넣었다. 나는 집에서 뛰쳐나가며 온 힘을 다해 부르짖었다.

"고즈에! 어디에 있는 거야?"

외치고, 달렸다. 얼굴을 때리는 비를 날려버리듯 계속해서 소리쳤다.

그리고 목격했다, 자연재해의 엄청난 힘을.

낮은 도로는 수몰되었고 가로수는 쓰러졌으며 자전거가 날아갔다. 누군가가 빗속에서 필사적으로 달리는 모습이 보였다. 강의 수위가 삽시간에 높아져서 발목까지 물에 잠겼다. 조금 전까지는 평화로운 동네였는데 모든 것이 비정상이다. 모든 것이 나를 궁지로 몰아세웠다.

"이, 이런 일이 생기다니."

또 한 번 생각했다. 설마 이런 일이 벌어지다니. 그런데 몇 번이나 말했지만 그날도 그랬다.

그저 폭우일 뿐이라 생각했는데 삽시간에 태풍이 되었고 끝끝내 돌이킬 수 없게 되어 할머니가 돌아가셨다. 설마 그날 할머니가 돌아가시리라고는 생각도 못했다. 사람은 잃고 나서야 후회한다. 잃은 뒤에 후회해봐야 늦는다는 걸 알고 있으면서도 나는…….

……어라?

그때였다. 문득 발을 멈추고 냉정해졌다. 냉정해져버린 것이다. 이것이 내 마지막 평정심을 앗아갔다.

만약 그 아이가 죽으면 어떻게 되지?

빗줄기 속에 멈춰 선 채로 생각했다.

마녀의 힘이 끊겨서 미래로 돌아가나? 미래 세계에서 부모님 앞에 시체가 툭, 떨어질까? 무슨 일이 있었는지도 모른 채 나의 아이는 눈물을 흘리게 되는 건가?

아니면 시체는 이 시대에 남을지도 모른다. 그렇다면 그 아이의 인생은 끝나는 것인가. 당연히 그럴 것이다. 그게 죽음이라는 거니까. 아직 너무나 어린데. 내게 모진 말을 듣고 그 기억을 마지막으로 인생이 끝난다. 내 손녀의 인생이……

그리고 더더욱 잔혹한 운명이 나를 책망했다.

휘청거리다 그 자리에 주저앉았는데 그때 가방에 있던 물건이 다 쏟아졌다. 그중 고즈에의 일기장에 시선이 꽂혔다. 고즈에가 가끔씩 끼적이던 일기장. 우연히 펼쳐진 페이지에 적혀 있는 문장이 눈에 들어왔다. 그걸 본 순간 나는 지금까지의 모든 행동을 후회했다.

"아아, 아아……!"

6월 1일. 내 친구 나오가 죽었다. 낡아서 무너진 벽에 깔려 움직이지 못했다. 슬프다.

6월 2일. 나오 부모님에게 혼났다. 구급차를 바로 부르지 않고 무서워서 도망친 탓이었다. 얼굴도 보기 싫다는 말을 들었다.

6월 5일. 나오 엄마가 우리 엄마에게 화냈다. 소송하겠다고 소리를 고래고래 지르면서 울었다. 엄마는 슬퍼 보였다.

6월 6일. 오랜만에 학교에 갔다. 모두가 나를 무시했다. 친구를 따돌리지 않는 반이었는데. 힘들다. 학교에 가기 싫다.

6월 9일. 엄마 아빠 얼굴을 보는 게 괴롭다. 잘해주시는 게 너무 괴롭다. 이제는 싫다. 내가 바로 구급차를 불렀다면 엄마 아빠가 이러지 않을 수 있었을 텐데. 내가 똑바로 했다면.

"안 돼, 안 돼."

나의 어리석음에 회한이 밀려왔다. 이제야 알게 되었다. 누군가를 위해서밖에 쓰지 못하는 마도구를 고즈에가 어떻게 쓸 수 있었는지.

자신을 위해서가 아니었다. 시험 이야기는 거짓말이었다. 죽은 친구의 부모님이 얼굴도 보기 싫다고 했고 엄마 아빠가 자신 때문에 힘들어했다. 그러니 그들의 바람을 이뤄주기 위해 모래시계를 사용한 것이다. 자신이 없어질 방법이 이것뿐이니까. 그리고 왕따 이야기의 진실도 알게 되었다.

누군가를 괴롭혔다는 말도 사실이 아니었다. 괴롭힘을 당한 건 고즈에였다. 그걸 인정하고 싶지 않아서 거짓말을 했다. 필사적으로 자신의 상처를 감췄다. 그런데 나는 어린애의 거짓말조차 알아채지 못했다.

왜 알아주지 못했을까.

왜 진심으로 대하지 않았을까.

씻어낼 수 없는 후회 앞에서 결정적인 문장을 발견하고 말았다.

왜 나 같은 게 마녀일까. 다른 사람이 마녀였다면 다

들 행복해질 수 있었을 텐데.

할머니를 만나러 가자. 마녀였던 시절의 할머니를 만나서 어떻게 하면 좋을지 가르쳐달라고 하자.

할머니라면 분명히 나를 도와줄 거야.

"안 돼…… 아아아!"

비를 맞으며 목 놓아 소리쳤다. 그 아이의 마음을 짓밟은 나 자신이 견딜 수 없이 저주스러웠다.

나는, 나는, 대체 무슨 짓을.

"안 돼…… 죽으면 안 돼!"

힘을 쥐어짜내서 달렸다. 몸도 마음도 만신창이였지만 멈추지 않았다.

알고 있다. 소용없는 일이라는 걸.

내가 달린다 한들 상황이 달라지지는 않는다.

여기에서 아무것도 하지 않더라도 언젠가는 다시 일어설 수 있다. 만약 그 아이가 죽는다 해도 시간이 지나면 상처는 아물고 슬픔을 받아들여 평범하게 살아갈 수 있게 된다. 나는 사토리 세대. 그 어떠한 일에도 마음이 흔들리지 않는다는 게 장점이다.

알고 있다.

그렇게 될 걸 알고 있단 말이다. 그렇기에…….

"난 그렇게 되는 게 싫다고!"

나는, 나는.

"따뜻한 사람이 되고 싶어……!"

그 후에도 필사적으로 뛰면서 찾아다녔다. 하지만 보이지 않았다.

하류 지역으로 갈수록 상황은 심각했다. 침수된 집에서 대피하는 사람의 수가 늘어나고 있었다. 여기저기에서 비통한 목소리가 들려온다. 아이가 보이지 않는다, 어르신이 집에서 빠져나오지 못했다, 누군가가 물에 떠내려갔다, 그런 목소리가.

소방관의 모습도 보였다. 무너진 건물 옆에서 구조 활동을 하고 있다. 빗속에서 무전기로 어딘가와 필사적으로 연락을 주고받는다. 범람한 현장에 가고 싶지만 물살이 거세서 갈 수 없다며 분하다는 듯 소리치고 있었다.

도중에 그런 소방관 중 한 명, 나와 또래처럼 보이는 사람이 나를 막았다. 여기부터는 위험하다고. 그런 그에게 고즈에를 찾아달라고 호소했다. 하지만 그것 또한 나를 옥죄는 결과밖에 되지 않았다.

소방관이 고즈에의 부모님 이름을 물었지만 답할 수 없

었다. 고즈에와 어떤 관계인지도 설명하지 못했다.

심지어 오늘 입고 나간 옷의 색깔조차 기억나지 않았다. 울고 싶어졌다. 그가 나를 신경 쓰면서 달래주는 것도 미안했다. 모든 게 다 원통했다.

"기다려요! 대피해야 한다고요!"

"고즈에…… 고즈에."

말리는 것도 듣지 않고 강 쪽으로 달려갔다.

바람이 울부짖는다. 빗소리가 귀를 때린다. 시야는 캄캄해서 아무것도 보이지 않았다. 옷은 물에 다 젖었고, 머리도 얼굴도 엉망이다. '사람이 휩쓸려갔다', '구하러 갈 수 없다' 하는 비명이 들렸다. 절망만이 밀어닥친다.

천둥까지 본격적으로 울려댔다. 그날 이후로 천둥소리에는 아직도 면역이 생기지 않았다. 소중한 사람의 죽음이 떠올라 다리가 얼어붙는다. 내가 얼마나 나약한 인간인지 절실히 느꼈다. 혼자서는 아무것도 할 수 없다는 걸 깨달았다.

"흐윽, 으아아…… 아아아……."

결국 나는 울음을 터뜨리고 말았다.

쏟아지는 눈물은 멈출 줄 몰랐다. 길가에 멈춰서 무릎을 꿇고 비바람의 비웃음을 받으며 울어버렸다. 나의 한심함에, 그 아이를 잃을 수도 있다는 슬픔에, 눈물이 자꾸만 넘쳐흘렀다.

"아아아, 아아아아!"

절망의 통곡은 끝나지 않았다. 그런데 그것이 하나의 기적을 일으켰다. 이것은 과연 우연일까.

……응?

가방 안의 무언가가 빛나고 있다는 걸 알아챘다.

안을 열어보자 모래시계가 반짝이고 있었다. 그 아이의 것이 아닌 나의 모래시계였다. 그것이 빛을 뿜으며 무어라 외치고 있었다.

왜 그랬을까. 모르겠다. 이유는 알 수 없지만 무심결에 그것을 뒤집었다. 무언가에 이끌리듯 자연스러운 행동이었다.

의식이 날아올랐다. 멀고도 먼, 아스라한 세계로.

"엇."

그곳은 맥이 풀릴 정도로 한가로운 세계였다.

돌연 눈앞에 펼쳐진 경치를 보자 얼빠진 소리가 새어나갔다.

"뭐지."

조금 전까지의 폭풍우는 거짓말이었던 것 같다. 눈앞에는 눈부신 푸른 하늘과 싱그러운 초록을 머금은 산의 나무들이 펼쳐져 있었다. 지면은 콘크리트가 아닌, 왠지 마음이 편안해지는 자갈과 잡초가 깔린 논두렁길이다. 바람은 없었다. 매미 노랫소리만 귓전에 울리고 사람은 한 명도 보이지 않았다. 마치 꿈속에 온 듯 기묘한 감각이다. 하지만 온몸을 뒤덮는 더위와 흠뻑 젖은 옷, 게다가 콩닥거리며 관자놀이를 때리는 맥동이 현실임을 가르쳐주었다.

즉 여기는, 아니 지금은…….

"내가 아홉 살이던 시절의 여름."

틀림없다. 그렇게 확신했다.

흠뻑 젖은 옷을 말리기 시작한 태양을 보니 초여름인 듯했다.

알하자드의 지팡이로 이곳에 왔을 때는 출입금지 간판이 여기저기에 내걸려 있었다. 그게 없다는 건 재해가 일어나기 전이라는 뜻이다. 확신할 수 있었던 결정적 이유는 길가의 사당에 종이로 접은 투구가 바쳐져 있었기 때문이었다. 저 투구는 어릴 적 나와 소타가 만든 것이다. 이곳은 틀림없는 추억의 산이자 어린 시절 내가 살았던 시대다.

햇빛이 쏟아지는 창공 아래에 혼자 덩그러니 서 있었다.

쉼 없이 달린 탓인지 발가락 끝까지 기진맥진한 상태다. 엎드려 눕고 싶었지만 그럴 때가 아니다. 나는 묵묵히 걸음을 내디뎠다.

긴장인지 불안인지, 아니면 줄곧 끌어안고 있던 공포 때문인지. 두려워하면서도 기억에 이끌리듯 계속해서 걸었다. 아무도 없는 세계가 느닷없이 가짜인 것처럼 느껴졌다. 그렇게 한동안 걸은 끝에 드디어 도착했다.

산 중턱에 있는 전통 가옥. 인생에서 가장 소중한 추억이 담긴 나의 고향.

현관으로 들어서지 않고 왼쪽으로 비켜나서 살짝 열려 있는 안뜰의 툇마루로 갔다.

아⋯⋯.

순간, 마음을 어떻게 표현해야 할지 가늠할 수 없었다.

있다. 드디어.

여기에. 아직. 마침내.

할머니⋯⋯.

툇마루에 앉아 볕을 쬐고 있는 사람은 할머니였다.

익숙한 얼굴, 익숙한 안경, 추억과 별반 다르지 않은 모습의 할머니가 그곳에 있었던 것이다. 눈물이 날 것 같았지만 울 수는 없었다.

다리가 떨렸다. 지금의 나는 어린 시절의 외모가 아니니까. 우선은 미래에서 온 시즈쿠라고 설명해야 한다.

믿으실까. 믿어주실 것이다. 할머니도 마녀니까. 하지만 믿어주신 다음에는? 애초에 나는 왜 여기에 왔지? 아무것도 정하지 못한 채 어중간한 상태로 와버렸다. 이런 나를 보고 할머니는 얼마나 실망하실까. 갑자기 피가 차갑게 식는 듯했다. 여름인데도 등줄기가 서늘하다.

나는, 나는.

"저, 저기."

거의 무의식중에 말이 튀어나갔다. 아차 싶었지만 별 도리가 없다. 더듬거리며 어떻게든 이어갔다.

"실례하, 갑자기 죄송합니다. 저기, 저는."

목소리가 떨리고 다리가 휘청거렸다. 뇌가 괴롭다고 신음했다.

도망치고 싶었다. 사랑하는 할머니 앞인데도 지금 내 모습이 너무나 꼴 보기 싫어서. 어째서 이런 내가 손녀인 걸까. 터질 듯한 심장이 상흔을 새겼다.

"저, 그, 저는."

"웰컴."

"저는…… 네?"

그런데, 그런 공포를 한순간에 날려버리는 마법의 말이 들려왔다. 나는 마법사의 본질을 알게 되었다.

"웰컴. 마이, 손녀. 으하하하."

"……어떻게."

버틸 수 있을 리 없었다. 눈물 한 방울이 뚝, 떨어졌다. 10년 동안 쌓이고 쌓였던 공포의 눈물이 쏟아졌다.

"할머니, 어떻게 알았어?"

"후후후, 그 아름다운 얼굴은 나의 젊은 시절을 쏙 빼닮았는걸. 남자들을 쥐락펴락하던 그 시절 말이야."

"할머니…… 할머니이이이."

다음 순간, 눈물 콧물 흘려가며 할머니에게 안겼다. 너무나도 기뻤다. 공포 따위는 순식간에 사라졌다. 아아, 할머니다. 할머니가 있다. 나는 대체 무엇을 두려워했던 걸까. 이렇게나 따뜻한데.

"할머니, 나 돌이킬 수 없는 일을 저질러버렸어."

그때부터는 무의식 상태에서 오열을 토하며 이야기했다. 미래에서 고즈에가 온 것. 고즈에와 잘 지내지 못했던 것. 고즈에가 집을 나가버린 것. 재해 때문에 죽을지도 모른다는 것. 그런 이야기들을 했다.

차마 눈뜨고는 못 봐줄 몰골에 이야기는 횡설수설 그 자체여서 무슨 영문인지 몰랐을 것이다. 그래도 할머니는 내 말을 묵묵히 들어주었다. 그게 기뻐서 끝도 없이 이야기했다. 그렇게 시간이 얼마나 지났을까.

의외의 타이밍에서 놀라운 사실이 드러났다.

"그래서…… 흑, 모래시계가 갑자기 빛나서 그걸 뒤집었더니 여기로 왔어."

"그랬군, 그랬군. 역시 모래시계의 시련은 절묘했네. 내 직감은 보통이 아니라니까."

싱긋 웃는 할머니를 보고 눈살을 찌푸렸다.

방금 그 말은 무슨…….

"저런, 미래의 내가 말 안 해주고 죽었나 보구나. 마도구의 시련은 할미가 생각한 거야. 선대 마녀가 다음 마녀의 시련을 정하지. 그게 마도구의 룰이야."

"뭐어어어?"

몰랐다. 나도 모르게 절규했다.

동시에 깨달았다. 그 부분에 관해서는 죽을 만큼 하고 싶은 이야기가 있다는 것을.

"그럼 할머니, 왜 그런 걸로 했어? 노래방, 라이브, 서핑, 얼마나 힘들었는데!"

"오호, 그 말은 상당히 애먹었다는 뜻이겠네."

분노하는 나에게, 할머니는 웃으며 설명했다.

그 모습은 나의 추억 속에 살아 있는 할머니와 무엇 하나 다르지 않았다.

"마도구는 말 그대로 '마녀를(魔)' '인도하는(導)' '도구(具)'야. 그래서 다음 마녀가 잘해내지 못하는 분야를 설정해두는 거란다. 약점을 극복해서 훌륭하게 성장하길 바라는 마음이 담겨 있지. 시즈쿠는 사람들 앞에 나서는 걸 잘 못하니까 그런 조건으로 해놓았어. 시련은 즐거웠니?"

"즐거웠을 리가! 엄청 힘들었어!"

"내 딴에는 편의를 봐준 건데."

"그게?"

"다른 후보도 있었어. 남자 100명과 프리허그하기, 결혼식에서 배 드러내고 춤추기 등등. 엄정하게 제비뽑기를 한 결과, 그 시련들이 선택된 거야."

"제비뽑기라니, 할머니 진짜!"

고함이 나올 수밖에 없었다. 마도구의 시련이라는 중요한 과제를 그렇게 장난스레 결정해버리다니. 포복절도하는 할머니에게 나는 한동안 화를 낼 수밖에 없었다.

그러다 마음이 가라앉으면서 이번에는 궁금해지는 걸 물었다.

"그런데 왜 모래시계는 그런 시련으로 했어? 그건 제비뽑기가 아닌 것 같은데."

"맞아. 모래시계만큼은 진지하게 생각했단다. 뭐랄까, 단순했어. 너라면 이 할미가 보고 싶을 때 모래시계를 쓸 거라 생각했거든. 그래서 그런 조건으로 한 거야. 그만큼 힘겨운 상황을 겪고 있을 때 힘이 되어주고 싶었으니까. 세상에서 제일 사랑하는 우리 시즈쿠를 위해서 말이지."

"할머니……."

치사하다. 그 한마디만으로도 고개를 숙일 수밖에 없었다. 조금 전까지 그렇게나 씩씩거렸는데, 그 한마디에 할머니를 용서해버렸다. 할머니에게는 이런 치사한 면이 있다. "시즈쿠에 관해서라면 뭐든 꿰뚫고 있지"라며 웃는 모습이 어찌나 든든한지. 할머니가 여기까지 이끌어줬다는 사실이 진심으로 기뻤다. 그래서 나는 모든 걸 이야기할 수 있었던 것이리라.

"자, 드디어 진정이 된 것 같네. 그럼 시즈쿠, 지금까지 무슨 일이 있었는지 더 자세히 얘기해줄래?"

"응. 아, 하지만."

주저하게 된다. 왜냐하면 할머니의 미래를 이야기하게 될 테니까.

모래시계로는 미래를 바꿀 수 없다. 머잖아 죽는다는 미래를 알게 되어버린다. 그것은 얼마나 잔인한 일인가. 그런 나를 싫어하시지는 않을까. 할머니가 날 미워한다면, 나는⋯⋯.

"시즈쿠, 왜 그러니? 말하기 힘든 거라도 있어?"

"⋯⋯."

"괜찮아. 손녀는 그런 데 마음 쓰지 않아도 돼."

"그래도."

"괜찮아. 무슨 일이 있든 할머니는 네 편이야. 무슨 일이 있든."

내내 끌어안고 있던 고민 따위 아무것도 아니라는 듯 할머니는 그렇게 말해주었다. 그 말을 듣자 잠자코 있을 수가 없었다. 가슴속의 괴로움을 전부 털어놓았다.

할머니가 곧 죽는다는 것. 그것은 너무나도 무참하고 슬픈 이별이라는 것. 심지어 소타도 없어져버렸다는 것. 그 후로 되는 일이 없었다는 것. 그러다 소타가 다시 나타나서 날 구해준 것. 소타와 함께 마도구를 사용한 것. 조금씩 스스로에게 자신감을 갖게 되었다는 것. 하지만 고즈에게 힘이 되어주지 못한 것. 힘을 주기는커녕 목숨이 위험한 상황에 처하게 만들었다는 것. 이렇게나 형편없는 자신이 견딜 수 없이 싫다는 것…… 모든 것을 뱉어냈다.

"그래. 나는 곧 죽는구나."

그 말에 몸이 굳어버렸다. 그 뒤에 어떤 말이 나올지 무서웠다. 하지만 그건 기우일 뿐이었다.

"다행이야. 더 늦기 전에 나의 마지막을 알 수 있어서. 시즈쿠가 그렇게 슬퍼해주다니 죽는 보람이 있네. 아하하."

"할머니……."

"좋아, 그렇다면 얼른 유서를 써야겠다. 징글징글하게 긴 논문 같은 유서를 써서 친척들을 죄다 골탕 먹여줄까? 으샤으샤."

"할머니도 참."

짓궂은 장난에 다시 눈물이 날 것 같았다. 나는 얼마나 사소한 일로 고민하고 있었나. 할머니가 날 싫어하면 어떡하냐니. 할머니가 그런 사람일 리 없는데. 너무나도 강인한 마음에 눈물이 나올 것 같았다.

그리고 나아가, 소타의 이야기로 넘어갔다.

"그나저나, 그랬군. 소타가 10년 만에 나타났구나."

"응. 하지만 소타에게 힘을 주지도 못했어. 할머니, 소타는 누구야?"

그 물음에 할머니는 높은 하늘을 올려다보며 대답했다.

"자세히는 모르지만 그런 존재가 있다는 이야기는 들은 적 있단다. 힘들어하는 마녀에게 이끌리듯 모습을 드러내는 정령이 있다고. 할미가 마녀일 때는 나타나지 않았지만 어린 소타를 봤을 때 피가 느껴졌지. 이 아이라는 걸 알 수 있었어. 10년 동안이나 모습을 감춘 이유는 내가 죽은 충격으로 네 안에서 마녀의 힘이 사라져서일 거야. 하지만 이렇게 돌아올 수 있었던 건 네가 마녀의 힘을 되찾았기 때문이지. 혹시 짚이는 데가 있니?"

"짚이는 데……."

떠올렸다, 사촌 오빠의 결혼을 축하하는 자리에서 폭발했던 날을. 그날 밤, 마도구를 꺼내놓고 기도했다. 그리고 그다음 날 소타가 나타났다. 그렇구나. 이제야 이해가 된다. 그게 우리의 운명을 움직인 것이다.

"정령이 어떻게 나타났는지는 모르겠다. 네 말대로라면 소타도 잘 모르는 것 같네. 하지만 분명 의미가 있을 거야. 소타를 위해서라도 네가 그걸 알아야 할 것 같구나."

"응. 나도 그렇게 생각해."

고개를 끄덕이며 답했다. 할머니가 말한 대로다. 나는 알아야 한다. 그가 힘들어한다면 내가 그를 지탱해주어야 한다. 그가 나에게 그랬던 것처럼.

오만 생각들이 떠다녔다.

그것 말고도 묻고 싶은 말은 산처럼 쌓여 있었다. 하지만 그런 것들은 묻지 않았다. 답은 스스로 찾아야 할 것 같아서였다. 그래서 나는 한 가지만 더 물었다.

"할머니."

"응, 시즈쿠."

유구하고도 아득한 추억의 세계에서.

"나는…… 어떻게 해야 좋을까."

"구하는 거야. 소타도, 고즈에도, 무엇이 됐든 마녀의 힘으로 최선을 다해서 구해주렴."

할머니는 내 눈을 똑바로 바라보며 대답해주었다.

그리고 덧붙였다, 그 무엇보다 내가 원했던 말을.

"할머니는 진짜 너를 알고 있어. 혼자서는 아무것도 못한다고 생각하지만 여차하면 자연스레 누군가를 위해 달리지. 모두가 다 그럴 수 있는 건 아니야. 보통 중요한 순간에는 몸이 얼어붙으니까. 우리 시즈쿠만큼 누군가를 위해서 싸울 수 있는 마녀는 없단다. 그걸 자각할 때 넌 무슨 일이든 할 수 있게 될 거야. 실제로 지금까지 마도구를 써서 사람을 도와왔잖니."

"하지만 그건 그냥 어쩌다 보니까 그렇게 된 거야."

"그거면 된 거야. 생각하기에 앞서서 누군가를 위해 싸울 수 있다는 것, 그게 네 강점이니까."

"나의, 강점."

잃어버린 자신감을 되찾아준다. 내가 모르는 나를 가르쳐준다. 역시 할머니는 마법사다. 그림책에 나오는 할머니와 달리 유쾌하고 종잡을 수 없고 파격적이고, 그렇지만 그 누구보다도 큰 용기를 준다.

고마워, 할머니. 나의 할머니가 되어줘서.

"시즈쿠, 이제 가보렴. 눈물이 마르기 전에."

"하, 하지만."

그리고 기어코 그 순간이 찾아왔다.

"괜찮아. 믿는 거야. 너의 손녀이자 나의 자손을. 그렇게 쉽게 죽진 않을 거야."

"……그래도."

망설여졌다. 지금 헤어지면 이제 더 이상은 만날 수 없으니까. 이 포근한 세계에서 날아오르면 기댈 언덕이 없는 절망의 바다에서 버둥거려야 하니까.

할머니는 두려운 마음에 싫다고 도리질하는 나를 다독여주었다.

더없이 소중한 이 시간을 영원히 잊지 않으리라.

"걱정하지 않아도 우리는 다시 만날 수 있어. 마녀는 죽으면 별이 된단다. 밤하늘에 빛나는 별빛은 몇억 광년이나 늦게 지구에 도착하지. 하지만 그 시간을 뛰어넘어서 반드시 도착하잖니. 그것과 마찬가지야. 약속하마. 꼭 널 만나러 갈게. 행복을 나르는 게 마녀의 삶이니까."

"할머니……."

꽉 껴안고 할머니를 불렀다. 이제 영영 만나지 못하게 될 그 사람에게 매달렸다. 온기를, 애틋함을 잊지 않도록 부둥켜안았다. 생명의 뜨거움으로 마음을 태웠다.

"시즈쿠의 미소로 모두를 행복하게 해주는 거야. 그 약속, 잊으면 안 된다?"

"응…… 고마워. 안녕, 할머니."

마지막으로 한 번 더 끌어안으며 이번 생의 작별 인사를 마쳤다. 눈물을 훔치느라 젖은 손으로 모래시계를 뒤집었다.

빛에 에워싸였다. 눈물로 시야가 흐려졌다. 할머니의 얼굴이 빛에 휩싸여 스러져간다.

언젠가 할머니의 얼굴조차 떠올리지 못하는 날이 오게 될까? 사람의 일생이란 얼마나 잔혹한가. 사람의 생명이란, 얼마나, 어째서.

저 아이는……?

문득 알아챘다. 집 안으로 들어오던 여자아이가 나를 바라보고 놀라고 있었다. 이 아이가 어쩌면…… 그렇다면 내가……?

진실을 알게 되자 또다시 눈물이 흘렀다.

세계가 빛에 둘러싸였다. 익숙한 산도 할머니의 얼굴도 보이지 않는다.

그런 와중에…… 이런 걸 주마등이라고 하나? 태어나는 순간부터 새겨졌을 기억이 흘렀다. 그렇다. 이제는 돌아갈 수 없다. 내가 몰랐던, 하지만 확실히 있었던 기억이 소용돌이친다.

내가 태어난 날. 울어 젖히는 나를 보며 모두 웃고 있다. 유치원 입학식. 아빠가 위태롭게 걷는 나를 지켜본다. 일곱 살 생일. 웃으며 촛불을 끄는 나를 엄마가 바라본다. 그것 말고도 무수한 기억들이 스쳐갔다. 나는 이렇게나 사랑받고 있었구나. 이렇게나, 이렇게나.

빛이 넘쳐나더니 머나먼 기억이 되살아났다.

눈부신 세계. 아무것도 보이지 않는 순백의 어둠. 그곳에는 소타와 또 다른 누군가가 있었다.

아…….

기억의 빛 가장 깊숙한 곳에서 이윽고 진실을 마주했다. 그렇다. 기억났다.

어릴 때 제일 좋아했던 그림책의 뒷이야기. 첫 마녀의 이야기.

정령이 되고 싶었던 제자 소년은 갑작스러운 병으로 숨을 거뒀다. 마녀가 달려갔을 때는 이미 손쓸 수 없는 상태였다. 줄곧 소년 곁에 있던 검은 고양이가 탄식하는 마녀에게 말했다. 자신이 대신 정령이 되겠다고.

마녀는 말했다. 사람이 아닌 너는 불로불사의 몸이 될 수 없다고. 마녀의 힘이 있을 때만 모습이 유지되고 마도구가 힘을 잃으면 사라진다고. 모두의 기억에서 사라지며 마녀의 기억에도 남지 않고 스스로도 기억을 잃게 된다고. 그뿐만 아니라 한번 자취를 감추면 두 번 다시 이 세계에 돌아오지 못할지도 모른다고. 하지만 그는 완강했다.

빈곤가의 도둑들에게 학대당해 겁에 질려 있던 자신을 소년이 구해주었다, 소년의 꿈을 이뤄주고 싶다, 소년처럼 강해지고 싶다……. 마녀는 검은 고양이의 반짝이는 영혼에 눈물을 떨어뜨렸다.

아아…… 이제야 알았다.

당신은 나를 계속 지켜보고 있었구나. 내가 도쿄에서 괴롭힘을 당하던 그때부터, 언제나 검은 고양이의 모습으로 날 지켜주었다. 그 후에도 사람의 모습으로, 계속.

생각났다. 검은 고양이였던 당신에게 나는 소타라는 이름을 붙여주었다.

어렸을 때의 추억이 떠올랐다. 빛나는 미소와 뜨거운 손으로 소타가 나를 데리고 간다. 여름의 푸르른 하늘 아래, 초록빛 풀숲을 소년과 소녀가 뛰어간다. 소중한 기억에 화상을 입을 듯 마음이 뜨거워진다. 그렇구나. 이 세계를 눈부시게 밝히고 있었던 건 당신이었어.

언제나 옆에 있었다. 언제나 곁에 있었다. 그리고 아직, 잃지 않았다.

당신을 만나고 싶다. 만나서 하고 싶은 말이 있다. 나는 줄곧 당신을.

빛의 소용돌이가 모든 의식을 집어삼켰다.

"……하."

그리고 드디어.

빛의 메모리가 막을 내리고 의식이 빛에 휩싸인 다음 순간. 나는 검은 하늘과 사나운 폭풍우가 지배하는 현대로 돌아와 있었다.

"정신 똑바로 차리세요! 대피해야 합니다!"

"잠시만⋯⋯."

마치 백일몽을 꾼 듯한 신기한 기분. 옆에서 누군가의 고함 소리가 들려왔지만, 사태를 이해하기까지 얼마간 시간이 걸렸다.

주변을 둘러보니 시골도 아니고 집도 아니다. 내가 사는 동네의 어딘가, 아담한 가전제품 판매상 앞에 있는 길가였다. 낯익은 광경이 있다면 거무칙칙한 하늘에서 폭풍우가 몰아친다는 것이었다. 아마 여기에서 모래시계를 사용했을 것이다. 과거에 꽤 오래 머무른 것 같은데 이쪽에서는 찰나였나 보다. 내가 그 자리에 주저앉자 나를 쫓아온 소방관이 무어라 필사적으로 외쳤다. 말랐던 옷이 다시 젖어드는 걸 느끼며, 그제야 지금이 재앙의 한복판이라는 것을 깨달았다. 호우와 천둥소리가 세상을 찢으려는 듯 휘몰아친다. 서 있기조차 힘겨운 강풍 속에서 뒤늦게 찾아드는 슬픔이 마음을 옥죄었다.

결국⋯⋯ 끝났구나.

가슴이 아려왔다. 모래시계를 썼기에 더 이상은 할머니를 만날 수 없다는 게 확실해졌다. 온기도, 목소리도, 다시는 느낄 수 없다. 차가운 세상 속에서 움츠릴 수밖에 없었다. 하지만 그런 처참한 세상에서 무언가가 나를 구해주었다.

"저기, 이봐요, 여보세요!"

신음하는 나에게 소방관이 말을 걸었다. 그가 그걸 발견해준 덕분에 운명이 회전하기 시작했다.

"저, 실례합니다. 뭐가 반짝거려서요. 아니, 그것보다 어서 대피를."

"응?"

성내는 바람 속. 귀에 닿은 그 말에 고개를 들고 알아챘다. 가방 안에서 무언가가 파랗게 빛나고 있었다.

그때부터는 거의 무의식 상태였다. 소방관 쪽으로는 돌아보지도 않고 정신없이 가방을 뒤졌다. 그리고 파란 빛을 내뿜는 '시뷰레의 예언서'를 펼쳐 그 글자를 보았다.

발동 조건, '마도구 네 개 사용'을 달성. 봉인 해제.

"앗, 뭐지?"

다음 순간. 우리는 깜짝 놀라 뒤로 넘어졌다.

"으악!"

"꺄아!"

갑작스러웠다.

글자를 읽은 그 순간 갑자기 예언서가 날아오르더니 공중에서 페이지가 넘어가기 시작했다. 비를 튕겨내고 바람도 얼씬 못하게 하는 놀라운 속도였다.

"이건, 설마."

심지어 그냥 넘겨지는 정도가 아니다. 페이지마다 까만 무언가가…… 글자? 문장이다. 새하얬던 예언서에 난데없이 빽빽한 문장이 나타났다.

난데없는 기괴한 현상에 어쩔 줄 몰라 하는 소방관을 개의치 않고 예언서를 바라봤다. 설마 이것은.

"아아…… 아아아!"

그곳에서 넘쳐나는 별빛에 환희의 음성이 흘러나왔다.

'마녀는 죽으면 별이 된단다. 밤하늘에 빛나는 별빛은 몇억 광년이나 늦게 지구에 도착하지. 하지만 그 시간을 뛰어넘어서 반드시 도착하잖니. (……) 약속하마. 꼭 널 만나러 갈게.'

"어쩜, 이럴 수가."

예언서라는 이름의 의미. 할머니가 했던 말뜻.

나는 이어져 내려온 마녀의 모든 것을 알게 되었다.

미래의 마녀에게. 힘내. 어떤 상황에서든 굴하지 마. 마녀의 피를 이어받은 너라면 분명 싸울 수 있을 거라 믿어. 다이쇼의 마녀가.

나의 자손에게. 힘든 일, 슬픈 일, 어느 시대에든 많이 있을 거야. 그래도 괜찮아. 어느 시대에든 분명히 즐거운 일이 있을 테니까. 메이지의 마녀가.

머나먼 세상의 마녀에게. 당신이 태어난 세계는 어떤 세계인가요? 당신이라면 그 세상에 있는 모든 행복을 나를 수 있을 거라 믿어요. 힘내요. 덴포의 마녀가.

예언서를 수놓은 것은 역대 마녀들이 남긴, 미래의 마녀에게 보내는 메시지였다.

어떤 페이지에는 100년 전 마녀가. 또 다른 페이지에는 200년 전의 마녀가. 유구한 과거로부터 전해진 메시지들이 예언서를 가득 메우고 있었다. 이것이 '시뷰레의 예언서'의 진짜 힘이었다. 마지막으로 주는 선물은 마녀의 싸움을 문자로 기록한 글이었다. 어마어마한 기적의 힘이 지

닌 눈부신 빛을 보았다. 나는 혼자가 아니었다. 이렇게나
많은 마녀가 믿어주고 있었다니.

"아……."

그리고, 마지막으로 그것을 보았다.

수많은 페이지의 가장 마지막. 가장 사랑한 마녀의 메시
지. 그것을 본 순간, 드디어 잊고 있었던 마지막 기억이 살
아났다.

쇼와의 마녀가 헤이세이의 마녀에게

할머니가 돌아가신 그날.

마지막으로 나눈 대화의 기억에 이제야 다다랐다.

고맙다, 시즈쿠. 훌륭해진 모습을 보여주러 와줘서.

누가 뭐래도 네가 최강의 마녀야. 마녀의 힘은 너를
위해 지금까지 이어져온 거란다.

부디 이 세상의 사람들을 행복하게 해주렴. 널 만나
서 누구보다 행복했던 할머니처럼.

"할머니…… 할머니!"

그것은 기적도 그 무엇도 아닌, 과거의 메시지를 적었을 뿐인 책이었다. 그런데 이것이 그 어떤 마도구보다 크나큰 힘을 주었다.

마음은 때때로 마법을 능가한다.

사람의 마음에야말로 마법 같은 힘이 있다.

무수한 별의 반짝임이 내 마음에 불을 붙였다.

'고마워. 나의 마법사.'

'네가 마녀여서 다행이야.'

'시즈쿠 네가 있으면 어떤 세계에서든 웃을 수 있다는 거야.'

소중한 사람들이 인정해주었다. 수많은 마녀가 내가 활약할 것을 예언해주었다.

할머니는 적었다. 부디 이 세상의 사람들을 행복하게 해 달라고. 그렇다면 이제는.

이제는 내가, 최강의 마녀가 되는 일만 남았다.

"이, 이 책 뭡니까……. 아니 그것보다 아가씨, 얼른 대 피하라니까요! 진짜로 위험하다고요!"

계속 외쳐대는 소방관을 보고 빙긋 웃었다.

"어떤 순간에도 마음이 가는 대로."

그러고는 가방 안에서 '가루다의 깃털'을 꺼냈다.

신화 속에 나오는 신성한 새, 가루다. 그 깃털에는 기적을 일으키는 힘이 있다고 한다.

내 안에서 무언가가 호응한다. 그에 답하듯 깃털이 찬란하게 빛났다. 망설임 따위 있을 리 없었다.

"혹시 빗자루 갖고 계세요?"

"뭐? 빗자루?"

소방관에게 물어봤지만 그는 아무것도 가지고 있지 않았다. 그래서 눈앞에 있는 가전제품 판매점으로 들어가 막 대피하려 하던 주인 아저씨에게 말을 걸었다.

"죄송합니다. 이거 한 대만 가져가도 될까요?"

"응? 아니 지금 무슨 소리를 하는 거예요. 지금 그럴 때가 아니에요."

"값은 나중에 치르겠습니다. 걱정 마세요. 친구 중에 전도유망한 차기 사장이 있거든요."

"뭐? 잠깐, 당신…… 엥?"

"아가씨! 진짜 대피해야…… 엉?"

주인 아저씨와 뒤쫓아온 소방관. 두 사람 다 꿀 먹은 벙어리가 된 것도 무리는 아니었다.

상자 안에서 로봇 청소기를 꺼내 깃털을 장착한 후 가게 앞 도로 쪽으로 내던진 순간 그것이 공중을 둥실둥실 날아올랐다. 두 사람의 눈이 휘둥그레진 것도 당연했다.

그런 두 사람 앞에서, 사뿐히 청소기에 올라탔다. 두 사람의 눈이 더욱 커졌다. 발끝을 세우고 두둥실 떠오르는 나는 신기하게도 미소를 머금고 있었다.

바람이 돌연 부드럽게 느껴졌다.

사장 아저씨가 나를 가리키며 물었다. "저…… 어떻게 떠 있는 거예요?"

"저는 마녀니까요."

"마, 마녀?"

"네."

"마녀라니, 그 마녀?"

"네. 그 마녀입니다."

"그, 그림책에 나오고 마법을 쓸 수 있는, 그 마녀?"

"네. 그림책에 나오고 마법을 쓸 수 있는, 바로 그 마녀입니다."

사장 아저씨는 꼼짝 않고 서 있었다. 그 뒤를 잇듯 소방관이 질문했다.

"하지만 마녀는 동화에나 존재하잖아요."

"그렇죠. 하지만 눈앞에 실재하고 있어요."

"하, 하지만, 실재한다 해도 현대의 도쿄에 있다니."

"네, 신기하시겠죠. 그래도 여기에 있어요."

"그, 그래도, 마녀는 빗자루를 타는 거 아니에요?"

"후후, 글쎄요."

이런 상황인데 왠지 웃음이 끊이지 않았다. 지금이라면 무슨 일이든 할 수 있을 것 같았다.

온몸에서 힘을 빼고 가루다의 힘과 나의 마음을 맞췄다. 그러자 마침내 하늘 높이 떠올랐다.

비가 나를 때리고 천둥이 성질을 냈지만 바람은 나의 아군이었다. 나는 더 이상 아무것도 두렵지 않았다.

"빗자루는 진부해요. 그도 그럴 게 저는…… 현대적인 마녀니까요."

다음 순간, 나는 그들을 내버려두고 하늘을 날아올랐다.

"으어어어억?"

저 멀리서 두 사람의 고함 소리가 들렸다. 그 소리는 하늘을 나는 나에게 힘을 주었다.

그렇다. 나는 마녀다. 헤이세이 시대에 태어난 유일한 마녀다. 이런 내가 세상을 구하지 않으면 누가 구하겠는가.

"내가 구해낼 거야. 할머니도, 고즈에도, 소타도…… 누구든 다!"

이미 망설임은 없었다. 나는 힘차게 날아올랐다. 바람을 가르고 비를 쳐내고 천둥소리를 무시하며 날았다. 아무도 막을 수 없는 속도로.

"어, 저거 뭐야?"

"거짓말, 사람이 날고 있어?"

그런 내 모습은 사람들의 이목을 끌었다. 당연하다. 아무리 비상사태라고는 해도 현대 도쿄에서 청소기를 타고 폭풍우 속을 날아다니는 여대생이 있다면 누구나 놀랄 것이다. 하지만 상관없었다. 나는 개의치 않고 계속 날았다.

몸을 기울이고 발끝에 힘을 모아 양손으로 균형을 잡았다. 서핑하는 듯한 자세로 앞을 바라보며 비바람에도 아랑곳 않고 날았다. 때로는 지면에 스칠 듯 아슬아슬하게, 때로는 상공 수십 미터 높이까지 올라갔다. 내려다보이는 세상이 까마득히 멀다. 롤러코스터 같은 속도로 날았다. 모든 것은 고통스러워하는 사람들을 구하기 위해서였다.

"여러분 구조가 필요한 분은 크게 소리쳐주세요! 제가 구하러 가겠습니다!"

"앗!"

"뭐, 뭐야?"

그리고 마침내 현장에 도착했다. 탁류가 넘쳐흐르고 주변 일대를 집어삼키려 하는 하천의 상공에. 대피 중인 사람들과 소방관을 내려다보며 온 힘을 다해 외쳤다.

당연히, 여기에서도 많은 사람이 나를 가리키며 술렁거렸다. 하지만 설명할 여유는 없다. 사람들에게 외치자마자 직각으로 급강하했다. 사납게 놀치는 수면으로 바짝 다가가 물보라 속을 달려서 바위에 붙어 있던 어린아이를 안고 그대로 청소기에 태워 언덕으로 갔다.

그리고 어안이 벙벙해진 소방관에게 아이를 맡긴 후 다시 외쳤다.

"제가 하늘을 날아서 구하러 가겠습니다! 여러분은 저를 도와주세요!"

"어, 다, 당신은."

"마녀입니다! 그럼 다녀올게요!"

다시 매서운 하천을 향해 날아갔다. 지상에 있는 모두가 얼떨떨해하는 것이 느껴졌다. 하지만 그런 건 아무래도 상관없었다. 지금은 그저 한 명이라도 더 많은 사람을 구하고 싶을 뿐이었다.

"이쪽이야! 도와줘!"

"바로 갑니다!"

그때부터는 무아지경이었다. 폭풍우 속, 굉굉히 울어대는 하천의 상공을 날며 피해 지역 일대를 분주히 오갔다.

물에 빠진 사람, 다친 사람, 건물에 남겨져 고립된 사람. 정신없이 날아다니며 구출했다. 고즈에가 마음에 걸렸지만 지금은 일단 눈앞의 사람들을 구하자고 생각했다. 구출된 사람들은 모두 내가 누구인지 몰랐을 것이다. 하지만 어쨌든 필사적으로 그들을 구하기 위해 움직였다.

그렇게 폭풍우 속에서 끝없이 싸우기를 얼마간.

나의 마음은 드디어 사람들에게 전해졌다.

"자, 다들 저 마녀를 따라!"

"마녀의 지시에 따라서 사람들을 구하자!"

별안간 나타나 구조 활동을 벌이는 내 모습에 자극을 받은 모양이었다. 대피하려던 사람들과 소방관이 마녀를 신기해하는 걸 일단 멈추고 힘을 모으기 시작한 것이다. 그 모습을 본 나는 힘차게 외쳤다.

"감사합니다! 여러분, 저를 따라주세요!"

휘몰아치는 폭풍우 속. 한뜻으로 똘똘 뭉친 우리는 온 힘을 다해 생명을 구했다.

떠내려갈 것 같은 사람을 발견하면 들어올리고, 무거워서 힘들 것 같은 사람에게는 내 지시에 따라 로프를 던졌다. 하늘에서 피해자를 발견하면 지상의 사람들을 그곳으로 가게 했다. 앞뒤 재지 않고 필사적으로 구조 활동을 펼친 것이다.

하지만 개중에는 이런 상황에도 스마트폰으로 나를 찍는 사람도 많았다. 예전이라면 어떻게 대처했을까. 눈에 띄는 걸 싫어하니 화를 냈을지도 모르겠다. 하지만 이날은 손가락으로 V를 그리며 "마녀를 도와주세요!"라고 외쳤다. 인터넷에 올리고 싶다면 원하는 대로 하시길. 빗자루에 올라탄 것도 아닌, 평범해 보이는 여대생이지만 이게 현대 마녀의 모습이다. 아이돌이든 뭐든 어디 한번 되어보지 뭐.

그러자 어떻게 된 일일까. 멍하게 있던 그들이 "자, 우리도", "어서 가자"라며 구조에 힘을 보태기 시작한 것이다. 나중에 알게 된 사실이지만 이때 찍힌 내 동영상은 재해 정보와 함께 SNS에서 화제를 모았다고 한다. 그도 당연한 일이다. 아수라장이 된 현장에 로봇 청소기를 타고 날아다니며 V 포즈를 하는 소녀가 등장한 것은 일종의 사건이니까. 그런데 단순히 화제가 됐을 뿐만 아니라 동영상을 본 현지 사람들이 정보를 공유해주었다고 한다.

마녀가 하늘을 날아서 미처 빠져나오지 못한 사람들을 구하고 있다, 구조 요청을 하는 사람이 많다, 그 사람들을 구해야 한다. 그런 식으로 많은 사람이 마음을 움직여주었다. 혼자서는 아무것도 할 수 없지만 함께 힘을 모은다면 이야기는 달라진다. 눈앞의 신기한 현상보다 마땅히 구해야 하는 생명으로 시선을 돌린 덕분에 일어난, 커다란 기적이었다.

물론 나는 그런 배경을 알 길이 없었지만 그래도 모두가 손을 맞잡고 서로를 구하는 광경을 실제로 보았다. 그래서 더욱 힘낼 수 있었다. 울려 퍼지는 천둥소리도 무섭지 않았다. 빗자루도, 복장도, 어릴 때 동경하던 모습과는 딴판이었지만 이건 이대로 재미있었다. 이것이 바로 헤이세이의 마녀라고 세상에 외치는 듯한 기분이 들어서 힘이 솟구쳤다.

"아가씨! 다음은 어느 쪽으로 하나요?"

"로프를 준비해주세요! 저쪽에 있는 사람을 구하러 갑니다!"

"오케이!"

소리 높여 외친 후 일면식도 없는 사람들과 힘을 합해 싸웠다. 솔직히 말하면 소리를 많이 지른 탓에 목 상태가 한계에 달했다. 비바람이 체력을 앗아갔다. 깃털도 서서히 힘을 잃어가고 있다는 게 직감적으로 느껴졌다. 하지만 쉬어야겠다는 생각은 들지 않았다. 자각한다. 아아, 이것이 나의 강점이구나.

미우라 씨를 위해 무의식적으로 싸울 수 있었다. 히카와 씨 때도 마음이 가는 대로 움직였다.

'자연스레 누군가를 위해 싸울 수 있다는 게 시즈쿠의 강점이야.'

'우리 시즈쿠만큼 누군가를 위해서 싸울 수 있는 마녀는 없단다.'

사랑하는 사람들이 나의 강점을 가르쳐주었다. 누군가를 위해 싸운다는 강점은 손에 넣었다.

그러니 나는.

"나는, 울고 있을 수 없어!"

나를 내치듯 돌풍이 불었다. 빗방울이 탄환이 되어 덮쳤다. 그래도 앞으로 나아갔다. 가장 빠른 마녀가 되기 위해 끝없이 달렸다.

나는 지지 않는다. 이 정도로 멈춰 설 수는 없다. 도움을 요청하는 사람들이 이렇게나 많이 있으니까.

맞바람이 분다. 그래서 어쩌라고! 소리쳐!

⋯⋯아.

정신을 차리고 보니 폭풍우 속을 날며 나도 모르게 노래를 부르고 있었다. 웃으면서. 똑바로 앞을 보고 하늘을 달리며 노래하고 있었던 것이다.

"이건…… 노래?"

"저 아가씨가 부르는 거야?"

사람의 몸이란 신기하다. 이런 비바람 속에서도 내 노래는 지상에 닿았는지, 누군가가 그렇게 말하는 소리가 내 귀에도 들어왔다. 이것이 더욱더 큰 기적을 일으켰다.

"여기, 이쪽이야! 살려줘!"

"금방 갈게요!"

노래가 닿고, 도움을 요청하는 사람의 목소리가 다른 사람들에게 닿은 것이다. 또다시 내게 맞추어 많은 사람이 움직였다.

"도와주러 금방 올 거예요."

"고마워. 발견해줘서 고마워."

무너진 집 바로 옆이었다. 다리를 다친 것 같았다. 움직이지 못하는 그 사람에게 미소로 답했다. 그러는 동안 다른 사람이 뛰어왔다. 어깨를 내어주며 사람들이 서로 힘을 모은다. 나는 다시 날아올라 빗속에서 노래를 불렀다. 하늘을 달리며 하염없이 노래했다.

"예쁜 목소리……."

"그러게, 아주 아름다운 노랫소리가 들려."

신기하다. 그렇게나 혹평을 받았던 내 노래가 지상에 희

망을 주고 있다. 이제야 생각이 들었다. 지금까지의 나날
이 전부 다 초석이 되었다는 걸.

노래방에서 노래 100곡을 불러야 했다. 한밤중에 산길
을 계속해서 걸어야 했다. 궁상맞은 라이브를 해야 했고,
사람들이 보는 앞에서 몹쓸 놈과 다투는 상황도 겪었다. 그
리고 또 서핑을 하면서 사람들의 웃음거리가 되기도 했다.

아아, 그렇구나. 그 덕분에 지금 이렇게 하늘을 날 수 있
는 것이었다. 사람들 앞에서 노래할 수 있는 것도, 체력이
한계에 달했지만 싸울 수 있는 것도, 전부 다 지금까지의
시련을 극복해온 덕분이었다.

이 순간까지 마도구가 날 이끌어주었으니 이렇게 웃을
수 있다. 할머니, 드디어 여기까지 왔어. 드디어 미소로 누
군가를 도울 수 있게 됐어.

어쩌면 이게 진정한 행복이라는 걸까?

주변에서 소리가 사라진다.

시야가 눈부시게 빛나더니 세상이 하얘진다.

나의 내면, 줄곧 가까이에 있었지만 잃어버렸던 마음의
풍경. 태어나면서부터 지니고 있었던 마법의 방. 그곳에서
마침내 세상의 진실을 알게 된다.

할머니는 말씀하셨다. 사람은 누구나 마법사라고. 누군

가를 도와주면 행복의 꽃이 피어난다고. 아기일 때부터 누구나 그런 마법의 힘을 가지고 있다고 말씀하셨다.

히카와 씨도 그렇다. 아빠에게 힘이 될 수 있어서 기쁘다고 했었다. 미우라 씨도 갈 곳이 없던 나를 기쁘게 맞아주었다. 사람은, 누군가를 행복하게 해주면 자신도 행복해질 수 있는 마법사다. 우리는 모두 누군가의 소중한 마법사인 것이다.

누군가를 도와서 행복해지면 행복의 꽃이 피어난다. 그 꽃을 받은 사람이 또 누군가를 도와주면 행복해지고, 또다시 꽃이 핀다. 그렇게 점점 만발하는 꽃들이 세상을 행복하게 하는 거라면…… 할머니가 했던 말의 의미를 이제는 알겠다. 마녀로 태어난 우리는 얼마나 행복한 사람들인가.

울고 있는 누군가를 도와주기는 어렵다. 하물며 그 누군가를 도와주는 것이 자신이 행복해지는 열쇠라는 걸 깨닫기는 더욱 어렵다. 그걸 아는 사람이 과연 얼마나 될까. 하지만 마녀는 그걸 할 수 있는 것이다.

마도구를 이용하면 어떤 사람이든 도울 수 있다. 그리고 그 사람들에게서 이번에는 내가 힘을 받는다. 그렇게 해서 행복이 무엇인지 배울 수 있다.

소중한 사람에게 힘이 되어주고 행복을 느끼고 남은 인

생 동안 그걸 전하며 살아간다. 행복을 배달한다는 사명을 부여받은 마녀는 얼마나 행복한가. 누군가의 행복을 바라는 마음이야말로 사람이 가진 진정한 마법이라는 걸 알 수 있으니 말이다. 그걸 세상에 전하는 게 마녀의 진짜 사명이며, 그걸 위해 아주 오랜 옛날부터 이어져 내려온 것이다. 세상을 눈부시게 빛내기 위하여.

나는 혼자가 아니다. 줄곧 이 세상과 함께 살아온 것이다.

"고마워, 아빠. 날 키워줘서. 고마워, 엄마. 날 낳아줘서. 고마워, 모두……."

흐르는 눈물을 미소로 날려 보냈다. 바람을 타고 비를 가르고 노랫소리로 천둥소리를 덮으며 나는 날았다. 최강의 마녀로서 거친 하늘을 날며 끝없이 사람들을 구조했다.

끝까지, 한없이 날아갈 수 있을 것 같은 기분이었다.

얼마나 날았을까.

바람을 끊고 비를 날려 보내고 천둥소리에 노래하고. 정신없이 날며 조금씩 하류로 가서 더 이상 구조할 사람도 거의 없다고 느낀 그때, 드디어 발견했다.

"어이! 시즈쿠!"

"소타!"

폭풍우 속에서, 갈망하던 그 목소리가 결국 들려왔다.

높은 하늘에 있던 나는 급강하했다. 목소리가 들리는 쪽으로 청소기를 타고 내려갔다.

"소타, 무사했구나!"

"응. 그것보다 시즈쿠, 결국 날 수 있게 됐네."

소타는 하천의 하류에서 살짝 높은 지대에 있었다. 소방관들과 대피 중인 사람들 수십 명이 그곳에 모여 있었다.

하늘에서 나타난 나를 보고 모두가 놀랐지만 그에 개의치 않고 청소기에서 뛰어내리며 소타를 끌어안았다. 격정을 가눌 수 없었으니까.

"다녀왔어, 할머니가 계시는 곳에. 할머니가 말씀해주셨어. 내가 최강의 마녀라고. 그러니까 그걸 믿고."

"응. 여기에서도 네가 나는 모습이 보였어. 강해졌네, 시즈쿠."

"당신에 관한 것도 생각났어. 미안해. 계속 사과하고 싶었어. 도쿄를 떠나기 전에 나는."

"나도 기억났어. 네가 마도구를 전부 사용했으니까. 그런 건 신경 쓰지 마. 떠올려줘서 정말 고마워."

소타는 그렇게 말하더니 나를 꼭 안아주었다. 모든 걸 다 헤아려주었다.

할머니와의 이별. 검은 고양이였던 소타를 향한 후회. 모든 걸 알고 감싸 안아주었다. 세게, 힘껏, 눈물이 흐르지 않도록. 그의 심장에 나의 심장을 바친다. 맥박의 고동이 우리를 이어주었다. 애달픈 몸이 사랑으로 따스해지는 걸 느꼈다.

그렇게 한동안 끌어안고 있다가 소타는 몸을 떨어뜨리고는 나를 바라보며 말했다. 아직 해야 할 일이 있다고.

"시즈쿠, 고즈에 말인데."

"맞다, 고즈에는? 고즈에는 어떻게 됐어?"

내가 외치자 소타는 먼 곳을 가리켰다. 그 방향으로 시선을 돌렸다. 그곳에는 무섭게 출렁이는 하천의 탁류와, 그리고……

"고즈에!"

"누가 좀…… 살려줘."

있다. 드디어 찾았다. 온몸의 피가 와글거리며 소름이 돋는 게 느껴졌다.

고즈에는 범람하는 강 한복판에 있었다. 쓰러진 나무며 자동차 같은 것들이 뒤엉켜 모래톱처럼 생겨난 외딴섬에서 구조를 요청하고 있었다. 심지어 그곳에는 고즈에 말고 다른 아이도 있었다.

"잠깐, 저기에 몇 명이 있는 거야?"

"어린애가 둘이고, 고즈에까지 포함하면 셋이야. 저기에 남겨두고……."

"부탁합니다! 저 아이들을 구해주세요!"

한 할머니가 나와 소타 사이를 비집고 들어왔다. 함께 있던 소방관이 할머니를 달랬다. 그 모습을 보고 소타가 설명해주었다.

"저 아이들은 이분의 손자들이야. 집이 탁류에 휩쓸렸는데 그때……. 고즈에는 사실 이미 구조된 상태였어. 대피하려던 참이었지. 그런데 떠내려가는 애들을 구하려다가 자기까지……."

"고즈에에……."

울부짖는 할머니를 뒤로하고 다시 고즈에를 바라보았다.

그곳은 강 한복판이어서 도저히 소방관이 구조하러 갈 수 있는 곳이 아니었다. 자동차, 나무, 커다란 가구가 엄청난 속도로 떠내려가고 있어서 너무 위험했다. 하지만 우물쭈물하다가 발판이 허물어져서 물살에 휩쓸리기라도 한다면 구해낼 수 없을 것이다. 즉, 지금 구하러 갈 수 있는 건 나뿐이라는 뜻인데…….

"부탁합니다! 제발 아이들을 구해주세요, 부탁합니다!"

어쩌지……. 어떡해야 하지.

"시즈쿠, 왜 그래?"

절규하는 할머니와 간절한 시선을 보내는 주변 사람들을 두고 갈등하고 있었다.

"시즈쿠, 혹시 마도구의 힘이?"

"……아마도, 이미."

느끼고 있었다. 나는 동안 서서히 가루다의 힘이 약해지고 있다는 것을.

마도구는 한 번밖에 쓸 수 없기에 힘이 사라지면 다음 세대로 넘어갈 때까지 잠이 든다. 이 깃털도 남은 힘이 소진되면 능력을 잃을 것이다. 이미 꽤 많은 거리를 날아다녔다. 감각으로 알 수 있다. 이 마도구가 힘을 낼 수 있는 것은 고작 한 번 왕복할 수 있을 정도…….

"한 번 왕복인데 시즈쿠까지 총 네 명이 한 번에…… 역시 무리네. 시즈쿠, 이 깃털을 더 큰 물건에 장착해서 날 수는 없어?"

"무리야……. 써보고 알았는데, 이건 난다기보다는 물건을 띄워서 조종하는 마도구야. 장착만 하면 내가 타지 않아도 날게 할 수는 있는데 무거운 걸 움직이면 그만큼 힘을 빨리 잃어. 저 아이들을 태우려면 이 이상은."

"아, 어떡하지."

거칠게 휘몰아치는 폭풍우 속에서 소타는 침묵했다. 나도 고개를 숙였다. 할머니는 그런 우리를 보고 울부짖었다. 주위 사람들에게까지 절망이 뻗쳤다.

말도 안 돼, 겨우 여기까지 왔는데. 마지막의 마지막에서 나는……

"음, 그래도 뭐, 딱 좋겠네. 하하하."

"응?"

그런데 그런 우리의 불안을 지워버리듯 소타가 밝은 목소리로 웃었다. 나는 고개를 발딱 들었다. 역전의 수를 찾아냈나 하는 기대를 담고.

하지만 그의 미소를 본 순간 깨달았다. 그의 얼굴에는 희망이 아니라 도리어.

"잠깐만. 소타, 설마."

"그래. 이 방법밖에 없기도 하고, 타이밍을 봐도 딱 좋잖아."

그는 시원하게 웃으며 입에 올렸다. 나와는 영원한 이별이 될 그 말을.

"내가 구하러 갈게. 그리고 애들만 태워서 보내면 아슬아슬하지만 갈 수 있을 거야. 그러니까 시즈쿠, 우리는 여기서 헤어지자."

"그, 그런 말도 안 되는……."

소타의 미소에 절망의 목소리로 답할 수밖에 없었다.

아니야, 말도 안 돼.

"그러면 당신이 죽잖아! 부탁이야, 그러지 마!"

목이 뜨거워지고 있었다. 눈이 시큰거리고 손도 떨렸다. 나는 알고 있었을 것이다. 그의 미소를 본 순간 이미 무슨 말을 한들 의미가 없다는 것을.

그런 내 마음에 수긍하듯 소타는 슬픔 없는 미소로 말했다. 나는 그의 강인함을 영원히 잊을 수 없을 것이다.

"시즈쿠, 난 계속 생각했어. 너와 함께라면 어떤 공포든 넘어설 수 있다고 전에도 얘기했지? 그때부터 줄곧, 널 위해서 뭘 할 수 있을지 생각했어. 정체를 몰라서 두려워하는 나를 도와준 시즈쿠를 위해 내가 남길 수 있는 게 뭘까, 하면서."

"아니야…… 도와준 건 내가 아니라 당신……."

오열과 뒤섞인 목소리는 밖으로 잘 나가지 않았다.

그런 나를 부드럽게 바라보며 그는 말을 이었다.

"오늘까지도 생각했어. 하지만 답을 찾지 못했지. 네가 나간 후에도, 전화로 화해한 후에도 계속 생각했어. 폭풍우가 오고, 고즈에를 찾으러 나가고, 나의 정체를 알게 된 후에도 생각했지. 그리고 이제 알았어. 거창한 게 아니야. 지금까지 계속 해왔던 거야. 내가 해야 할 일은 시즈쿠, 네게 최고의 친구로 남는 거야. 어떤 순간에도 웃으면서 든든하게, 절대 좌절하지 않는, 시즈쿠의 희망으로 계속 있을 거야. 그게 정령으로, 너의 기사로 살아온 나의 삶이야. 그러니까 내가 갈게. 10년 전의 설욕이야. 이번에는 구할게. 그러니 나의 여행은 여기까지야."

"안 돼…… 안 돼."

그의 품에 매달렸다. 비와 절망에 젖어 다른 방법이 없는지 기도하는 마음으로 매달렸다. 하지만 입 밖으로 나오지 않았다. 가지 말라는 말은 차마 할 수 없었다. 그의 각오를 누구보다 잘 아니까.

"그리고, 아까도 말했지만 지금이 딱 좋아. 특별히 나를 희생하는 게 아니야. 마도구의 힘이 끝나는 순간이 정령이 떠날 때야. 불로불사의 몸이 되지 못한 나는 마도구와 마녀의 힘으로 이 세상에 머무를 수 있었어. 네 얼굴을 보면서 작별 인사를 하고 싶었지만 그런 호사는 바라지 않을게. 여기가 나의 종착점이야. 이 무대를 마지막으로 난 떠나는 거야. 시즈쿠, 고마웠어. 지금까지 옆에 있어줘서."

"아니야…… 고맙다고 해야 하는 건, 도움을 받기만 한 건 바로……."

하고 싶은 말이 잔뜩 있었다. 사과하고 싶은 것, 고맙다고 하고 싶은 것, 하고 싶은 말이 너무나 많았다. 무엇보다 당신을 향한 마음을 다 전하지 못했다. 당신에게 전하고 싶은 게 아직 많은데, 오늘이 마지막일 줄은 몰랐다. 나약한 눈물이 하고 싶은 말을 가로막아버렸다. 시간이 없는데도 울음소리로만 흘러나왔다.

"시즈쿠."

"흐으윽…… 흑흑흑."

그런 나를 소타는 부드럽게 안아주었다.

그의 마음이 흘러든다. 나의 마음이 흘러간다.

우리는 마침내 하나가 될 수 있었다.

"시즈쿠, 나는 지금까지 몰랐어. 내 정체가 뭔지, 왜 기억이 없는 건지, 계속 모르는 상태로 겁에 질려 있었어. 하지만 모든 걸 다 기억해낸 지금은 알 수 있어. 나는 인간을 동경해왔던 거야. 인간이 정말 좋았어. 고민하고, 괴로워하고, 연약한 자신의 모습에 갈등하고, 누군가를 위해 눈물 흘리고. 그런 인간들이 괴로움 끝에 찾아내는 답은 언제나 희망을 가져다주었어. 끊임없이 고민하기에 사람이 찾아내는 답은 언제나 멋있었지. 그래서 나는 첫 마녀에게 부탁했어. 정령이 되고 싶다고. 소년의 꿈을 이뤄주고 싶다고. 기억을 남기지 못하는 여행이 가혹하다는 건 알았지만 그래도 하고 싶었어. 사람으로 살면서 마녀 옆에서 같이 고민하고, 그 끝에 어떤 답을 찾을 수 있을지. 빈곤가에서 도둑들에게 학대당해 죽을 뻔했던 겁 많은 고양이가 어떤 답을 찾을 수 있을지. 그걸 알고 싶어서 정령이 된 거야. 그리고 이제 드디어 답을 찾았어. 그건 시즈쿠 네가 날 알아줘서 행복하다는 거야. 이렇게 단순하고 사소하고, 그렇지만 더없이 소중한 것이 행복의 형태라는 걸 깨달았어."

"행복의…… 형태."

매달리는 나를 힘껏 끌어안고, 나의 기억에 자신을 새기듯 소타는 계속해서 말했다. 그리운, 풀이 내쉬는 숨결의 향기가 느껴졌다.

"난 없어질 거야. 시즈쿠를 잊고 이 세상에 없었던 존재가 될 거고 언젠가 시즈쿠의 기억에서도 지워지겠지. 어쩌면 그대로 다시는 이 세상에 돌아오지 못할지도 몰라. 그게 작은 고양이였던 나의 한계야. 하지만 난 그렇게 되지 않을 거라 믿어. 언젠가 반드시 돌아와서 시즈쿠를 기억해낼 거라 믿어. 그렇게 소망할 수 있다는 게, 그렇게 소망할 수 있는 사람을 만났다는 게, 이 세상에 존재하는 소중한 행복이야. 그걸 손에 넣기 위해서 네가 있는 이 시대에 나는 다시 나타날 거야. 고마워, 시즈쿠. 행복을 가르쳐줘서. 정말 고마워. 사랑해, 시즈쿠."

"소타……."

반짝, 소타의 눈동자에서 빛나는 뭔가가 보인 듯했다.

그의 마음 한 방울이 볼을 타고 흘러내린 것처럼 느껴졌다. 비와 섞인 그것은 불꽃처럼 뜨겁게 내 마음을 태웠다. 마지막의 마지막에, 강인함을 주었다.

"소타."

그의 뺨에 나의 뺨을 가져갔다. 눈물 자국을 눈물 자국으로 지웠다.

더 이상 공포는 없었다. 이제는 겁에 질린 소녀가 아니었다. 뜨거운 눈물이 나를 강하게 만들어줬으니까.

"소타, 난 몹쓸 마녀였잖아. 한 번 마음을 접기도 했고."

"그렇지 않아. 넌 최고의 마녀였어. 너와 함께한 날들은 정말 즐거웠어. 고마워, 날 사랑해줘서."

그가 눈물을 참고 살며시 웃었다.

지지 않겠다며 나도 웃었다. 슬픔을 참고 웃는 거다.

더 이상은 당신이 강한 척하게 하지 않겠다. 나약한 나로는 있을 수 없다. 이 미소로, 모두를 행복하게 해주기로 약속했으니까.

"소타, 기억해? 100번 내기에서 딱 한 번 승부가 났던 날 말이야."

"응. 당연히 기억하지."

"약속대로 돕게 해줬다?"

"응. 돕게 해줘서 고마워."

"우리는 최고의 콤비지?"

"당연하지. 우리는 최고의 마녀와 기사야."

"꼭 다시 만날 수 있는 거지?"

"분명히 만날 수 있어. 날 기다려줘."

"약속. 계속, 계속 기다릴 거야!"

폭풍우 속에서 눈부신 빛의 미소가 피어났다. 나의, 그의, 10년어치의 기적의 꽃.

이제 후회는 없다. 이렇게나 멋진 미소를 지으며 헤어질 수 있으니까.

아무리 허전해도 절대 울지 않겠다. 미소로 행복을 끝없이 전할 것이다. 그러기로 결심했으니까.

"이제 진짜 안녕. 다시 만나자, 시즈쿠."

"응. 다시 만나, 소타."

손이 떨어지고, 미련을 남긴 손가락도 떨어지고, 그는 산책이라도 나가는 듯한 분위기로 날아올랐다. 마지막에도 그다운 모습을 남기고 청소기에 올라타서 거친 하늘로 날아갔다. 나는 깃털에게 기도했다. 그가 무사히 도착할 수 있게 해달라는 염원을 담아서.

강 한복판에 잡다한 것들로 만들어진 섬에서 그가 고즈에와 아이들에게 미소를 건넸다. 그 미소에 아이들은 얼마나 안도했을까. 그 미소가 나에게 향하는 일은 이제…….

고즈에가 아이들을 데리고 청소기를 탔다. 나는 힘이 곧 사라질 것 같은 깃털에게 또 한 번 기도했다. 무탈하게 여기까지 와달라는 소원을 담아서.

깃털은 마지막 남은 힘으로 생명을 구했다. 아이들은 우리 쪽으로 무사히 돌아왔다. 할머니가 울어 젖히는 손자를 끌어안았다. 주변 사람들이 환호성을 질렀다. 이미 그들에게는 보이지 않을 것이다. 기억에서 지워졌을 것이다. 그리고 머잖아 내 기억에서도 지워지리라.

폭풍우 속에서 그를 바라보았다.

저 멀리 있는 그가 활짝 웃었다. 나도 질 수 없다는 듯 환하게 웃었다.

'소타. 나 잘할 수 있을까?'

'당연하지. 시즈쿠는 이제 괜찮아.'

'소타, 당신은 행복했어?'

'시즈쿠를 위해서 애쓸 수 있었잖아. 행복했고말고.'

'나도 언젠가 잊어버리게 될까?'

'잊더라도 기억해낼 수 있을 거야. 그렇게 믿는 게 행복이잖아.'

같이 살고, 결혼하고, 아이를 낳고. 그런 미래를 그린 적도 있었다. 하지만 우리는 마녀와 기사. 멋지고도 애처로운 관계. 그러니 나는 소녀의 꿈을 포기하겠다. 이 사랑을 눈물로 녹이고 앞을 바라보겠다. 미련과 꿈을 떨쳐냈다.

'다시 만날 수 있을까?'

'꼭 만날 거야.'

'그게 언제쯤일까.'

'글쎄, 하지만 별빛이 늦게라도 도착하는 것처럼 반드시 만나러 갈 거야.'

'꼭이야. 약속해.'

'약속. 헤이세이의 마녀와 함께 보았던 북극성을 절대 잊지 않을게.'

'나도 잊지 않을 거야. 언젠가 또 같이 별을 보자, 나의 마법사.'

'응. 내게 이름을 붙여줘서 고마워, 시즈쿠.'

'안녕, 소타.'

…….

"할머니…….''

고즈에가 중얼거리는 소리에 고개를 들었다. 서럽게 우는 아이를 끌어안았다.

"정말, 걱정만 끼치고."

"정말 미안해, 할머니."

"할머니가 더 미안해. 아무것도 알아주지 못해서."

"아니야. 할머니는 나쁘지 않아. 이렇게 와줬잖아. 정말 기뻤어."

기나긴 폭풍우가 멎었다.

마침내 태풍도 기세를 잃은 것일까. 고즈에를 안고 얼마간의 시간이 흘렀을 때. 마지막으로 하천이 눈에 띄게 넘실대면서 외딴섬이 사라졌고 그것을 끝으로 굉음이 그쳤다. 하늘은 조금 전까지의 폭풍우가 거짓말이었던 것처럼 반짝였다.

찬란하게 빛나는 여름날의 맑음. 빛이 내리쬐는 창공.

그렇게나 시커멓게 고여 있던 빗방울이 투명한 물방울이 되어 세상을 밝게 비추었다. 거센 바람은 뚝 그치고 상

쾌하고도 잔조로운 바람이 불었다. 푸른 하늘이 크게 외친
다. 태양이 호응하듯 쨍쨍 내리쬐었다. 한없이 드넓게 펼
쳐진 파랑이 하늘을 가로질렀다. 내 안에서 10년 만에 태
풍이 멈췄다. 더 이상 그 소리에 두려워하는 일은 없을 것
이다. 나는 세상을 이겼으니까.

고즈에의 목에서 엉성한 목걸이가 반짝거렸다.

그 뒷이야기를 조금만 하려 한다.

이날, 우리가 사는 마을을 덮친 태풍은 기록적인 대재
해로 발표되었다. 그럼에도 사망자가 단 한 명도 발생하지
않았다는 게 기적이라고 보도되었다. 정말, 용케도 한 명
도 죽게 하지 않은 내가 스스로도 대견했다.

한편 TV와 인터넷에는 하늘을 나는 마녀에 대한 소식이
대대적으로 흘러나왔다. 하지만 그것도 한순간이었다.

동영상은 폭풍우 때문인지 화질이 좋지 않았고 역시 다
들 '마녀라는 게 있을 리 없지'라고 생각한 모양이었다. 잠
깐 떠들썩해지기는 했지만 그 이상으로 다뤄지는 일 없이
점차 모두의 기억에서 잊힌 것이다.

이리하여 전대미문의 대재해는 엄청난 상흔을 남기기는
했지만 어찌어찌 일단락되었다. 미우라 씨에게 고즈에를

무사히 찾았다고 이야기하고, 히카와 씨에게 가전제품 판매점에 돈을 내달라고 부탁하고, 나를 쫓아와준 소방관을 수소문해서 고마웠다고 인사한 후에야 나도 이 사건을 마무리할 수 있었다. 미우라 씨와 히카와 씨, 특히 소방관이 이것저것 물어왔지만 그 이야기는 특별히 내세워서 할 것도 없었다. 친구와 수다를 떤 정도에 지나지 않으니까.

그렇게 며칠이 지난 후. 9월 하순의 어느 휴일이었다. 여름도 끝을 향해가는 화창한 날.

마침내 고즈에와 헤어지는 순간이 다가왔다.

"잊은 물건은 없어? 놓고 가면 다시 찾으러 올 수 없으니까."

"괜찮다니까. 다 잘 챙겼어."

거리에는 재해가 할퀸 흔적이 남아 있었지만 희생자가 없어서인지 그런대로 밝은 분위기가 감돌았다. 활짝 갠 하늘 아래, 언젠가 소타와 알하자드의 지팡이를 썼던 공원에서 그런 이야기를 나누었다.

"할머니, 지금까지 여러 가지로 고마웠어. 폐를 쪼끔 끼쳐서 미안해."

"그걸 쪼끔이라고 할 수 있을 것 같지는 않네. 다시는 가출 같은 건 하면 안 된다."

가방을 멘 채 모래시계를 손에 들고 웃는 고즈에를 향해 부드럽게 미소 지었다. 무사히 보낼 수 있다는 안도감과 약간의 허전함을 담아서.

"고즈에, 알고 있지? 가서 뭘 해야 하는지."

"응, 알아. 걱정 마. 열심히 할 테니까."

기운차게 끄덕이는 고즈에를 보고 나도 끄덕였다.

요 며칠 동안 우리는 고즈에의 고민거리에 관해 이야기를 나눴다. 몇 번이고 진지하게 대화했다. 그 결과, 생각하고 있는 걸 전부 다 부모님에게 이야기하는 것이 제일 좋겠다는 결론에 도달했다.

괜찮다. 알아줄 거다.

자식이 생각하는 것 이상으로 부모라는 존재는 우리를 사랑하니까. 그러니 분명 괜찮다. 나는 그런 바람을 담아 이 아이를 보내기로 했다.

"할머니."

"응?"

그녀는 주춤주춤 다가와서 나를 꼭 끌어안아주었다. 그녀의 목에 걸린 엉성한 목걸이가 반짝거렸다. 처음 봤던 날보다 훌쩍 더 자란 것 같았다.

"나, 할머니 같은 마녀가 될래."

"나 같은?"

"응. 많은 사람을 구하고 행복하게 해주고 세상의 행복을 위해 노력하는 그런 마녀가 될래. 그리고 소타 아저씨처럼 희망찬 미소로 소중한 사람을 지키고 싶어. 그걸 위해서라도 강해질 거야."

"그래. 너라면 분명 할 수 있어."

고즈에를 껴안고 내가 배운 마녀의 가르침을 전했다. 어떤 순간에도 포기하지 마. 절대로 혼자라고 생각하지 마. 수백 년간 이어진 마녀의 역사가 분명 널 축복해줄 거야.

죽음은 평화와 맞닿아 있어. 그러니 더욱 최선을 다해서 살아야 해. 세상은 언제나 같은 색깔이야. 하늘 너머에는 빛이 넘치는 푸른 하늘이 펼쳐져 있단다. 세상에는 보려고 해야지만 보이는 게 있어. 부디 너도 세상에 행복을 배달해주렴. 그도 그럴 것이.

"마녀는 멋진 존재야. 우리는 세상에서 가장 행복한 가족이니까."

"응. 나 열심히 할게. 꼭 최강 무적의, 궁극의 마녀가 될 거야!"

미소가 터진다. 둘이서 소리를 내며 웃었다.

"과연 고즈에가 날 넘어설 수 있을까."

"넘어서주겠어. 왜냐하면 난 궁극의 마녀가 될 테니까."

"난 강적이야. 뭐니 뭐니 해도 역대 가장 아름다운 마녀잖아."

"할머니보다 예뻐질 거야. 그래서 미모도 할머니를 넘어설 거지롱."

같이 장난치고, 같이 웃고.

세상의 끝자락에서 이제야 진짜 가족이 된 듯한 기분이 들었다.

"잘 있어, 할머니. 미래에서 또 얘기 많이 하자."

"그래. 미래에서 만나. 네가 태어나는 날을 기다릴게."

고즈에가 모래시계를 뒤집자 파란빛이 소녀를 감싸더니 미래로 데리고 갔다. 그 모습은 연약하기도, 어른스러워 보이기도 했다. 지켜보는 나도 조금은 어른이 되었을까. 분명 저 아이도 운명의 사람을 만나서 아이를 낳고 그 아이가 또 다음 마녀를 잉태하겠지. 저 목걸이는 어디로 갈까. 내가 없어진 세계에서 어디까지 갈까.

이어진다. 미래가, 운명이.

소타가 이어준 생명의 길이.

"바이바이. 할머니."

"잘 가, 고즈에."

두둥실. 아련한 푸른빛이 세상에서 사라졌다. 그곳에 있었던 고즈에가 모습을 감췄다. 추억과 허전함을 남기고, 마침내 일련의 이야기는 끝을 맞았다.

"휴우."

왜일까. 깊은 한숨이 새어나왔다. 무심코 하늘을 올려다보았다.

넓디넓은, 높디높은 하늘에 새하얀 소나기구름이 웃고 있었다. 매미의 노랫소리도 쓸쓸하게 들렸다. 피부를 감싸는 찜통더위도 사라지고 바짝 마른 열기가 몸을 관통한다. 이 눈부신 여름은 영원히 잊지 않으리라. 대모험을 한 특별한 여름은 창공의 웃음소리로 끝을 맞이하는 것이다.

"좋아."

눈을 크게 뜨고 숨을 작게 내뱉으며 기합을 넣었다.

결국 나는 또다시 혼자가 되었다. 하지만 이제부터다. 내 인생은 이제부터 시작이다.

혼자가 아니라는 걸 안다. 무엇이든 할 수 있다는 걸 안다. 마녀의 힘은 잃었지만 마음에 깃들어 있는 마법을 언제든 쓸 수 있다는 걸 안다. 이 마법으로 세상에 행복을 나르자. 오히려 지금부터가 시작이다. 이 시대의 마법사는 지금부터 시작되는 것이다.

"소타, 지켜봐줘."

이제는 곁에 없는, 소중한 사람의 이름을 불렀다.

사람은 잃고 나서야 후회하지만 이번에는 후회하지 않을 수 있었다. 이번에야말로 제대로 작별할 수 있었다. 그러나 언젠가는 이 시간들을 떠올리지 못하게 될지도 모른다.

정령이 사람들의 기억에서, 그리고 마녀의 기억에서도 지워진다면 아름다운 추억의 나날도 언젠가는 떠올리지 못하게 되는 걸까. 그것은 너무나도 잔혹한 일이지 않은가.

그래도, 나는.

하지만, 그래도 나는 고개를 떨어뜨리지 않았다. 약속했으니까.

다시 만나자고. 계속 기다리겠다고.

설령 잊어버린다 한들 떠올릴 수 있을 거라 소망하는 것이 행복의 형태라고 그가 가르쳐주었으니까.

그러니까.

"나는 괜찮아. 당신 몫까지, 당신처럼 살아갈게."

상쾌한 창공에 결의를 맡겼다.

별빛이 늦게라도 지구에 도착하듯, 태양이 되어 빛날 나의 빛이 당신에게 닿으리라 믿으며 하늘에 맡겼다. 소녀로서 살아왔던 청춘의 마지막을 바친다.

……아아, 여름이 끝난다.

　여름이 끝난다고 생각하니 마음이 서글펐다. 마녀의 힘을 잃으면서 마음속에 빈 공간이 뻐끔 생겼다. 그래도 그만큼 두근거리기도 했다. 지금부터 이 공간에 무수한 만남과 기억을 담을 테니까. 언젠가 소타에게 보여줄 수 있는, 소중하고 소중한 기억의 그릇이 될 테니까.

　그래, 한 번 더 그 산에 가자. 소타와의 추억이 있는 산에 가서 그리운 곳을 다 돌아보자. 이번에는 힘이 달리지 않도록 체력도 길러둬야지.

　수족관에도 가자. 마음을 주고받았던 파란 우주에서, 외로워질 때마다 온기를 떠올리는 거야.

　주머니에 손을 넣어 붉은 종이학을 만졌다.

　나는 소원을 빌었다. 불사조가 다시 이 세상에 나타나 주기를. 푸르게 반짝이는 그리운 세상을 다시 살아주기를. 나는 분명 눈물과 함께 꿈을 꿀 것이다.

　안녕, 나의 작은 연정.

　"지금부터야. 내 인생은 이제 시작이니까!"

　희망의 빛을 파란 하늘에 내걸며 아직 보지 못한 세계를 향해 달리기 시작했다.

　다녀오겠노라고 아득히 먼 추억에게 고하며.

그리고 50년의 세월이 흘렀다.

에필로그

까마득한 꿈을 꿨다. 아련하고 기분 좋은, 어느 여름날의 기억.

"소타…… 어디……."

웅얼거리며 그의 이름을 불렀다.

이날 나는 산속에서 길을 잃었다.

날이 어두워진 것도 아니다. 비가 와서 움직이지 못한 것도 아니다. 다친 것도, 배가 고파서 휘청거리고 있었던 것도 아니다. 그저 산에서 소타와 놀고 있었을 뿐인데 미아가 되어버린 것이다. 지금 생각하면 높은 곳에서 방향을 확인한 후에 내려갔으면 됐을 텐데 당시에는 미처 그렇게까지 생각하지 못했다. 이대로 아무도 못 만나게 될까 봐

절망스러웠다.

　슬퍼하는 나를 구해준 이는 언제나 그였다.

　"아, 찾았다. 어디에 갔었어, 시즈쿠."

　"소타!"

　나의 발소리를 들은 걸까. 산 중턱에 약간 트여 있는 곳에서 울던 나는 급히 달려온 소타와 마주쳤다.

　"거참, 그러니까 말했잖아. 내 뒤만 따라오라고."

　"흑, 흑…… 미안…… 흑."

　무서웠던 탓인지 안도감 때문인지 눈물이 멈추지 않았다. 평소라면 강하게 나갔을 텐데 우연한 순간에 연약한 모습을 보이는 걸 보니 아직 어린애긴 하다. 생각해보면 이 이후로도 줄곧 그랬던 것 같다.

　"으앙, 흑, 으아아앙."

　"자, 자, 울지 마. 이것 참 난처하네."

　어쨌건 간에 일단 나는 쓸쓸한 마음만이 일어, 날 찾아줬는데도 통곡을 했다. 소타가 몹시 난처한 표정을 지었던 걸 기억한다.

　"음, 어쩔 수 없지. 안 그친다면 이거다."

　그는 그런 나를 보고 무슨 생각을 한 걸까. 갑자기 기묘한 행동을 했다.

"이름하야 '평상심 승부'! 자, 뚝 그쳐, 시즈쿠!"

"응?"

"네, 안 그쳤네요. 나의 승리!"

"뭐?"

영문을 모르겠다. 하지만 실룩거리던 목도 눈물도 멈추지 않는다. 그 틈을 타서 소타는 그 후에도 "평상심을 유지한 사람이 승리! 네, 또 시즈쿠가 졌어요"라며 종잡을 수 없는 멘트를 반복했다. 그러다 결국.

"네, 또 또 또 또 시즈쿠의 패배. 이렇게 내가 100번째 승리를 거뒀군. 그럼 어떤 소원을 말할까?"

"아, 치사해!"

그제야 눈치챈 나는 격하게 항의했지만 소타는 "히히, 어떤 걸 해달라고 하지?"라며 실실 웃을 뿐이었다. 어느 틈엔가 눈물은 멎어 있었다.

"좋아, 정했어."

"너무해, 이건 반칙인데!"

얼마간의 시간이 흐른 후, 드디어 생각이 정리된 것인지 소타는 소원을 말했다. 그것은 나의 예상을 뒤엎는 것이었다.

"지금 이 순간부터, 곤경에 처했을 때는 반드시 제일 먼

346

저 나에게 의지해줄 것. 오케이?"

"엥?"

씨익 웃는 눈부신 미소에 얼빠진 소리가 튀어나갔다.

지금 그 말은 무슨……

"어려운 얘기 아니야. 시즈쿠가 힘든 상황을 겪을 때는 반드시 내가 돕게 해달라는 것뿐이야. 다른 사람이 아니라 반드시 나한테 기댈 것. 알겠지?"

"엇, 무슨 말인지 알겠는데, 왜."

의미를 알 수 없었다. 이왕 말하는 소원인데 왜 그런 걸로. 그 답은, 두근거리는 이유와 함께 들을 수 있었다.

"어제 다른 남자애랑 놀았지?"

"남자애?"

"응. 나이는 비슷해 보이던데."

"뭐지? 아아……."

어제 일을 떠올렸다. 놀기는 했다. 아니, 그런데 그걸 놀았다고 할 수 있을까.

이웃(이라고는 해도 수 킬로미터 떨어진 집의) 아주머니가 할머니에게 볼일이 있다며 아들을 데리고 집에 왔었다. 그때 아주머니가 둘이 놀고 있으라고 하셔서 마지못해 그 아이와 적당히 이런저런 이야기를 했는데, 그게 왜?

"소타?"

"그런 거 하지 마."

"그런 거라니?"

"그러니까, 그."

"그?"

"……"

"?"

"나 말고 다른 남자애랑 즐거워하는 거."

"엥…… 그게 뭐……"

소타의 얼굴은 새빨갰다. 보여주기 싫어서인지 고개를 돌리고 있었지만 덕분에 빨갛게 물든 귀가 아주 잘 보였다. 그 뜻을 알아챈 순간 나도 급격히 얼굴이 붉어지며 땀을 삐질삐질 흘렸다.

허둥지둥 당황하는 내게 그가 말했다. 그 용기는, 내 안에서 영원히 꺼지지 않을 불을 켜주었다.

"시즈쿠가 울고 있을 때는 내가 도와줄 거야. 힘들 때도 위험할 때도 내가 꼭 도와주러 갈 거야. 다른 누구도 아닌 내가 그렇게 하게 해줘. 그러니까 그 대신 나의, 나의."

이어지는 말은 아무리 소타라 해도 차마 뱉어내기 어려웠던 모양이다.

"알았어. 소타가 도와준다면…… 나, 소타만의 여자가 될게."

"헙! 약속이다. 약속한 거야!"

시뻘게진 얼굴로 외치는 그의 목소리에서 환희가 그대로 묻어나왔다. 그 사실이, 어린 소녀인 나를 더욱 기쁘게 했다.

"응, 약속! 나를 도울 수 있게 해주겠어."

"맡겨줘. 내가 다 해결해줄 테니까."

손가락을 걸고 약속했다. 이어진 새끼손가락을 타고 그의 심장 소리가 들려오는 듯했다. 다시는 풀리지 않을 투명한 실이 감겨 있다는 걸 알 수 있었다. 두근거림이 멈추지 않았다. 그래서 쑥스러움을 감추려고 그랬는지도 모르겠다. 평소라면 짓궂게 굴었을 소타가 여유 없는 표정을 짓고 있으니 괜히 더 들떴는지도 모르겠다.

"그럼, 소타. 앞으로는 무슨 일이 있어도 내 옆에 있을 것. 알았지?"

"엇, 어, 응."

자리에서 일어나 당당한 표정으로 요구하는 나를 소타가 올려다보았다.

"아무리 멀리 가버린다 해도 꼭 쫓아올 것. 알았지?"

"어, 응응. 걱정 마."

"조금이라도 나를 내버려두면 사과의 뜻으로 반드시 선물을 가지고 올 것. 이것도 알았지?"

"음, 아, 응. 알겠어."

"그래, 하와이가 좋겠다. 하와이 기념품을 가지고 와야 해."

"뭐, 하와이 기념품? 굳이 하와이까지 가서 사오라는 거야?"

"그게 왜? 사나이잖아. 자기 여자를 위해서라면 그 정도는 해야지."

"알았어, 알았어. 할게. 꼭 할게."

아, 그랬다. 이것 때문이다. 내가 이때 이것저것 요구하는 바람에 내가 이긴 걸로 착각했다. 어렸을 때의 기억은 정말이지 몽롱해서 꿈결 같고, 그럼에도 귀중한 애절함을 간직하고 있다.

"정말 괜찮겠어? 내일 바로 잊을 것 같은데."

"괜찮다니까. 확실히 외워둘 거야."

"후후, 약속했다. 그럼 이걸 줄게."

"이 못생긴 장난감은 뭐야?"

"못생겼다니 무슨 말을 그렇게 해. 엄청 열심히 만들었거든!"

소타에게 준 것은 할머니와 함께 심심풀이로 만든 목걸이였다. 그가 투덜거리는 것도 이해는 됐지만 그래도 열심히 만들었다는 말은 진실이다. 그렇게 만든 걸 주는데 기뻐하는 게 당연하고, 하물며 귀여운 여자애한테 받는 거니까 더욱 기뻐해야 마땅하다고 그때의 나는 생각했다.

"이건 맹세의 증거. 이게 있는 한 당신은 마녀의 기사야. 날 많이 돕게 해줄게."

"마녀의 기사라. 헤헤, 나쁘지 않네."

"그렇지? 날 많이많이 도와줘, 소타."

"응. 나만 믿어, 시즈쿠."

세상 끝에서 만든 추억의 한 자락. 이것이 행복의 경지라는 걸 난 알고 있었을까. 어릴 때는 빨리 어른이 되고 싶었고 행복은 아주 멀리에 있다고 믿었다.

이제는 안다. 행복이란 뒤를 돌아보았을 때 알아챌 수 있다는 걸. 그걸 깨달을 수 있을 만큼 인생을 오래 살아가는 것이 또 다른 행복을 부른다는 걸.

더운 여름의 어느 날. 매미 울음소리가 하늘을 뒤덮고 파란 하늘이 큰 소리로 부른다. 새하얀 구름은 요란하게 코를 골며 잠에 빠져 있고 그 아래에서 우리는 끝없이 달렸다. 시간이 멈춘 듯한, 모든 소망이 다 이뤄진 신기한 세계. 아무것도 아니지만 특별했고 푸른빛으로 눈부시게 반짝이던, 다시는 돌아오지 않을 어린 시절. 더없이 소중한 그때의 기억.

초롱초롱하고, 빛나고, 눈물처럼 투명하고 애틋한 추억이었다.

"할머니도 참, 듣고 있어?"

"헛……."

잠깐 잠든 사이에 꾼 꿈이 물거품처럼 사라졌다.

나는 초여름의 햇살을 받으며 낮잠을 자다가 손녀의 목소리에 눈을 떴다.

"무슨 일이야, 고즈에. 그렇게 큰 소리로."

"한창 얘기 중인데 할머니가 자버렸잖아. 거북이만 있던 수족관이 리뉴얼됐으니까 가보고 싶다고 했는데!"

"후후후, 미안해. 고즈에를 보면 자꾸 옛날 생각이 난단 말이지."

추억 속 모습과 제법 가까워진 소녀, 고즈에가 바로 옆에서 씩씩거렸다.

주름이 자글자글하고 야위어서 예전 모습은 찾아볼 수

없지만, 가장 사랑했던 마녀의 모습을 닮게 된 나는 고즈에의 머리를 부드럽게 쓰다듬었다.

오늘은 2068년 7월. 날씨는 맑음.

나는 집 앞마당에서 고즈에와 장난을 치고 있었다.

왜 떨어져 있어야 할 손녀가 여기에 있는가 하면 그 이유는 단순하다. 열 살이 된 나의 손녀는 정말 누굴 닮았는지 혀를 내두를 정도로 말괄량이였다. 시험 점수 때문에 엄마와 싸웠다는 이유로 이웃 지방에 있는 나의 집, 산속에 있는 외딴집으로 가출한 것이다. 변함없는 행동력에 그저 웃음이 나왔다.

"너무해, 왜 웃어. 나는 화났는데."

"미안하구나. 고즈에는 참 가출을 잘하는구나 싶어서."

"무슨 소리 하는 거야. 가출은 이번이 처음인데."

"할머니가 아는 한 처음이 아니거든."

"무슨 뜻이야?"

고즈에가 이해할 수 없다는 표정을 짓자 또 한 번 웃었다. 이런 대화도 반갑다. 무적의 마녀와 비슷한 대화를 했던 것 같기도 하고, 50년 전 그날에는 이 아이와 서로 고함을 내지르기도 했다. 참으로, 인생 그 자체가 보물이라는 걸 절실히 느낀다.

그런 나에게 고즈에는 흥미를 느낀 걸까. 어린애는 무엇을 하든 갑작스럽다. 난데없이 이런 말을 꺼냈다.

"있잖아, 할머니."

"그으래, 고즈에."

"할머니의 인생은 어땠어?"

"할머니의 인생?"

"응. 나는 할머니를 더 많이 알고 싶어. 왠지 보통 사람이 아닌 것 같은 느낌이 든단 말이지."

"고즈에는 안목이 좋구나. 그래. 할머니의 인생은 마녀와 함께한 인생이었던 것 같아."

"마녀? 마녀라면 그림책에 나오는?"

의아해하는 고즈에에게, 과거를 회상하며 이야기했다.

멋졌노라고 자신 있게 말할 수 있는 인생을.

"엄청난 모험이었어. 가는 곳마다 세상의 작은 기적을 볼 수 있었으니까."

"세상의 작은 기적……."

그때부터…… 마녀의 힘을 잃고 마법사로 살아가기로 각오한 후로부터 나는 정말 많은 일을 경험했다.

사나, 고스케, 히토미뿐만이 아니다. 아버지, 어머니, 소방관 등 여러 사람과의 연결고리를 소중히 여기면서 내 인생이 크게 바뀐 것이다. 그전까지 안으로 파고들기 바빴던 나는 의식적으로 많은 사람을 만나고 함께 시간을 보냈다. 마녀 시절에 배운 걸 세상에 전하고 싶어서였다.

다른 사람을 행복하게 하는 것.

그러면 스스로도 행복해질 수 있다는 것.

얼마나 멋진 일인가. 그런 마법을 가진 사람은 얼마나 멋있을까.

내 삶을 통해 사람들에게 행복이라는 마법을 전하고 다녔다. 그들에게서 받은 행복의 꽃은 가슴속에 한가득 피어났고 지금까지도 시들지 않은 채 나를 축복해주었다. 나를 이끌어준 모든 사람에게 진심으로 감사하는 마음뿐이다. 내 인생이 이렇게나 근사해졌으니까.

게다가, 그러면서 신기한 일도 경험했다.

그렇게 많은 일이 있었는데도 역시나 그는 사람들의 기억 속에서 지워졌다. 사나와 고스케조차 그를 모른다고 했다. 이렇게 말하는 나도 언제부터였을까. 이제는 얼굴도 이름도 기억이 나지 않는다. 무슨 일이 있었는지, 어떤 약속을 했었는지도 모르겠다.

하지만 그래도.

그래도 때때로 꿈을 꾼다.

소중한 사람이 있었다는 꿈. 그 사람이 나를 이끌어주었다는 꿈. 그리고 그 사람과 분명 다시 만날 수 있다는 꿈을 꾼다.

사나도 고스케도 그를 잊었다. 하지만 이따금씩 자신들을 도와준 누군가가 있었다는 건 어렴풋이 떠오른다고 했다. 그 말을 들을 때마다 느낀다. 이 세상에는 설명할 수 없는 무수한 불가사의가 넘쳐난다는 것을. 강하게, 강하게, 그런 생각을 한다.

아직도 내가 모르는 불가사의가 많다. 그렇기에 계속 기다리기로 결심했다.

10년, 20년.

정신이 아득해질 만큼 긴 시간이 흐른다 해도.

꼭 만날 수 있다고, 보고 싶다고, 한때 사랑에 애끓었던 내가 그렇게 외치는 것이다.

잊지 않을 것이다. 잊고 싶지 않으니까. 영원의 순간을 하염없이 그린다. 설령 이제 영영 만나지 못한다 하더라도, 그래도⋯⋯.

나는 그런 꿈을 꾼다.

"흐음, 굉장하긴 한데 왠지 썩 와닿지는 않아."

"후후, 아직 고즈에한테는 이르지."

고즈에는 순진무구한 눈망울로 나의 이야기를 흘려들었다. 지금은 그래도 괜찮다며 웃었다. 언젠가 너도 마녀에 관해 알게 되고, 고민하고, 그러다 너만의 답을 찾아내는 날이 올 테니까. 헤이세이의 마녀로서 남길 예언은 정해두었다. 고즈에와, 아직 만나지 못한 미래의 마녀를 인도해주리라 믿으며 내 마음을 남길 것이다. 부디 힘내달라는 염원을 담아서.

푸르디푸른 높은 하늘. 새하얀 소나기구름이 여름의 입구를 가르쳐주었다.

초록빛으로 넘실대는 대지 위에서 빨려 들어갈 듯한 파랑에 마음을 맡긴다.

아아, 오늘은 정말 너무나도 날씨가 좋구나.

그날도 이렇게 희망이 넘치는 세상이었다.

꿈의 시작인 것 같기도, 물거품의 환영인 것 같기도 한 여름의 어느 날.

그런 반짝거리는 빛 속에서 우리는 만났다.

지금도 저기, 또.

"아, 여기야! 이쪽, 이쪽."

"어……."

돌연 고즈에가 손을 흔들며 멀리 있는 누군가를 불렀다.

멀리 있는 누군가도 같이 손을 흔들었다. 선명한 녹음 사이로 소년 한 명이 걸어 나온다.

그리운, 기억의 어딘가에 살아 있는 소년이.

"할머니, 소개할게. 어제 알게 된 앤데…… 할머니?"

"아아…… 드디어."

눈물이 넘쳤다. 50년 전에 흘린 눈물의 뒤를 이어서.

"드디어, 마침내."

세상이 반짝였다. 빛으로 넘쳐났다. 눈부신 빛은 나를 그때의 나로 되돌려놓았다.

경치와 소리가 사라진 순백의 세상이 미소를 건넸다. 오래 걸렸지, 라고 말해주는 것 같았다. 50년. 아득해질 만큼의 세월을 건너 소원은 이루어졌다.

하얀 빛의 우주에서 나는 만난다. 이끌리듯 별을 만난다. 반가운 미소가 피어난다. 왼손에 든 것은 약속한 기념품일까. 오른손에 들린 낡은 병에는 어떤 소원이 새겨져 있을까.

별빛이 늦게라도 도착하듯, 마지막 꿈이 시간을 넘어 다다른다.

당신과 보았던 북극성을 잊을 수 없다.

둘이서 보았던 밤하늘에 반짝이는 별은 어린 시절의 영

원한 보물.

아무것도 모르던 순진한 시절에 검은 고양이였던 당신과 나는 만났다.

놀랄 만큼 상쾌하고도 시원한 푸른 하늘이었다. 그 푸른 하늘을 가득 담은 듯한 눈동자를 보고 이름을 붙여주었다.

먼 기억 끝에서 잠들었던 이름을 부른다.

추억 속 모습과 전혀 달라지지 않은 소년은 태양처럼 웃고 있었다.

"어서 와, 소타."

손바닥에서 붉은 불사조가 날아올랐다.

마법사는 존재한다

수년 전, 나는 하던 일을 그만두고 오랜 시간 꿈꿔왔던 공부를 시작했다. 하지만 막상 수입이 없어지자 심하게 위축되었고, 스스로 부족하다 여겨질 때면 우울해하며 감정의 널을 뛰기 일쑤였다. 그런 나를 지켜보던 남편이 어느 날 이런 말을 했다.

"꿈에 다가서고 있는 너는 행복한 사람이다. 너를 도울 수 있어 나도 행복하다. 널 행복하게 해주면서 나 자신도 행복하니 나는 두 가지나 이룬 셈이다."

이때 내가 느낀 감동과 위안이 얼마나 컸는지는 이루 말할 수 없다.

그리고 얼마 전, 이 소설을 만나고 그때의 기억이 떠올랐다. '우리는 다른 사람을 행복하게 해줄 수 있고 스스로도 행복해질 수 있다. 그러니 우리는 모두 마법사다.' 이 메시지는 남편이 내게 했던 말과 일맥상통했으니까. 짧지만 강렬하게 날 스쳤던 감동이, 시즈쿠가 소타를 비롯해 여러 인물을 만나며 성장해가는 이야기 곳곳에 입체적으로 녹아들어 있었다.

고백하건데 나는 번역을 시작하기 전, 이 책에 선입견을 가지고 있었다. 막연히 깃털처럼 가볍기만 할 거라 생각했는데 이 소설은 그런 편견을 보란 듯이 깨주었다. 다소 유치하다 싶은 장면도 있고 흠칫할 만큼 과감한 표현도 있었지만 책장을 넘길수록 묘하게 빠져드는 매력이 있었다. 가볍게 읽히면서도 한 번씩 '이런 건 예상 못했지?' 하며 묵직한 울림을 주는 느낌이었다.

곰곰이 생각해보면 우리가 느낄 수 있는 행복의 형태는 한 가지가 아니다. 사람은 꼭 자신에게 직접적으로 기쁜 일이 생겨야만 행복을 느끼는 존재가 아니다. 소중한 사람에게 좋은 일이 생겼을 때, 나로 인해 누군가가 웃을 때 덩달아 행복해지기도 한다.

나는 흔히들 말하는 '집순이' 체질이라 사람을 자주 만나지 않아도 혼자 썩 잘 지내는 편이다. 그런데 이 소설을 읽은 후에는 가족과 친구가 보고 싶어졌다. 내게 마법사가 되어주는 이들이 고마웠고 나도 그들을 행복하게 해주고 싶어졌다.

여러분도 마지막 책장을 넘길 때쯤, 누군가에게 행복을 주고 싶어지는 마법을 경험하게 될 것이다. 그리고 잊지 않았으면 좋겠다. 이 책을 든 당신 또한 누군가의 소중한 마법사라는 것을.

가끔 너를 생각해

1판 1쇄 발행 2020년 1월 22일
2판 4쇄 발행 2024년 5월 31일

지은이 후지마루   **옮긴이** 김수지
펴낸이 김영곤   **펴낸곳** (주)북이십일 아르테
일러스트 김주환   **디자인** 데시그
문학팀 김지연 원보람 권구훈
해외기획실 최연순 소은선
출판마케팅영업본부장 한충희
마케팅2팀 나은경 정유진 백다희 이민재
출판영업팀 최명열 김다운 권채영 김도연
제작팀 이영민 권경민

출판등록 2000년 5월 6일 제406-2003-061호
주소 (우 10881) 경기도 파주시 회동길 201(문발동)
대표전화 031-955-2100   **팩스** 031-955-2151

아르테는 (주)북이십일의 문학 브랜드입니다.

(주)북이십일 경계를 허무는 콘텐츠 리더

아르테 채널에서 도서 정보와 다양한 영상자료, 이벤트를 만나세요!
인스타그램 instagram.com/21_arte   페이스북 facebook.com/21arte
포스트 post.naver.com/staubin   홈페이지 arte.book21.com

ISBN 978-89-509-8542-4 03830